金融街
私募风云

梁 成⊙著

中国友谊出版公司

目录

CONTENTS

／ 引子 ／

岳亦山点上一根烟，望向窗外。

一场大雪突如其来，狂风卷携着雪花乱舞，使原本近在咫尺的丰融国际大厦几乎隐没在白色的海洋中，只能隐约见到一个轮廓。

还不到上午10点，在北京金融街丽思卡尔顿酒店18层的行政酒廊里，只有两位顾客。

今天的会谈至关重要，将会决定“西南第一城”项目的命运，而作为项目的财务顾问和融资方，岳亦山也决心与项目控制人蒋家祥共进退。

回首这几个月的时间，岳亦山觉得宛如一梦。这个项目历经坎坷，几近夭折，真不知道自己是如何坚持下来走到今天的。这次会谈能够扭转败局吗？他瞅瞅一旁无精打采、心神不定的蒋家祥，感到心里没底。但是他告诉自己：不管怎么样，事已至此，我只能全力以赴，放手一搏！

就在这时，从行政酒廊门口的大理石地砖上传来清脆而有力的皮鞋声。一前一后、一高一矮两位分别身着长款风衣和西装套装的男子快步走了进来。

岳亦山连忙掐灭香烟，和蒋家祥迎了上去。

矮个儿男子与他们二人先后握手，认真地盯着他们看了看，却没有说话。

倒是他身后的高个儿男子嗓音洪亮地说道：“岳总、蒋总，这位就是詹总。我们只有半个小时的时间，咱们抓紧开始吧！”

四个人坐下来，岳亦山诚恳地说道：“詹总，感谢您抽出时间见我们。王律师说您对项目很感兴趣，我们非常欢迎您的参与，只是在具体方式和商务条款上想与您商榷一下。

“按照王律师的方案，你们将投入3.9425亿元替蒋总偿还银行贷款和利息，并获得60%的股权。这样一来，蒋总将会失去项目控制权和绝大部分收益，确实难以接受。

“所以我们提出一个替代方案：你们投入4亿元，其中一半为股权投资，可以得到20%的股权；另一半为债权投资，蒋总愿意支付25%的年化利率，为期一年。您意下如何？”

詹斌面无表情，似乎心不在焉。

还是王律师接过话头：“股加债，想法不错。以项目盈利12亿元计算，你们的融资成本将是2.9亿元。不过，你们考虑过没有，如果我们获得60%的股权，对应的收益将是7.2亿元。这两个数字相去甚远吧！”

“但是60%的要求本身就不合理啊！”岳亦山争辩道。

“怎么不合理？”王律师笑道，“蒋总之前投入4.1亿元，我们的4个亿投进去占60%，是占点儿便宜，但也不算太夸张吧！”

“问题就在于估值方法：这不是项目初始投入阶段，而是在主体工程完工、已经拿到预售证、很快可以销售的阶段，还是用预期盈利估值比较合理。”岳亦山据理力争。

王律师轻蔑地一笑：“为什么拿到预售证还不能销售？我已经调查清楚了，因为金融机构在卡脖子！你们也知道詹总和光民银行总行的关系深厚，一个电话就可以解决这个问题。说白了，60%的股权不仅仅是股权投资的对价，也是我们盘活项目能力的对价！另外，你们这次要我们投入4个亿，比之前多了575万元，这是为了偿还银行罚息吧！你们把项目做到这个程度，还有什么谈判的余地啊！”

岳亦山感觉额头冒出汗珠。身在一家小型私募基金，他知道自己的资源和实力远远无法与对方相比。

他用余光扫视蒋家祥，发现这个家伙老老实实坐在一边，大气都不敢出，似乎只是个安安静静的听众。

他深吸一口气：“王律师，既然你们和光民银行这么熟，能否换个思路，不再投资进入这个项目？”

王律师摆出一个“请”的手势：“愿闻其详。”

“请帮我们协调光民银行配合蒋总完成后续贷款发放等一系列工作，蒋总愿意拿出5%的股份作为酬谢。这样一来，你们不用出一分钱，不用介入复杂的项目操作，就可以稳稳当当地获得收益。”岳亦山说完，满怀希望地在詹斌和王律师的脸上来回看着。

詹斌低下头看看手表，还是没有出声。

王律师身体向沙发上一靠，冷笑起来：“两位，这就是你们的备选方案？5%的股权才值6000万，小股东又没有话语权，你们随便在施工、融资费用或者销售费用上做点儿手脚，就把利润偷跑了。这种空头支票，完全没有意义！再说，也许你们觉得这个项目很复杂，但是我们一旦入局就会快刀斩乱麻，很快理出头绪。以詹总的能力，这都不是事儿！”

“如果你们看不上这点儿收益，能否干脆高抬贵手，不再参与呢？”岳亦山顺着对方的思路问道。

王律师立刻拉下脸来：“岳总，如果我们坐视不管，蒋总的项目很快就会被别人吃掉。我们现在愿意拿出真金白银换取项目的控股权，已经仁至义尽！”

岳亦山叹了口气。看来对方不会善罢甘休，而詹斌也又在看表了。也许再谈下去真的没有什么意义。

他试着最后争取道：“王律师，我们的两个方案已经尽了最大诚意，如果……”

突然，蒋家祥沙哑的声音打断了岳亦山的话：“再加8000万。”

岳亦山和王律师惊讶地转头望向他，詹斌也皱起眉头，上下打量起他来。

蒋家祥双手紧紧握住面前的茶杯，磕磕巴巴地继续说道：“詹总，我……我们那两个方案，无论您选哪个，我都再……再加8000万给您，行不？”

岳亦山一瞬间就明白了：蒋家祥要抵押掉最后一块资产，这将是他整个家族仅存的“弹药”。这家伙真的豁出去了！

这时，詹斌露出一丝不易察觉的微笑。他似乎第一次对今天的谈话产生兴趣。

他喝了口茶润润嗓子，终于第一次开口：

“岳总、蒋总，看得出来，你们都拼尽全力了。看在你们这么努力的份儿上，我就多说几句吧！

“你们说来说去，无非是利润如何分配而已。我要告诉你们的是：我要控股权，是因为更看重合并报表！我的地产公司走到今天，最重要的已经不是利润，而是规模。我把规模做上去，控制好负债，外部评级就会提高。评级每提高一次，我获得有息负债的成本就降低一些。一些金融机构也只有在我达到一定信用级别才会来合作。

“你们懂了吗？只有这样我才能得到更多金融资源。金融资源是干什么的？是用来主宰地产和实业，创造超额收益和更大价值的。就像你们的项目，我完全可以用金融手段主导它的命运，让它在我手里实现价值最大化，或者让它在你们手里价值归零！”

岳亦山有种窒息的感觉。

詹公子一时兴起向他们摊开底牌，已经把他的全盘运作思路解释得很清楚。“西南第一城”只是他为了整合更多金融资源而准备使用的一颗棋子。也许从这个项目进入他的视野开始，命运就已经注定。

再看看蒋家祥，他的眼神中已经透露出绝望，就像一只被鳄鱼拖下水的小鹿，挣扎似乎已经全然无用……

就在这时，谁都没有注意到行政酒廊门口又出现两个身影，直到他们走近。

岳亦山率先看到他们，“腾”的一下站起来。其余三个人好奇地转过头，马上就被其中一位身材魁梧、一身休闲冬装的男人吸引住。

他大约50岁，头发微白、肤色黝黑、浓眉大眼、面容庄严，有种不怒自威的仪表和一种胸有成竹的自信。所有人都被他的气场震住了，就连詹斌也莫名地有种肃然起敬的感觉。

同行的年轻人介绍道：“大家好，我是岳总的同事杨晓波，这位是彭总。”

詹斌和王律师忍不住大吃一惊：这个男人就是传说中的彭总！

彭总家世显赫，由仕入商，十多年前就在金融街上纵横捭阖、叱咤风云，是商界的带头大哥、隐形富豪。他功成名就之后，这几年的心思已经不在经商上了，而是经常往来于世界各地，游山玩水、访僧问道，过起了闲云野鹤般的生活。

詹斌怎么也想不到会在金融街与他相遇，更想不到岳亦山和蒋家祥竟然能够搬出这尊大佛！

他连忙走到彭总面前，客客气气地说：“彭总，久仰久仰！以后还请多加关照！”

彭总扬扬眉毛，用浑厚的嗓音说道："詹总，幸会。我有个信托公司，给你收去算了。"

詹斌完全没想到对方第一次见面一上来就直接谈生意，微微发怔。不过，毕竟他阅人无数，深深明白一个道理：大人物都不愿意浪费时间。于是，他迅速做出回应。

"好啊！我们在收金融牌照，这可是求之不得！"

"好。最好拿个上市公司做定向增发把它装进去，我想要股票，不是现金。"彭总一边落座，一边补充道。

这时，王律师插嘴道："彭总，这个问题我们要研究一下才能答复您。"

"不用研究，就照这个方式做方案！"詹斌一反常态，驳回了王律师的意见：彭总在给机会，必须先应下来再说。这可不是谈条件的时候！

"好！我会找人跟你对接。"彭总果然很满意，接着他指指岳亦山，话锋一转，"对了，他们这个项目，你非做不可吗？"

岳亦山、蒋家祥和杨晓波的心一起跳到嗓子眼：彭总发话了，詹公子会接招吗？项目的命运会就此改变吗？

詹斌一下子明白了彭总的用意：甩卖一个金融牌照给自己，顺手帮小兄弟们一个忙，名利双收。而自己在两个项目中只能二选其一……

彭总看出他的犹豫，微微一笑："要不咱俩联手投进去？分我一杯羹嘛！"

此言一出，举座皆惊！难道彭总也看出"西南第一城"是块肥肉，想和詹斌利益均沾？

蒋家祥瞠目结舌，岳亦山和杨晓波的大脑也是一片空白：难道我们所有努力的结局，就是引狼入室吗？

詹斌也愣了5秒钟。

但是仅仅5秒钟而已。

随后，他突然哈哈大笑起来：“其实我哪有时间看这种小项目，都是王律师他们在运作。咱们还是抓紧搞信托公司的事好了。这个项目，就算了吧！”

彭总深深地点了点头，缓缓起身，向詹斌伸出右手：“詹总，合作愉快！”

一分钟后，喧嚣已去、尘埃落定，行政酒廊里只剩下岳亦山、蒋家祥和杨晓波三个人。

“刚才到底咋回事？”蒋家祥还没回过神来，喃喃地问道。

岳亦山沉吟片刻，说道：“你还没明白吗，詹公子想通了：彭总只是虚晃一枪，试探自己。谁愿意与虎谋皮呢？”

蒋家祥恍然大悟！

杨晓波一拍巴掌：“看来制服鳄鱼，还是要靠鲸鱼出面啊！”

岳亦山笑了笑，又点上一根烟，望向窗外。

此时，大雪初霁，寒风骤停，银装素裹的金融街显得格外美丽。

如果这条街上所有的交易，都是看上去这么冰清玉洁该多好啊！岳亦山心想。可惜在真实的商业世界里，通行的规则有时是斗智斗勇，有时，只是赤裸裸的能量对决！

／ 第一章 ／

【一】

闹钟不合时宜地响了起来。

过了足足半分钟杨晓波才爬起来，睡眼惺忪地按下按钮，那个恪尽职守的小家伙便不再作声。

他打了个哈欠，转过身。

在床的另一边，一个女孩还在熟睡，肤光如雪的后背对着他，整个身体随着呼吸的节奏微微起伏着。

杨晓波俯过身去，在那洁白的后颈上吻了吻。突然之间，一股强烈的冲动不知从哪里跑出来，迅速占领他的头脑。他伸出一只手在那光滑如玉的后背上抚摸起来，并沿着脊柱一直向下……

“啊！”女孩惊叫一声醒过来，转过身一记粉拳打在他身上，“干吗呢，讨厌！”

杨晓波也不搭话，一手架住打过来的第二拳，一手继续在她身上摸索着。

女孩扭动着身体想躲开他：“哎呀，别闹了！昨天晚上折腾到几点，你还不够啊！”

“不够，永远都不够……”杨晓波的手依然不肯老实。

女孩有些生气了，使劲儿挣脱开来：“行了！我必须赶紧起床，今天这个客户只有上午有时间，我得跑到望京去找她呢！”

杨晓波这才悻悻地作罢，任由她下床收拾。躺了一会儿闲来无事，他正想去卫生间洗澡，却又被女孩一把推开。

“去去去，你又没啥事，我先来……对了，今晚你别过来了，我爸来了，要跟我说点事。”

“晚上我也要找你说点事，嘿嘿……”

“滚！”

“那等你们说完再见呗！”

“没时间了，还得直播呢！今晚师父和我连麦，肯定要通宵。后天要去云南一周，我们公会组织的户外活动。”

女孩梳洗完毕准备出门，看了看一脸失望的杨晓波，在他唇上轻啄一口：“你就乖乖先回家做几天‘妈宝’，行不？”

杨晓波把她搂到怀里，深深地吻了吻她的嘴：“好吧，大主播，那就等你回来见。”

女孩露出灿烂的笑容，在杨晓波胸口轻拍两下，然后像个小学生一样一跑一颠地冲出门去，留下一串清脆的高跟鞋声。

房门“啪”的一声关上了。房间里一个早上的忙乱喧嚣戛然而止。在透过窗户射进屋内的阳光下，杨晓波看到灰尘在跳舞。

他忽然感觉有些孤单，似乎整个世界都抛弃了自己。

整个世界只抛弃了他三分钟——这份安静被电话铃声打破，他赶忙拿起手机一看，脸上顿时露出惊讶的表情。

“亦山哥，你好啊！”

岳亦山特意把会面的地点选在金融街威斯汀大酒店。他在金融街上工作了十几年，在这里总有种莫名的安全感和自信感。此时此刻，他特别需要这种感觉。

约定的时间刚到，一位穿戴整齐、妆容淡雅的女士走进酒店大堂吧。她大概50岁出头，身材匀称、气质端庄，走起路来挺胸抬头、不徐不疾，举手投足间带有一种威严的气场。

这就是陕西著名地产商曹明华。

岳亦山连忙迎上前：“曹总您好，让您辛苦赶过来。”

“不辛苦。你们以前就在这隔壁办公吧？我也难得来金融街一趟，跟着你长长见识。”曹明华笑道。

岳亦山连忙摆手：“哈哈，这可折煞我了。您见多识广，我要向您多学习才是。”说着，他把曹明华领到自己的桌前。

刚一落座，曹明华便直奔主题：“既然咱们要相互学习，干脆一起做家金融公司吧。”

岳亦山闻言一愣。虽然心里早有准备，却没想到对方如此直白。

“您以前也提过这件事。不过不知您具体的想法是什么，比如设立公司的目的是什么？金融行业这么多领域，您具体想做哪些？您希望我能做些什么？”

“嗯。”曹明华笑吟吟地望着他，“先说说你有啥建议？”

岳亦山沉吟片刻。

“从您的实际情况出发，应该争取收一个金融牌照。成明集团是区域地产龙头，也涉足不少其他产业，在陕西拿了不少类金融企业牌照——比如融资担保公司、小贷公司和典当行。下一步如果想做大金融板块，最好能控股一家信托公司、券商或银行，至少也要先参股几家积累些经验。咱们拿有可比性的几家地产商来看，他们……”

“成明集团目前做不到。”曹明华打断了他的话，“现在国家政策收紧，地产企业融资非常困难，今明年我们还要拿好几块地，资金压力会比较大。”

岳亦山感到一丝惊讶。他遇到的所有老板都会打肿脸充胖子，这还是第一次有人主动自揭短板。

“那就先稳扎稳打，把手里的几个类金融企业运营好，等待合适的时机再出手。有时候收牌照的事也需要天时地利人和，耐心和机遇都很重要。”

“呵呵……”曹明华干笑了几声，低头喝了口刚端上来的柠檬水。很显然，岳亦山的话并没有说到她心坎里。

“牌照的事你就不用操心了。有几个证券公司的人帮咱盯着呢。我想在北京设立个私募基金，就做你们以前那些业务，你看咋样？”

岳亦山明白了。绕了个弯，话题最终回到她的真实意图上。不过，他告诉自己必须坚定立场。

“您是说以前鑫城财富做的‘影子私募’啊？其实我觉得这两年做线下非标投资的私募不会太好干。金融体系正在经历一个去杠杆的过程，有关部门对银行、证券、保险几大行业都加大了监管力度，对地方政府和房地产行业的融资行为做出很多限制，资产管理行业正在遭受巨大冲击。而私募基金在这个行业里最弱小，现在自然是日子最不好过的一个群体。您何必要在这个时候入场啊！”

曹明华点了点头，笑容不改。

“有道理。不过，我的战略规划是希望金融板块能够迅速做起来，成为公司未来的主营业务之一。私募基金行业的门槛不高，规模很容易在短时期内做大，正好符合我的需求呀！你们以前那家私募，不是3年就搞了几十个亿吗！”

“可是因为操作不规范，3年的基业，不到3个月就倒掉了！这个根本不能作为参考。”岳亦山争辩道，“现在成立一家私募很容易，想运作好可并不容易。不妨等……”

“我更相信事在人为。”曹明华再次打断他，“我们那个年代的人，接受的教育都是‘人定胜天’——你可以不同意，但是我创业到现在，每次进入一个新的行业都有人告诉我时机不对，可是每一次最后都获得了成功。为啥？因为选对了人，坚持做下去，就成了。你要相信一点：办法总比困难多！”

岳亦山喝了口茶，叹道：“曹总，您是有大格局的人，我一直都很佩服。可是还有一个根本性的难题——我曾经总结过，如果没有政府背书，任何金融机构都带有庞氏色彩。也就是说，所有金融类企业最终靠的都是政府信用支撑，纯粹民营的私募，是无法得到足够的信用支撑的，很容易倒掉。我个人宁愿回信托公司打工，也不会再进这种私人机构了。”

曹明华掩口笑了起来：“你说的我早就想到了。早年做施工的时候，我就挂靠在国企下面。现在地产板块里，还有两家公司是和地市的国有平台公司合资的。你放心，我今天就可以给你打包票：私募成立一年以内，我保证找到一家国企来参股甚至控股，让咱变成‘国家队’！”

听到这几句话，岳亦山心中一动，身体向后一靠，沉思起来。

曹明华见状停顿片刻才继续说道：“亦山，你作为高管亲历了一家私募的倒闭，经验教训都不少。你还不到40岁，牵头重新做一家，正合适。”

“我知道您一直很器重我。可是您不了解，我这个人懒散惯了，不适合当一把手管理整个公司啊！”

“没关系，我给你配助手。你是CEO，但是只管业务就行。”

“嗯……可是陕西的金融市场比较小，我也不了解……”

“公司设立在北京，你来帮咱整合全国的金融资源。”

“那招聘……”

“你说了算。新公司刚进入金融行业没啥名气，给团队薪酬开高点儿好了。至于你——”

曹明华身体向前微倾，盯住岳亦山的眼睛：“年薪300万外加业绩提成，怎么样？”

岳亦山避开对方的目光，低下头沉默了。足足过了两分钟，他才重新开口。

“曹总，我还想要一样东西。”

“尽管讲。”

“您百分之百的信任。”

曹明华收起笑容：“疑人不用，用人不疑。我绝对信任你！”

岳亦山轻轻拍了拍桌子：“好的，曹总。您给我几天时间，我还要和几个人谈谈再回复您。”

曹明华缓缓起身，伸出右手：“不急。期待我们合作成功。”

岳亦山露出微笑，紧紧握了握那只手。

【二】

又是在清晨4点从梦中惊醒。

这样的经历多了，程霞时常会想：从加入鑫城财富到被判处缓刑，简直就是一场跌宕起伏的噩梦。她曾经那么努力，付出了那么多艰辛劳动，可是公司突然就倒掉了，同事们突然就都离开了，警察突然就出现了……

那段日子的每一个场景，都在她头脑中反复回放着。直到今日，她仍然想不明白：为什么那么大一家财富管理公司说倒就倒了？客户的钱都到哪里去了？自己到底做错了什么？以后怎么办？

一定是哪里出了问题。可是她不知道，她也解决不了。

她的天空是灰暗的：

为了躲避追讨资金的老客户，她搬了家，远离主城区，甚至想离开北京这座让她心痛的城市——可是还没有这个勇气。

她完全没有心情再去工作。每天除了窝在家里看电视剧，什么都不想做。偶尔逼自己去跑步，在大汗淋漓中才能感觉到一丝畅快。

她的销售佣金都已退还，只能靠过去的那些积蓄过日子，而房租和一日三餐的开销侵蚀着她逐渐干瘪的钱包。

她不敢打开手机。客户的辱骂让她心碎，但这是她用过的唯一号码，又不舍得换掉。只有在这样的梦醒时分，才会偶尔开机。

突然，一条前一天的微信跃入眼帘：

“你好吗？见面聊聊吧。”

程霞咬着嘴唇，不知该怎么办。这么久了，她还没有和任何老同事联系过，更别说他了。往事如洪水般一下子涌入脑海。枯坐到天色发亮，她才打下几个字：

“还好。你呢？”

没想到对方不到五分钟就回复了：

“正在健身房。我准备重返江湖啦，先积蓄些体能。”

“回信托吗？”

“不是。重新创办一家私募基金。”

程霞很吃惊，半天没有回复。新消息又来了：

“别担心，这次我来掌舵。你是我认识的最棒的承做专家，咱们一起做吧。”

程霞苦笑了一下，摇了摇头。

“对不起，我是不会再做私募了。”

对方还在规劝：“你是了解我的，有风险的事我是不会做的。大股东答应给公司找个国有的‘婆婆’，你大可放心。”

“那祝你成功。”

程霞打出最后几个字，便放下手机，不再回信。可是过了一会儿，手机电话铃声响起来。她看了一眼，皱皱眉，直接挂断电话，关上手机，重新把被子蒙到头上。

听到手机里传来的忙音，岳亦山不甘心地挂断电话。

两个小时后，岳亦山正在东三环世贸天阶附近的SOHO尚都楼下吃煎饼，杨晓波气喘吁吁地跑了过来。

“亦山哥，您找我！”

“你小子，不是说一个小时就能到吗！”

“我刚才在外面，回去换了身衣服，这才来晚了。”

“那么早你去哪儿了？噢——在外面过的夜吧！行啊你，业务都扔光了，泡妞的本事可没忘。现在跟谁在一块儿呢，还是小何吗？”

杨晓波吞吞吐吐地说：“亦山哥，那个……何芳笑已经订婚了。我现在……我现在跟马楠楠在一起呢！”

“哎呀，她可是以前咱们公司第一性感女神啊！那身材，啧啧！你小子一定很‘性’福吧！不过你俩怎么搞到一块儿去了？”

岳亦山挤眉弄眼，又在“性”字上加了重音，杨晓波脸红了。

“咳，本来都吃了散伙饭，说不再联系了。可是上个月初我和她在金融街碰上了，她觉得这是天意，就……就在一起了呗。”

“行了行了，没空听你的浪漫史。我有正事找你：你陕西曹阿姨叫我在北京设立一个私募基金管理公司，还是做非标投资这一块。我正招兵买马，你……”

“我加入！”杨晓波不等他说完，坚定地说道。

“你呀，光听个开头，什么职位、薪酬都没搞清楚就敢答应。”

“那都不重要，亦山哥，只要跟着您就行了！”

“好！”岳亦山不再打趣他，一脸严肃地说道，“那咱们一言为定！”

“一言为定！”杨晓波也郑重其事地应道，“您都找过谁了？”

岳亦山迟疑了一下：“老东家的人，我找过程霞和陈律师。不过他们都拒绝了。”

“哦……”杨晓波发现自己排名第三，心里暗暗有些失望，不过这种感觉只是一闪而过，“那咱们到这儿干吗，来找魏老大？”

“对！基金产品销售这块，没人能跟他相比。咱们力单势薄，一定要得到他的支持才行。走吧！”

魏老大的办公室还是那么局促，到处堆满纸张。岳亦山找到把椅子，杨晓波却不得不坐在一堆宣传册上，他不禁想起以前鑫城财富内部流传的一句话：“钱是纸，纸是钱。”魏老大也曾说过类似的话——他的公司把一纸合同交给客户，从客户手里拿来钱，这不就是最佳阐释吗？

过了一会儿，魏老大迈着矫健的步伐走进来。他今天心情不错，笑呵呵地说：“你俩又凑一块儿去了？岳总啊，你这是带团队来投奔我的吧？”

岳亦山略带尴尬地说：“老大，真是不好意思，我正在帮以前的一个项目方筹备新公司做私募。”

魏老大一听，眼皮耷拉下来。他点上一根烟，摆弄着打火机，半天没吭声。

岳亦山清清嗓子，继续说下去：“老大，她是我和晓波的长辈，外地的一个大地产商。她前前后后找过我不少次，我很感动。她还承诺拉国企来做股东——这是我最看重的一个条件。将来这个平台做起来，有国企背景，又有我把关，产品肯定让人放心。咱们到时一样可以联手做业务嘛！”

“啥联手做业务啊，还不是让我给你卖产品！”魏老大冷笑着说。

“那只是一个方面。您要信得过，我带团队也可以帮您一起做项目，将来两家一起分管理费。”岳亦山诚恳地说。

可是魏老大并不买账：“可别扯那些没用的！我这里搞承做的团队水平是比不上你，但是也还没差到要请外面人来干活的地步。”

“不是那个意思！”岳亦山急得口干舌燥，“老大，您对我的情义没说的，我都记在心里！但是咱们兄弟俩没必要非绑一起不可啊！如果我把这个新平台做起来，就是又立起一个山头，到时候咱们互相也有个呼应，不是更好吗？”

魏老大没吱声，好像在思考。

岳亦山赶紧趁热打铁：“看今年的形势，金融机构都在收缩表外业务，咱们这行肯定更难做了。如果我这头能拉上国企，将来咱们联手发行和销售，肯定比市场上纯民营的私募有优势啊！所以咱俩合作，可不是小兄弟来占您便宜，咱们可以互相借力啊！”

岳亦山这么一说，魏老大的脸色终于不那么难看了。他吸完一支烟，才又开口道：“这样吧，等你有项目拿来我看看再说。你就折腾去吧，等你将来整大发了，把我收了算逑！”

岳亦山知道这已经是最好的结果。他笑着站起身，对着魏老大双手合十：“您别开玩笑了，我这头要是混得不好，还指望您给口饭吃呢！”

魏老大并没动窝，只是抬眼瞅了瞅他。

“我这儿随时会有你口饭吃的。”

走出大厦，晓波不解地问道："亦山哥，魏老大一直对您不错，又是同行，有资源、懂业务，您没考虑过加入他的公司吗？"

岳亦山摇摇头："正因为如此才不能加入。你没想明白啊，他那么懂业务，又是个眼里不容沙子的老板，将来每个业务环节都会过问，咱们做事会有多累！曹总不懂私募，才会放手交给咱们去干，这样咱们可以游刃有余，有自己的空间啊！

"晓波你要记住：在职场，永远都不要轻易答应别人的工作offer。过去的关系再好，如果合作不顺利，以后就没法见面了。魏老大有这么强大的资源和能力，我可不想为了一份工作跟他搞掰。"

杨晓波若有所思地说："嗯，我记住了。再说，咱们也得留个退路嘛！"

"你小子有长进啊！"岳亦山哈哈一乐，此刻，他觉得自己浑身是劲，"现在有了魏老大的销售资源、你的技术支持和曹总的资本实力，我心里就踏实了。咱们准备开工！"

【三】

岳亦山与曹明华再次碰头，很快就成立私募基金管理公司事宜达成一致。他们约法三章：

第一，公司业务全权由岳亦山负责，曹明华不参与日常经营。

第二，管理团队可以提取公司净利润的20%作为业绩提成。

第三，由曹明华负责，一年之内引进国企股东。

此外，曹明华还把集团资金部负责人兰宇檀和一个法务经理赵琦派到北京，分别担任新公司的财务总监（CFO）和风控总监（CRO），协助岳亦山开展工作，三个人合称"3C"。于是，新团队便开始新公司的筹备。

可是大家没想到的是，第一项工作就卡壳了：北京市工商局已经暂停私募基金的登记注册——这两年行业负面新闻太多，跑路层出不穷，想要拿到“准生证”还没那么容易呢！

怎么办？岳亦山打了一圈电话，几个同行一致推荐他买一个“壳”好了。他们所谓的“壳”是指已经完成工商注册和中国证券投资基金业协会登记备案，且尚未开展多少实际业务的投资管理公司或基金管理公司。甚至有热心人推荐说，他们凭借老关系，可以用50万左右的价格搞定一个“壳”，大大低于市价。

但是这个建议遭到兰宇檀和赵琦的一致反对。

老兰瞪着牛眼，一板一眼地说：“公司还没开张，就花这么一大笔钱买个别人的公司，不太好吧！我咋向曹总交代啊！而且注册、备案这些事，大家勤快些也就自己办下来了。依我看，这个钱可以省下来。”

赵琦也附和道：“买一个公司，肯定要做尽职调查吧！那就同样要花费不少时间呀！而且万一有负债没查出来，这不是一上来就给自己埋雷吗！”

岳亦山不想刚一开始合作就破坏公司气氛，只得作罢。退而求其次的方法，就是寻找允许登记注册的地方。

幸运的是，很快大家就得知杭州正在打造私募基金之都，不仅能够注册，还有不少优惠政策。于是，杭州成明资本投资管理有限公司正式诞生！

接下来，大家跑了一下写字楼市场，很快就挑中了中关村SOHO大厦一处200多平方米的办公区域，简单装修即可投入使用。会议室窗外斜对面就是海淀基督教堂，岳亦山开玩笑说：客户就是上帝；咱们离上帝的家这么近，就是贴近客户嘛！

与此同时，公司开始马不停蹄地招聘。最开始，这项工作由岳亦山和老兰共同负责。出乎岳亦山意料的是，老兰并不认可高薪挖人的策略。

岳亦山对他说：“老兄，咱们这种小公司，完全没有市场知名度，不用高薪，根本招不来能干的人啊！”

老兰却不以为然：“岳总，你在金融圈工作那么多年，肯定一呼百应。就像晓波，不是没谈薪酬就跟你来了吗！”

“晓波是我带出来的，不一样。不能指望每个人都这么做啊！再说咱们前期也招不了几个人，这个投入是必要的。”岳亦山劝道。

老兰却毫不退让：“咱们是小本生意，注册资本才3000万——兄弟我说句实话你别往心里去——你一个人的薪水就占了十分之一，在成明集团里头算是独一份呢！你看我和赵琦，现在也就比在集团的时候提了一级工资，40万而已。再给团队高薪，恐怕不太合适吧。”

岳亦山听出他的语气有点儿酸酸的，无奈地轻叹一声：“咱们三个人的薪酬可都是曹总定的啊！对了，给团队高薪的想法，也是曹总提出来的呢！”

可是老兰丝毫不为所动：“她是菩萨心肠，经常随口就答应别人事情，有时也不好实现。你的薪酬是你们谈的，我就不管了，但既然她派我来把关，团队其他成员的薪酬就不能太离谱！”

岳亦山气不打一处来。

他与老兰是在当年鑫城财富做成明集团项目时认识的，这个家伙从一开始就和自己气场不合。他是财务出身，为成明集团搞了几年融资，工作能力还是有的，但是那种保守、谨慎而又偏执的作风真让人有些受不了！

想来想去，岳亦山决定还是咬牙忍下来：劝说看来不会起作用，也不可能为此向曹明华告状，只好将就一下吧！其实他不知道的是，曹明华对老兰在新公司的角色定位早有安排。

更头痛的问题还在后面：在岳亦山心里，招聘就是招聘，纯粹是为了找到能干的人一起做事。可是在老兰心里，招聘却成为挥舞权力大棒的机会。

他制定出数轮面试笔试的规则，还不知从哪里搞来一堆简历，坚持要从中优先选择。有时候，候选人与职位的匹配程度甚至不如他的个人好恶重要，直气得岳亦山恨不得跟他拍桌子！

杨晓波也看出问题所在，忍不住对岳亦山抱怨：咱们就是个小小的民营私募机构，怎么还搞得这么官僚和任人唯亲啊！

可是他没想到的是，这边筹备工作磕磕绊绊，那边自己又后院起火——马楠楠不同意他干这份工作。

俩人大吵一架。

“鑫城财富是怎么倒的你还不清楚吗？怎么还敢往火坑里跳呢！”马楠楠质问道。

杨晓波感到很可笑：“你别瞎掺和了！这次是亦山哥牵头的，他最重视项目风控，而且也不会挪用资金胡搞别的事。我们很快还要引入国企股东，就是想为影子私募蹚出一条路来，这是多有意义的一件事啊！”

“嘁，你真是太天真了！”马楠楠冷笑着说道，“我跟你们工作了一年多，就记住一个词：OPM——别人的钱！影子私募都是在玩客户的钱，自己不负责任。这个模式走下去，不管股东什么身份，早晚要出事！”

杨晓波不高兴起来：“你懂什么啊！资产管理行业的本质就是‘受人之托，代客理财’。没有最基本的信任，这个行业都别干了。我跟你说，如果我们这条路走通了，就是一种资源整合和金融创新！亦山哥就是点石成金的私募之王！”

“得了吧你！岳亦山一天都没当过公司CEO吧？他又是那么散漫一个人，自己都管不好，能管得好一个公司吗？你得有自己的主见，别人家一摇铃，你就摇着尾巴跑过去，连魂都丢咯！”马楠楠讥讽道。

杨晓波顿时火冒三丈：“这就是我自己的主意，我就想和他一起做私募！

你不懂金融，就别跟着瞎掺和！”

马楠楠也气呼呼地说：“杨晓波你真是不知好歹！我这都是为你好！要不你回家看你爸妈怎么说！你让他们托个关系，完全可以找个稳稳当当的工作，何必跑到一个小私募去！等岳亦山把你带到沟里，后悔就晚了！”

杨晓波想再反击，张了张嘴却没出声。

是呀，老爸老妈会同意自己的选择吗？他还不敢告诉他们加入成明资本的事，只是说自己在朋友公司帮忙。而马楠楠虽然比自己年纪小，在社会上的时间却比自己长，看问题总有很独到的眼光。应该相信她的判断吗？

他沉默了一会儿才开口，眼神中透露着坚毅。

“安稳的工作哪里都有，创业型的公司才锻炼人。记得你以前对我说的吗？‘人生中有些最美好的东西是彻头彻尾的错误’。我已经下决心，这就是我认定的路，哪怕是个错误，也会坚持到底！”

马楠楠稍稍有些吃惊。在她眼里，杨晓波一向优柔寡断、患得患失，这次变得这么有决断力？看他傻乎乎认真起来的样子，还真有点儿性感呢……

把思绪拉回来，她脸一红，咬着嘴唇“扑哧”一声笑了，用右手食指对着杨晓波勾了勾：“你过来，我跟你说个事儿。”

【四】

新公司还没正式开张就有业务上门，而且一下来了俩。

在刚刚装修好的会议室里，3C带着杨晓波与一个叫孙强的老板首先展开会谈。

说起来，这个孙老板和岳亦山的老东家还有些渊源：他在北京附近的廊台市开了一家印刷厂，曾经从鑫城财富借过一笔钱用于二期厂房建设。不巧正赶上当地政府加大环境保护力度，限制一些高污染、高耗能行业扩大产能，直接叫停了他的工程。

厂子二期建设烂尾，自然无法偿还欠款。不过鑫城财富一倒闭，这件事也就被搁下了，无人过问。原本这算逃过一劫，可是孙强后来还是栽了跟头：几个月前，环保部门颁布新的治理措施，他的这种小厂根本无法过关，必须马上停产！

孙强马上想到迁厂。可是选址、搬迁、重建、复工，这个过程可不是一朝一夕能完成的。而停产之后立刻没了收入来源，工人工资、供货商欠款和各种费用都没了着落，这个厂就快完了。

俗话讲病急乱投医。孙强急得像热锅上的蚂蚁，四处借钱应对欠款危机。可是到了这个地步，就像病入膏肓，谁还会相信他能起死回生呢？

因此，当他说明来意，老兰和赵琦完全把他的融资要求当作一个笑话，而岳亦山则暗暗地咬牙切齿：这个王八蛋，欠鑫城财富的钱还没还，还有脸出来忽悠！

可是当杨晓波提醒孙强眼前这家公司具有鑫城财富基因时，这个身高不到1.65米、体重170斤的胖子擦擦满头的大汗，眼珠一转，又哈哈大笑起来。

“没想到在这里碰上了，真是因果循环，天意啊，天意！可是你们也甭把我的事儿一棍子打死——你们只要肯帮我渡过难关，利率多少都好谈！”

岳亦山强忍着愤怒，尽量用平静的语气说道：“孙总，这不是利率的问题。你现在两手空空，谁敢跟你合作呢？”

孙强使劲儿摆摆手：“我可不是空手套白狼！那么大一个厂子放在那儿呢，评估下来值5000多万呢！把它抵押给你们，就算打个四到五折，借我2000万总可以吧！”

“不是已经停产了吗？”

“咳，那就是做做样子，等这阵风刮过去就没事啦！”

“我听说现在环保部门都是用卫星监控和地面观测结合，搞‘热点网格’化管理，很难钻空子。”

“那就换个思路：我只要借到钱，拿出一部分上设备，就能达到环保标准。”

“上了设备就能一劳永逸？现在治理这么严格，你能担保借款期内不会出台更严厉的措施？你还没明白吗？根本问题在于廊台离北京那么近，你又是落后产能，迟早要被淘汰。”

“这个嘛……实在不行，还有那么多机器设备和原材料呢！”

“那就不值钱了，只能当作不良资产处置。”

几句试探之后，孙强知道对方很专业，不可能蒙混过关，于是立刻换上一副吃了大亏的样子。

“那好吧。我这厂子还实实在在占地100亩呢！我急着用钱，就把土地押给你们算了。”

“地块在什么区位，是什么性质？”说到土地，老兰来了兴趣——毕竟他是地产企业出身。

孙强马上打开手机地图，语速飞快：“你们看，我的地距离廊台市区有30公里，就在北京和天津中间，到哪里都方便！土地是工业性质，正好承接京津冀产业转移，绝对是块宝地啊！”

“地块周边都有什么？”老兰接着问道。

奇怪的是，孙强突然支支吾吾起来，半天才吐出几个字：“也没什么特殊的。有条河，周围都是厂子。”

“那就没啥意思了。”老兰失望地往后一靠，“一片厂区，土地将来升值空间不大。”

孙强还想争辩，岳亦山打断了他："不用再说了。兰总是地产专家，我们都相信他的判断。咱们今天就到这里吧！"

孙强慌了，连忙伸出双手，像是要阻拦对面正准备起身的四个人："对了，你们不知道，根据最新的规划，廊台高新区就要南扩，我的地就在南扩范围内，肯定会编入产业调整的范围，将来一定会升值啊！"

老兰嗤之以鼻："从规划到落地，再从落地到产业调整，还不知道要过多久。我们又不在当地搞房地产，等不起。"

说着，他带头站起来，意思再明显不过——再见，不送！

孙强的眼珠转个不停，似乎不易察觉地狠瞄了老兰一眼。可是下一秒钟，他又唉声叹气，露出一副极不情愿却又无可奈何的样子。

"各位，实话实说，下一步已经明确要把我们那个片区调整为一个健康产业园。只要能挺过这段时间，我的地肯定能卖个好价钱，到时候还你们钱分分钟的事！"

岳亦山最反感这种人：把信息藏着掖着不肯一次说清楚，非要逼到山穷水尽才吐露真言。

"行了，知道了。你先回去吧，我们考虑一下。"

孙强听出他的应付语气，两手一摊，使出最后一招："岳总，你们这次要是能帮我，以前我拖欠的钱就有机会还清了嘛！"

这句话似乎对岳亦山有种魔力，让他微微一怔，轻轻"嗯"了一声。老兰和赵琦却完全免疫，催促孙强离开，吩咐杨晓波叫另一个项目方进来。

孙强观察了一下每个人的反应，然后低头哈腰地和大家打过招呼，才走出门去。

第二位来宾的外表和孙强大相径庭。

此人身高至少有1.78米，身材不胖也不瘦。他一脸诚恳，目光温和，慢慢吞吞地说自己叫蒋家祥，西安人，正在重都市做一个商业综合体的开发。

赵琦嫌他语焉不详，补充介绍说，蒋总是曹总在西安的邻居，一直在西安做房地产开发。去年他到重都拍了块地，但是在当地人生地不熟，遇到不少障碍。曹总和他聊过之后想帮他一把，于是推荐了过来。

“那么金额、期限和利率呢？”岳亦山问道。

蒋家祥摸了摸后脑勺：“这个……我还没想好。”

桌子对面的四个人险些从椅子上翻落。这都没想好，还过来干什么！

岳亦山感到既好气又好笑。不过，这家伙是老板介绍过来的，他忍住了调侃一番的念头，转而一本正经地问下去：

“那你现在到底有什么想法呢？”

蒋家祥又愣了半天，怯声说：“我现在没啥想法。”

杨晓波可忍不住了：“蒋总，你可太逗了，大老远从外地跑过来，就是为了对我们说一句‘没啥想法’吗？”

“蒋总，你不是跟曹总说需要融资吗？”赵琦觉得很没面子，想赶紧把他引上正轨。

蒋家祥似乎从梦游中回过神来：“哦。不是很着急。要不，先借个900万也行。”

岳亦山还从来没见过这么呆头呆脑、毫无主见的项目方。这个打酱油的家伙，纯粹在浪费大家时间！

“蒋总，成明资本是一家私募基金管理公司，专门帮助地产企业解决融资需求。你来之前，请考虑清楚自己是否需要融资、融多少、用多久、能够接受的资金成本是多少，以及有何增信措施——比如可以抵押担保的资产。这都是最基本的条件。只有你想好，我们才可能有业务关系，否则我们没有办法帮你！”

蒋家祥反应了几秒钟，面无表情地说：“哦，是这样，就借900万，用半年，利息能给2分5。项目做了在建工程抵押，没有别的抵押物。我和曹总是邻居，信用借款行不？”

岳亦山和杨晓波对视一下，一齐摇头。利息2分5，就是每月2.5%，相当于年化30%。敢借这么贵的钱，还没有任何增信措施，简直是穷途末路的感觉。两个人都在想：要么是项目出了大问题，要么就是这位蒋总脑筋出了大问题。

岳亦山努力半天，终于找出最后一丝耐心。

“蒋总啊，首先我们不是做高利贷的，不会跟你要到2分5。其次，如果是10万、20万，曹总一句话我们就给你打过去了。可是900万，不可能靠你拍胸脯就放款。最后一点，我们要把你的融资需求设计成私募基金产品，拿到外面去卖。没有抵押担保措施，没有客户会买账的。”

蒋家祥点头称是，却没了下文。

岳亦山觉得没有必要和他浪费口舌，嘬着嘴看了老兰一眼，好像在说：喏，你们推荐的项目方，你们看着办吧！

赵琦觉得很尴尬：蒋总大小也是个老板，又是曹总的邻居和朋友，对他说话要客气点儿，可是他今天的表现实在出人意料，让人不好收场啊！

老兰看出赵琦的窘态，赶忙解围：“那好，我们回去再研究一下。蒋总起大早赶飞机过来也辛苦了，早些回吧！”

蒋总听了顿时长出一口气，似乎结束审讯一般：“那我先回啦！”

【五】

在成明资本的第一次业务碰头会上，3C第一次坐在一起商讨业务发展方向。

岳亦山首先发言：“兰总、赵总，我先说说我的想法：咱们是一家新生的小私募，外部资源、资金实力和团队规模都有限，必须先走小而精的路子，集中精力专攻一个业务条线，做出自己的特色。

“现在金融监管政策对房地产企业限制比较多，大多数地产商资金面都比较紧张，融资需求强烈，这正是咱们的机会！而且成明集团本身的主营业务就是房地产开发，对地产金融并不陌生。

“因此，综合外部宏观因素和公司内在资源禀赋，我建议咱们前期先专注于地产私募。二位意下如何？”

这番分析正说到老兰和赵琦的心里。

赵琦兴冲冲地说：“对！就整地产私募！我和兰总对这块最熟悉，也最有信心！”

“我举双手赞同。而且——”老兰神秘地一笑，“我来北京前就想到这点：咱们有个最好的项目方就在身边——成明集团！”

赵琦一拍脑门：“对嘛！咱给成明集团先做几单好了！兰总这个主意好呀！”

看着他们俩开心地一唱一和，岳亦山的心情却很糟糕。

其实，这是他最害怕发生的结果。

“兰总、赵总，我可能稍微有点儿不同意见：咱们最好不要为股东自融。起步阶段我们会过苦日子，但是自力更生是必要的。给股东融资，表面看起来两全其美，其实会使我们失去独立性和自我开拓的精神，甚至变成成明集团的一个融资工具而已，不利于公司长远发展。”

老兰听了自然是一百个不高兴：“岳总，话可不能这样说。这几天总听你说现在金融形势不适合小私募发展，那咱们绑到成明集团这艘航空母舰上有啥不好！”

岳亦山点上一根烟，冲着老兰呵呵一笑：“兰总，绑上去容易，解下来难啊！”

老兰有咽炎，对烟雾敏感，偏偏又被喷了一脸，顿时烦躁起来。

“又不是一直绑着！集团扶植我们做几单再说呗！”

赵琦也在旁边附和：“就是！集团有不少现成的好项目，咱去挑两个出来，容易得很。何必还要舍近求远，上外边找去！”

岳亦山耐心解释道：“二位，我在金融圈这么多年，这种例子见得多了。大家都觉得大股东前期送上一程，子公司后面就一马平川。可是大股东会觉得是自己给了子公司一口饭吃，手会越伸越长；子公司呢，会产生依赖心理，又受到大股东干涉，往往在主观思维上和客观能力上再也长不大了。咱们不能重蹈覆辙啊！”

“哪有那么严重！”老兰马上举出反例，“你们鑫城财富之前在北京金融街的公司，不就是依靠深圳总部才发展起来的吗？”

“老兄，你有所不知啊！当时北京和深圳是‘双总部制’，北方总部只是托生于深圳，有股权关系，但业务、人事、财务都独立于他们。”岳亦山反驳道。

“不对吧，难道你们没借用过人家遍布全国的销售体系？”老兰问道。

岳亦山觉得不能再照顾面子，必须把话点到位：“是用过。不过，当时我们风控非常严格，基本不做深圳总部推荐的项目，所以我今天才能坐在你们面前，而没卷到非法集资的案子里去。再说，咱们现在最缺的不是项目来源，而是销售能力。成明集团能给咱们提供这种资金渠道支持吗？”

“集团和金融机构有非常广泛的业务联系！”作为成明集团前资金部负责人，老兰十分自信。

“但是曹总会答应你们使用这些资源给我们融资吗？”岳亦山反问道。

老兰知道自己的说辞没法改变岳亦山的立场，只好拉大旗扯虎皮了。

“岳总，我提的建议是经过深思熟虑的，也一定会得到曹总的支持。你有你的想法，但是要服从大局。如果你非要阻拦，咱们去请她评评理咋样？”

岳亦山慢悠悠地吐出一个烟圈，随即哈哈大笑。笑声中带有一种无形的压力，让老兰和赵琦第一次感觉有些紧张。

“兰总，请问什么是大局？在我看来，成明资本的健康发展就是大局，其他都不重要——包括你我甚至曹总的好恶也是一样！大家都是明白人，你不用拿她压我。如果你想打破这个格局，来，直接跟她说怎么样？”

说着，他掏出手机，调出曹明华的手机号码，递向老兰。

老兰没有看手机，而是目不转睛地盯着岳亦山的眼睛。岳亦山毫不退缩，双眼一眨不眨地瞪回去。这是他第一次在老兰面前表现出不留余地的强硬。

就这样相持了不到十秒钟，老兰终于认识到这次岳亦山绝对不会让步。他收回目光，干笑起来。

“那倒不用。既然你们有约在先，那就听你的好了。咱们出发点是一样的，都是为了新公司好嘛！”

此言一出，三个人都意识到一点：3C的第一次正式的正面交锋就这样结束了。老兰和赵琦是大股东曹明华钦点过来的，心理上总觉得高岳亦山一等。岳亦山在大事小情上一直在忍让，可是这一次他用决绝的态度让他们俩明白：在触碰到规则底线的时候，他们的能量还不足以翻盘。

还好，虽有纷争，未伤和气。

岳亦山马上收起手机，向老兰抱了抱拳。

“感谢老哥支持啊！那咱们大方向就确定了。接下来说说昨天的两个项目方？”

赵琦马上接过话题：“昨晚我跟蒋总又聊了一下，他说这次来就是想融900万。咱们抓紧给弄一下呗！”

岳亦山轻叹一声道："二位，别的不说，没有抵押物这一关就肯定过不去啊！更重要的是，我觉得这家伙头脑不清楚，没法合作啊！"

赵琦哑火了，老兰接着说道："蒋总最近不太顺，有点儿不在状态。不过你想呀，人家生意做那么大，肯定还是有两把刷子的。我建议开始调研他的项目，慢慢帮他找可以作为抵押物的资产。"

两个人的态度非常明确，不料岳亦山仍在唱反调。

"我怎么觉得还是孙总的项目更靠谱些呢——他手里好歹有块土地，如果权属没有问题，肯定比蒋总的事来得直接。不妨先去调研他的项目。"

"呀，我昨天不都说了，他那块地不值钱。"老兰不以为然。

"从咱们单位出发到孙总厂子也就一个半小时，值不值钱去看一眼好了。"

"要我说，就没必要浪费那个工夫。如果地块真的不错，别人早抢着干了，哪会轮到咱们呀！"

"你们都看到了，这小子一直遮遮掩掩的，就没交个实底，没准咱们挖到宝了呢！"

"正因为他遮遮掩掩不老实，才不能相信他呀！昨天我和赵总合计过，这个孙强面相很差，眼珠又转得快得很，心眼太多，这种人绝对不能合作。"

赵琦连忙帮腔："就是就是！你看蒋总，虽然是以前西安北郊的农民，没啥文化，可是他浓眉大眼国字脸，看面相就老实巴交的，让人放心。"

这到底是看项目还是看面相啊？岳亦山感觉和他们俩沟通真是太累了。

"二位，咱们先不谈面相好不好……老话说'救急不救穷'。孙总都要火烧眉毛了，再滑头也不得不认真跟咱们谈，咱们也容易拿到最佳条件。可是蒋总那头看不出着急吧？他要钱做什么？一个商业综合体，怎么会只缺900万？话说回来，咱们一个项目只做这么点儿规模也太丢人了吧！"

这番话说得老兰和赵琦哑口无言。

过了一会儿，还是老兰呵呵一笑开口说道：“岳总，你这么力挺孙总，是不是有私心啊？别误会，我不是指私人利益——他不是欠过鑫城财富钱吗？咱们已经成立新平台，过去的事就别太纠结了，那又不是你的错。”

让老兰和赵琦没想到的是，岳亦山大大方方地说：“我确实考虑过这个问题：如果能解决孙总现在的融资需求，盘活他的资产，让他有能力还上过去欠的钱，挽回投资者的损失，岂不两全其美？

“兰总、赵总，我曾经常对晓波说，‘人生只有一个方向，就是向前’。所以你们放心，我很清楚自己在做什么，以及成明资本该怎么发展。至于项目的选择，希望你们就别太纠结了，我会把握好的。请相信我！”

【六】

杨晓波的新车行驶在高速公路上。坐在方向盘后面，他满脸写的都是“骄傲”二字。

“亦山哥，我这车还不错吧？涡轮增压的，加速时的感觉，就像要飞起来。”

岳亦山在旁边皱起眉头：“得了吧，就你这速度，是爬，不是飞！对了，你知道吗，新车异味会影响男性生殖系统。车里味儿这么大，你还非得开出来显摆，真是害人又害己啊！”

杨晓波噘噘嘴：“哥，您就非得打击我才开心吗？您又不结婚，就别拿生殖健康说事儿了！”

“哎，谁说我不结婚了？只是没遇到合适的。”岳亦山把双手垫在头后，饶有兴趣地说，“我倒想看看你小子什么时候向楠楠求婚。”

“我们才在一起一个月，怎么可能谈婚论嫁！”杨晓波反驳道。

岳亦山笑起来：“这跟时间长短没关系，是心态的问题。我看呀，你们是先有性、还没爱。而且——你心里还没放下小何吧！”

杨晓波心里一痛，却装作若无其事：“那一页已经翻过去了，我可没那么婆婆妈妈。楠楠对我挺好的，没准我们真能成呢。您就等着给我当伴郎吧！”

岳亦山正要再开口，车子下了高速，再一转弯，导航语音通知他们已到达目的地。孙强笑嘻嘻地迎上前来：“岳总、杨总，你们辛苦啦！本来我说派车接你们的，杨总非说不用。一路还顺利吧？”

岳亦山不喜欢这种过分的殷勤，随便应付两句，一行三人便向厂房走去。

在初秋时节的北方，虽然太阳赏光露面，早晨的气温仍然不高。在空空荡荡的厂区，岳亦山和杨晓波感到寒风从厂房周围袭来，很快钻透了衣服。厂房两侧种的杨树也在哗啦啦地回应着秋风的召唤，撒下一片片落叶，和随意堆放的物料、满墙的涂鸦、破碎的窗子一起，给人一种凄凉破败的感觉。

孙强一边走一边咒骂，又忙不迭地给两位访客解释：这都怪那群该死的工人，一停工就开始讨薪，拿不到就开始搞破坏，简直是一群无赖！

“这帮家伙，只认钱，一点儿情义都不讲！我当初给他们开的工资不低，没一个人来感谢我；这才停薪几天，你们看看吧，都闹成什么德行了！”

“工人干活就是为了养家糊口，拿不到钱，就断了生计，当然会闹。”杨晓波随口一句把孙强呛得不知该怎么往下接。岳亦山暗暗觉得好笑：晓波这孩子，还是太心直口快，一点儿城府都没有。

几个人边走边聊，把厂区转了个遍。孙强介绍说，这次环保整治力度非常大，主要是针对VOCs，即挥发性有机化合物——在常压下沸点为50℃—260℃的有机化合物，主要来源于室内装修建筑材料、室外工业废气、汽车尾气等，浓度过高时会使人急性中毒，严重者甚至有生命危险。廊台市对此高度重视，成立了大气办，专门制定政策和监督落实。

孙强承认自己一直对环保重视不够，以前也搞过一套最简陋的除尘设备，可是被查出经常偷偷关停设备节约成本，所以早早就被环保部门列入黑名单。现在人家借着新措施的颁布，第一时间要求这个眼中钉、肉中刺关停，完全不给任何转圜余地。

大家又开车绕厂一周。岳亦山和杨晓波惊奇地发现厂子周围山清水秀，环境优美。一条小河从厂子西边两公里的地方流过，还有人在岸边钓鱼。附近只有几个食品加工厂，规模并不大，而其他地方基本都是果园和菜地。一圈看下来，只有孙强这家印刷厂是个污染大户。这和第一次见面时孙强寥寥数语给大家留下的印象大相径庭。怪不得政府在这片土地上规划了一个健康产业园。

岳亦山很纳闷：这家伙当时吞吞吐吐的，想隐瞒什么呢？这么好的环境，有利于投资机构提高对土地价值的判断啊！望着这个气喘吁吁的胖子，他感到有些不安。

“孙总，厂子本身的情况我们基本都了解了。说说吧，你现在欠了多少钱，准备怎么合作？”

孙强摇晃了一下脑袋：“上次我说了，想借2000万，一年期，利率你们给优惠点儿呗，到时候我拿出一点儿费用，就当咱们兄弟的酒钱，啊哈哈哈……”

岳亦山和杨晓波都听出了这句话的弦外之音：做他的项目，可以拿回扣。

在整个职业生涯里，岳亦山从来没有在这个问题上含糊过。在他心中，做人做事的底线是一条细细的红线。从这一边到那一边也许只是一步之遥，不过，这一步正是一失足成千古恨，永远都回不来了。没有人时刻监督，也没有人高声呵斥，甚至这条线也只存在于自己的脑海里。但是无论如何，他绝不会让自己的心蒙上阴影，绝不会让自己在夜深人静时难以入眠。

岳亦山神情严肃地说道：“孙总，我们是为了公司业务而来，不是为了个人利益。项目做成，我们自然能拿到奖金。等帮你解决了问题，我们再喝顿大酒好了。我希望咱们现在就把话说清楚，其他的东西，就不要再说了。”

孙强满脸堆笑，一边点头称是，一边在岳亦山的脸上仔细观察着。当他确信眼前这个人不是说着玩的，马上收起笑容。

“岳总，你别见怪，我只希望把事办成。至于路怎么走，全听你的！”

岳亦山对这个回答很满意。孙总这样的人他见得多了，他们总是想以这样的糖衣炮弹试探对方，甚至把这种做法当作行业潜规则。所以他必须在一开始就把底线画得清清楚楚。

“那好！咱们就再务实一点儿：你光说想借多少钱，还没回答到底欠了多少钱——我希望你说个准数，别再绕来绕去。否则，如果等我们尽职调查下来发现不对，那就不好玩了。”

孙强立刻面露难色。不过他明白，到了这个地步，再遮遮掩掩，事情就没有办法推进了。

“其实工人工资，供货商材料款，加上欠的税和其他一些费用，总共是1500万。”

“那你为什么要借2000万？”杨晓波问道。

孙强还在沉默，岳亦山倒是笑起来：“这还没包括欠鑫城财富的700多万呢！孙总，你这次不会又不想还了吧！”

“怎么会呢！地会押给你们的啊！”

“这块地你一直没卖出去吧？”

“这个嘛……我倒是问过几家，但毕竟是工业用地，仓促之间不好卖啊！”

“还有一点，你不准备迁址重新开工了吧？”

“谁说的，我肯定迁厂啊！我还想赚钱呢！”

“那新址选好了吗？”

“呃……我还没来得及。”

岳亦山冷笑起来："孙总，要我说，你把土地扔到我们手里，借走这笔钱，压根就没打算还！多出来这500万，就当你这些年辛苦办厂的酬劳了，对吧？"

孙强顿时面如土色，呆若木鸡。

看到他的表现，杨晓波也反应过来，气得满脸通红。好个孙强，你占过鑫城财富一次便宜还不够，现在又想算计我们！他正想发难，岳亦山却把手扶在他的肩膀上，对他使了个眼色。

于是，杨晓波深吸一口气，没有吭声。只听孙强用恳求的语气说道："两位兄弟，咱们可以再设计设计方案，只要现在给我钱渡过难关，后头我帮你们一起卖地也行啊！你们资源多，可以根据市政府的规划，把这块地包装成健康产业用地找下家。"

岳亦山平静地对他说："哥们儿，按照你那天说的，我没一棍子把你的项目打死。可是今天一看，咱们的合作基础还有点儿欠缺。这样吧，我们回去再想想办法，等公司内部讨论完再联系你吧！"

在返程的路上，岳亦山和杨晓波沉默许久。新公司第一个项目的调研出师不利，两人都很不开心，各自在想心事。

行程过了一大半，杨晓波首先开口："亦山哥，刚才幸亏您提醒，我才没对孙强发脾气。我明白您的意思：要控制好自己的情绪，不要无谓得罪人。不过这个家伙也太坏了，让他说句实话比登天还难，这种人没法合作。"

岳亦山摇摇头："按照常理，我是不会再管他了。可是无论他个人有多坏，眼看着他倒下去，连累许多工人和供货商，过去欠鑫城财富客户的钱也再没有希望了，总有些不甘心。"

"但是眼下确实没有合作基础啊！他已经默认想把土地抛给咱们、自己套现走人，而咱们给他的钱是募集而来，到期要偿还，到那时还没卖出这块地就把自己套里面了。这个锅咱们可不能背。”杨晓波说道。

“晓波，咱们有没有可能改善交易结构，突破这个局面呢？”

“改善交易结构？他手里有价值的只剩下那块地，抵押物是没办法改了，那就帮他找到买家，保证还款来源。”

“对！我刚才在想临走时孙强的话。传统地产开发商也许看不上这么偏远的一块工业用地，但是健康产业投资者没准会感兴趣。”

“有道理……哎，亦山哥，我想起一个人，找她正对路！对了，她可还是个大美女哦！”

“你小子别卖关子了，谁啊？”

“辛莹！”

/ 第二章 /

【一】

一觉醒来，杨晓波转头看看，马楠楠还在睡梦中。他坐起身，望着她，陷入沉思：

当一个男人爱一个女人，究竟爱的是什么呢？是她微笑的样子，说话的声音，走路的仪态，还是思维的火花？

我又爱楠楠的什么呢？是她看我的眼神，曼妙的身材，撒娇的可爱，还是直爽的性格？

更重要的是，到今天为止，我对她的感情，到底是不是爱情呢？

杨晓波没有答案。

他只记得，两个人的第一次发生在共事于鑫城财富期间，在深圳出差的一个夜晚。那时何芳笑还是他的女友，于是他一直想把那次一夜情定义为酒后乱性、意外劈腿。可是内心总是有个声音告诉他并非如此。

后来何芳笑因此与他分手，很快鑫城财富倒闭，他与马楠楠吃了散伙饭并约定不再见面，可是没想到一次偶遇又让旧情复燃——这一次，主动的又是马楠楠。

似乎在两个人的关系里，马楠楠总是更主动、更明白自己想要什么的一方。那么杨晓波想要的是什么呢?

此刻，他慢慢俯过身去，对准马楠楠那一双柔唇亲下去。

她在半睡半醒中把他推开。

“别闹别闹，人家昨晚直播到4点多，刚睡一会儿嘛……”

杨晓波不忍再打扰她休息，只好一个人翻身下床，望着窗外秋高气爽的好天气叹了口气。

这又是一个典型的“女主播式周末”：

通常，马楠楠都会在周五和周六晚上通宵直播，因为这是一周中人气最旺的时间段，可以吸引到更多粉丝。更多粉丝，当然也就意味着更多的打赏。

直播到清晨，下机后她会吃口东西，然后一觉睡到下午三四点甚至晚饭前。和杨晓波在附近匆匆吃口饭，顶多再到超市采购些生活必需品，就要赶回去化妆，准备九十点钟新的一轮直播。

对马楠楠来说，刚开始，直播只是个好玩的东西。她的条件太好了：脸形上镜、身材绝佳，又性格开朗、爱玩爱笑，非常符合这个行业的要求。她的运气也不错，加入这个行业没多久，就有大主播看中她的潜力，收她做徒弟，教她如何调动气氛、收割粉丝，很快她的粉丝数量和收入水平就上了一个大台阶。她也开始把直播当作一项工作认真起来。

不过，大半年之后，各种负面效应显现出来。首先是压力。直播间是开放的，有喜欢她的粉丝，也有黑她的同行，还有低素质的猥琐男。有的时候受了委屈，她经常想大发雷霆或者痛哭一场。其次是长期黑白颠倒，使一向健康的她抵抗力下降，开始三天两头生病。此外，为了留住给她大方打赏的土豪级粉丝，她还不得不和他们线下交往。有时会被骚扰不说，一旦被杨晓波发现，自然少不了一番争吵。

就像这次，杨晓波正在窗前发呆，床边马楠楠的手机振动起来。他轻手轻脚地走过去，拿起来一看，来电者是Alan。

杨晓波在马楠楠的手机上不止一次看到这个名字。他一时好奇，接通电话。一个清脆的男声传入耳中："Hello，baby，吃早饭了吗？"

杨晓波感到怒火瞬间填满胸腔："你是谁啊？！"

对方听到一个男人的声音愣了一下，但是很冷静地说："我是马楠楠小姐的朋友Alan，请问你是哪一位？"

"我是她男朋友！你以后不要给她打电话了！"杨晓波几乎是吼着挂掉电话。

马楠楠被惊醒了。她跑过来抢回手机，气愤地推了杨晓波一把："杨晓波你干什么呢！你是不是有病啊！"

"我有病？这个Alan一上来就喊你'baby'，你怎么解释！"

"他只是直播间里的一个粉丝！"

"你的粉丝都有你的手机号？都这么跟你说话吗？"

"当然不是！他都关注我好几个月了，刷的钱又多，还很有礼貌，这样的粉丝上哪儿去找！"

"你老实跟我说，是不是跟他约会过？"

马楠楠愤怒地望着杨晓波，却没有直接回答这个问题。

"杨晓波你记住：他们只是粉丝，我只想从他们身上赚钱！"

杨晓波冷笑道："这么说你们真的见过面。马楠楠，你是不是特别喜欢和这些有钱的男人暧昧啊？"

"我一天到晚这么累，你都不能理解，还说我喜欢暧昧？原来你是这样看待我的！”马楠楠往床上一坐，双手捂脸啜泣起来。

杨晓波最见不得女孩的眼泪，心一下软下来。他走过去想搂住她，却被她一把推开：“别碰我，你出去！”

“楠楠，你别生气，我刚才……”

“杨晓波，我没有你这样的男朋友。滚！”

在金城坊街的江户前寿司店，岳亦山刚刚点完菜，一个一身职业套装的女人飘然而至，坐到他对面。

岳亦山微笑着打量眼前这个姑娘。她年龄在30岁上下，雪肤花貌、明艳动人，是个典型的四川美女，浑身散发着金融街上职业女性特有的魅力。今天，她显然用心打扮了一番，一头长发向后一丝不苟地梳成马尾辫，显得既活泼又干练；脸上画了淡妆，勾勒出清新脱俗的感觉。

“岳总，久等啦！咱们可是好久不见啊。”她先开口打招呼。

“没事没事，我刚到。是好久没见了，辛总可是越来越年轻了。怎么周末加班还穿得这么正式？”岳亦山笑道。

辛莹故作神秘地说：“因为今天我要见一位私募大佬呀！”

岳亦山装出很崇拜的样子：“哦，我也想见私募大佬，求带。”

“哈哈，他就坐在我面前。”

“辛总太会开玩笑了！我可是私募新兵，刚干这行一年多。最近又在组建新公司，这是我的新名片。”

“我知道，在你朋友圈看到招聘信息了。恭喜呀，岳总，你的身价可是水涨船高。”

“哪有啊！在小私募打工，一点儿安全感都没有。还是你们大机构安稳！对了，我听说你也高升了？”

“哎哟，看来我们公司有‘内鬼’：当初咱们做完金牛家园项目，我手下几个小姑娘都变成你的小迷妹了呢！我呀，在集团内部调动了一下，到养老投资公司做副总经理兼投资部总经理。”

“这可是大好事！TAI作为国内最大的保险公司之一，一向都很重视养老投资。你到这个岗位，充分说明集团领导对你的信任。而且这样一来，没准咱们又能合作啦！”

“那我要谢谢岳总的鼓励咯！好啦，你有什么好项目，一起聊聊？”

说到这里，菜基本上齐了。两个人一边吃，岳亦山一边说，把孙强的项目情况详细介绍了一遍。当然，对于孙强的个人表现，他只字未提。辛莹听完并没马上表态。

岳亦山摸不透她的想法，内心不免有些焦虑：如果她不感兴趣怎么办，市场上像TAI这样合适的买家可不多。

辛莹沉吟片刻，突然注意到迎面而来的殷切目光，忍不住笑起来：“岳总，看你急的，心急可吃不了热豆腐哟！”

“哈哈……我可不敢吃辛总豆腐！”岳亦山连忙用调侃掩盖过去。他明白，自己表现得越急切，谈判地位就会越弱。

他没想到的是，就这么一句斗嘴，竟然使一向为人强势和言辞犀利的辛莹脸红起来。

“讨厌！岳总，人家跟你说正经事呢！”

“对不起、对不起，那咱们正经人还是抓紧谈正经事吧！”

“你平时就是这么谈业务的吗？怪不得人家说你是‘武定侯街金城武’呢！”

“啊？我怎么没听说过？”

“好吧，那就当我没说。”辛莹喝口茶，正色道，“还是说说你的项目吧：听下来，我觉得这个地块的位置还不错，距离北京、天津都很近，我们就想在一线城市周边做项目。不过障碍还是不少：比如我们以前的项目好像都是直接和地方政府谈判，没从私人手里买过项目。而且吧，这块地现在是工业用地，也不适合做养老。如果只有眼前这些要素，恐怕条件还不够。”

岳亦山听了心里一沉：“那怎么办，你的结论是放弃吗？”

辛莹似乎就喜欢看他着急的样子。她假装又思考了一会儿，才不慌不忙地说：“岳总啊，记得你对我说过的话吗？没有完美无瑕的项目。如果你下决心做，咱们就一起创造条件呗！”

“就等你这句话了！”岳亦山兴奋地敲了一下桌子，向辛莹伸出右手，“那就预祝咱们合作愉快！”

“合作愉快！”辛莹也大大方方地伸出右手。

这还是两个人第一次握手。在这顿饭上，岳亦山第二次感到出乎意料——没想到这个女强人的手是如此柔软和温暖。

【二】

别看孙强矮矮胖胖、其貌不扬，讨女性欢心可是他的一大长项。这个特长在辛莹考察他的项目时表现得淋漓尽致。

那天没出太阳，天气很冷。辛莹和同事一下车，孙强就跑上前嘘寒问暖，给两位女士递上专门新买的围巾和手套。走到厂房边上寒风刺骨的地方，他又脱下风衣，坚持给辛莹披上。更重要的是，在岳亦山事先的一再提醒下，他毫不回避她们的尖锐问题，一反常态地坦承开放。于是，一路下来他在辛莹面前加了不少印象分。

陪在后面的岳亦山和杨晓波一边感到好笑，感叹美女出面待遇就是不一样，一边佩服辛莹的雷厉风行，项目调研跟得这么紧——其实这也容易理解，她新换了部门，急于干出业绩嘛！

杨晓波兴奋地对岳亦山说：“今天孙强表现这么好，辛总一直在点头，感觉她很满意呀！”

“你把辛总想得太简单了吧！她能产生兴趣，孙强的表现只是一方面，还是因为项目本身不错。”岳亦山也很高兴。

杨晓波点点头：“对！而且她可是个不达目的誓不罢休的人。看她这么积极，事情大有希望啊！”

谁知，三天后传来消息：TAI否决了这个项目。

岳亦山叫孙强马上奔赴TAI养老投资公司，一起找辛莹了解情况。不过，他自己和杨晓波出门前却被老兰拦了下来。

老兰笑嘻嘻地说道：“岳总，听说TAI没看上廊台项目呀！正巧蒋总又过来了，融资的事和我谈得还不错。要不咱们一起合计一下？”

岳亦山皱起眉头：公司里到底谁是业务负责人啊！

“蒋家祥过来也没提前告诉我，那你们就先谈好了。TAI那边什么情况还不清楚，还不能下结论。等我们沟通回来再说吧。”

老兰听了脸拉得很长，横跨一步再次挡住准备出门的两个人。

“岳总，你那个项目已经搞了一星期，还是四处碰壁。蒋总可是曹总介绍过来的，谈判也有进展，你可不要钻牛角尖啊！”

岳亦山盯着他看了几秒钟，一扭头，带着杨晓波走出门去。

辛莹快步走进会议室。面对三张困惑不解的面孔，她解释说：“不好意思，事情是这样的：早上我向领导口头汇报了廊台这个项目，他提醒我说，在京津冀肯定要做高端养老项目，而高端客户对环境非常挑剔。印刷厂对土地污染很厉害，恐怕没法往下操作。”

三位访客顿时呆住了，只听辛莹继续说道："对不起，这个问题本该第一时间发现。都怪我，新到这个岗位还不太熟悉工作。其实领导也说了，廊台市位于京津冀的核心位置，非常符合我们的战略规划，印刷厂区位优势很大。如果没有污染这个硬伤，我们投资的概率还是蛮高的。"

岳亦山身子重重地往后一靠，一言不发。

杨晓波懊恼地说："我们怎么也没想到，印刷厂作为重污染企业，所在地块转为产业用地是会有问题的。"

孙强无奈地耸耸肩："但是市政府的规划就是健康产业园啊！这可是千真万确的。"

"这个我丝毫不怀疑。"辛莹轻声说，"那个片区大环境确实不错，山清水秀的，而且拆迁量不大，成本不会太高，发展健康产业是正确的选择。问题是，你的厂子是那一带唯一的污染企业呀。"

大家陷入沉默。

高端健康产业用地和污染企业厂址之间有着天壤之别。有什么办法能解决这个"硬伤"呢？

"孙总，你的厂房占地多少？"岳亦山突然发问。

"一期2.1万平方米，只有一层平房，相当于32亩。你也知道，后面我还想建二期3万平方米，被叫停了，就没搞起来。"孙强答道。

"在实际投产的一期里面，涉及污染物使用和排放的车间大概占地多少？"

"我想想……大概得占八成吧！"

"八成就是25亩。辛总，TAI有没有可能只开发剩下的75亩，不管其余25亩污染的地呢？"

岳亦山这一问，让所有人眼前一亮！三位访客的目光齐刷刷对准辛莹。

辛莹沉思片刻，再开口时语气缓和了不少："这应该是个解决方案，不过我们还得请环保方面专家实地考察一下。”

大家闻言刚松了口气，她却话锋一转：“但是之前我与岳总提到的两个问题还没解决：一是TAI没从私人手里拿过地，二是我们没法用工业用地做养老项目。”

“有可能破例吗？”岳亦山问道。

辛莹打开笔记本：“我做过研究，突破第一条是有希望的：像我们TAI这种大型保险集团，做什么事都希望能够借助集团的品牌效应，拿到更好的商务条款，这是一种‘品牌溢价’。比如TAI直接与政府沟通土地问题，就是想减少拿地成本。如果孙总能够开个有足够吸引力的价格，从你手里拿地也未尝不可。”

“只要够我还债，价格不是问题！”孙强连忙表态。

“那你欠了多少钱啊？”辛莹似乎只是漫不经心地一问。

“1500万！”孙强脱口而出，根本没注意到岳亦山在旁边朝他一个劲儿地挤眉弄眼。

“不对，再加上以前欠鑫城财富的，至少要2500万吧！”岳亦山一边找补抬价，一边在心中叹气：这个孙强真没用，在美女面前一点儿都不设防，这么轻易就暴露了谈判底线！不过，辛莹也真是谈判高手，每时每刻都在观察对方的心理，有意无意都在寻找破绽。

辛莹并不在这个话题上纠缠，若无其事地往下说道：“至于第二条，恐怕我就无能为力了。”

杨晓波追问了一句：“为什么？”

辛莹摇着头笑起来：“杨经理，这属于国家土地政策问题，我们做不了主啊！”

杨晓波在会计师事务所工作一年多，后来跟着岳亦山在鑫城财富又干了一年私募，工作经验还很欠缺，对土地政策也不甚了解，一下子闹了个大红脸。

岳亦山略带尴尬地说："晓波，每块土地都要归入一个性质类别里，不能随意使用或更改。根据我国现有分类标准，一共有12个一级类、57个二级类。一级类是最大的类别，包括耕地、林地、园地、草地、商服用地、住宅用地、交通运输用地等。咱们说的'工业用地'是属于一级类'工矿仓储用地'下面的一个二级类，这种性质的土地只能用于工业生产和工业服务。"

"是的。我们做养老项目最想要的是'公共管理与公共服务'下面的'医卫慈善用地'，这个性质与我们做的事最匹配，相对来讲土地价格也很低。"辛莹补充说。

孙强迫不及待地说："辛总，这个你不用担心，我来想办法。"

辛莹有些好奇："怎么，你和当地政府关系不错？"

"这个嘛，恰恰相反。"孙强卖了个关子。

"行了，你到底有什么办法？"岳亦山有些不耐烦。虽然他应该在其他人面前维护项目方的利益，可是对这个家伙发自内心的厌烦还是会偶尔忍不住流露出来。

"哈哈，"孙强狡黠地笑了笑，"我的厂子在政府领导眼里可是个刺头。如果能引入TAI，他们一定求之不得，所以啊，我敢保证土地变性不是问题！"

辛莹喜出望外："那就好！你约好相关领导，咱们廊台见！"

【三】

马楠楠站在公寓门口，手里捧着一大束火红的玫瑰。她低头闻了闻，脸上的表情禁不住也像花儿一样绽放开来。

杨晓波见状连忙说道："楠楠，上次都是我不好。等我晚上从廊台回来，带你吃你最喜欢的海鲜粥去。”

马楠楠没说话，似乎还陶醉在花香里。但是当杨晓波想进门时，她却把他挡在了外面。

“哎，老娘什么时候让你进了？”

“楠楠呀，我知道自己错了，这不是来给你赔罪了吗！你别生气啦，好不好？”

“一束花就算赔罪了？想得美！明天再来吧。”

“哎呀，好楠楠、小宝贝，别闹了！你说怎么惩罚我都答应！”

“好啊，这是你说的！那以后每天晚上给我洗脚！”

“啊？这个……”

“做不到是吧？好，你走吧，别再找我了！”

“好好好，我答应还不行！楠楠，求求你原谅我吧，一会儿我还得去接亦山哥，这都快来不及了！”

马楠楠看到杨晓波急得额头上渗出汗珠，这才“哼”了一声，一转身走进屋里。

杨晓波先是一愣，又赶紧追进去，从后面把马楠楠拦腰抱住。

“亲爱的，你不知道我有多想你……”

马楠楠感到自己的身心一下子软下来，嘴上却说：“别花言巧语了！你不是要接人吗，怎么还不走？”

“马上走、马上走，先给我五分钟……”说着说着，杨晓波心猿意马起来。

马楠楠感受到他身体的变化，又笑着咬起嘴唇来。

“五分钟？我让你一分钟就好！”

在廊台市政府大楼里，孙强和辛莹正在向国土局范局长和规划局赵局长介绍项目构思。

其实在范局长眼里，孙强的印刷厂就不该存在。也不知道这家伙当年有什么神通，竟然能够说服几个部门同意他搞那个厂子。那时候大家的环保意识也不强，无论市县两级政府还是当地居民，都没太当回事。

后来环保局盯上他，这小子就开始耍流氓。环保设备偷工减料不说，除了应付检查外平时基本不开，而且竟然还想贿赂检查人员，真不是个省油的灯。这次环保风暴就该收拾他，甚至逼他破产才好呢！对付这种人千万不能手下留情，否则别人还以为我跟他之间有什么猫腻呢！

听完孙强和辛莹的陈述，范局长瞄了一眼坐在旁边的赵局长，见他只是点了点头，没有说话的意思，这才慢条斯理地说道："这次赵局和我被李市长叫来参加这个协调会，就是要解决实际问题。我们非常欢迎TAI这样的金融巨头到廊台投资，一定会为你们提供好服务。不过嘛，这个印刷厂确实污染比较厉害，在市领导那里都挂得上号，是重点整治对象。你们确定想要这块地吗？"

岳亦山和杨晓波暗暗吃惊：没想到这个范局长一上来就泼冷水，很明显不想让TAI接手孙强的地啊！

辛莹微微一笑："非常感谢范局长和赵局长的接见，我们非常希望在廊台这片热土落地生根。至于印刷厂的地，我们已经请专家评估过，有72亩没有受到污染，完全可以使用。谢谢您的关心！"

"你们不是要做高端养老项目吗，我在那个片区临河的地方可以拿出几个地块供你们选择。"范局长继续做她的工作。

岳亦山和杨晓波不禁捏了一把汗：如果辛莹甩开大家直接与范局长合作就糟了。孙强更是把心都提到了嗓子眼儿。

不过，辛莹可不是个容易头脑发热的人。她不会把落地重大项目的希望寄托在一个第一次见面的政府官员手里。

“范局长，河边的地当然好呀！不过我查过地价，那一带可是不低呢！您能给出一个非常有吸引力的价格，我才好回去上报呀。”

岳亦山也诈唬道：“是呀，范局长，毕竟我们这边和孙总谈了一个‘跳楼价’呢！”

范局长见这几个年轻人不接招，不免有些恼怒。

“那可是块工业用地，想变性，恐怕没那么容易吧。”

说着，他朝赵局长望去。这位赵局长刚从外地调来，并不了解当地情况，从不轻易表态。不过范局长的这句话意味很明显，他肯定要配合。

“范局长说得没错。过去不少贪腐案件都与土地变性有关，现在国家查得很严，我们会非常谨慎。”

岳亦山非常憎恨这种官僚式的表态：“但是那个片区不是已经规划为健康产业园了吗？我们把污染工厂变为高端养老项目，这不是有利于城市发展的好事吗？”

赵局长回应说：“这当然是好事，我们绝对欢迎TAI参与投资，‘变废为宝’。不过，这么大一个产业园，启动起来会有个先后次序问题，印刷厂并不在首批计划之内。”

“是呀，放上一两年也很正常。”范局长附和道，“再说，我们还得看看当初印刷厂的土地是怎么取得的。如果是政府划拨的，土地变性必须走招拍挂程序。”

所谓“招拍挂”，是指国土资源部规定，2004年8月31日以后所有经营性用地出让都要通过招标、拍卖、挂牌的方式取得。在此之前，很多国有土地使用权通过协议转让的方式出让，流程并不透明，造成很多腐败问题和社会问题。

大家都明白，印刷厂的财务状况坚持不了一两个月，更别说拖上一两年了。而一旦招拍挂，TAI付出的成本完全不可控，甚至能否在公开竞争中拿到土地都无法保证。

孙强急了，也不顾对面坐的是两位能够决定他命运的领导，大声喊道："我的地是2007年招拍挂拿的，变性时就不用再搞一次了吧！"

范局长喝了口水，不急不躁地说："那要看土地合同里怎么约定的。如果提到改变土地性质必须由我们收回并重新招拍挂，那就还是免不了的。"

孙强顿时脸色煞白："这个……我可不记得了。"

岳亦山、杨晓波和辛莹面面相觑。会议的进程与他们的预期大相径庭。这个孙强，完全错估了形势啊！

就在这时，会议室两扇大门一齐打开，分管国土和规划的李市长带着几位工作人员快步走了进来。他往两位局长中间一坐，没有一句客套话，直接问起沟通进展，随即拍了桌子。

"你们知道为什么今天我要组织这个会吗？市委市政府高度重视健康产业园的建设，刘书记和潘市长要求我每个月给他们汇报一次。这个小小的印刷厂是污染大户，领导们都很关注。我正想办法解决，嘿，他自己找上门来了，还带来TAI，多好的一件事！结果你们谈了半天，什么问题都没解决！

"范局长、赵局长，你们的想法我都懂，无非是既想留住TAI，又想塞给它一块高价地。至于印刷厂，挺不了仨月，就得向你们缴枪投降了，是吧？这就是典型的'顾头不顾腚'！你们光考虑经济效益，不考虑社会效益：如果没有印刷厂的便宜可占，TAI还会落地到这里吗？那个厂子真要倒闭了，工人上街游行怎么办？"

李市长洪亮的声音回荡在房间里，更敲击在每个人的心里。访客们没想到会见到市领导，更没想到他讲话会这样直白甚至有些粗俗，把一切都放在台面上，与两位局长根本不是一种风格。

范局长辩解了几句，又被李市长打断：“行了，咱们先搞清楚印刷厂的地当年是怎么出让的。你把合同找来！”

范局长马上给下属打电话。在这个空当，李市长给大家讲起健康产业园的规划和定位。辛莹听得津津有味，当听到市里还要搬来一个二级医院后，更是双眼放光：养老社区最喜欢的配套设施就是医院，方便老年人看病，这叫“医养结合”。

她告诉李市长，我国养老事业方兴未艾：按照联合国的标准，我国从2001年开始就进入老龄化社会，截至2015年底，60岁及以上老年人口占总人口的16.1%，达到2.3亿人。我国的老龄化具有基数大、速度快、未富先老、家庭赡养能力下降等问题，急需专业养老机构的介入。

两个人正聊得热烈，工作人员拿来印刷厂的土地出让合同。翻开一看，这块地当年确实通过招拍挂取得，且没有明确要求土地变性须由政府收回。

“行了，这下都搞清楚了吧！往下怎么操作？”李市长问两位部下。

赵局长回答说，土地变性如果不重走招拍挂，政府可以与土地所有者协议收购，或者由所有者补交土地出让金——变更成价值更高类别的土地，就要补足差价。

李市长大手一挥：“人家都带着买家上门来了，我们还回购什么！补个差价得了。你们不要总是官本位，什么都要横插一刀。市场能解决的，让市场自己解决，解决不了咱们再出手嘛！”接着他又转向辛莹，“说吧，你们想变更成什么性质的地？”

辛莹心想机会来了，趁着领导支持一定要拿到最佳条件，连忙说项目要落地在医卫慈善用地上。谁知李市长一口回绝。

“辛总，这可不行。医卫慈善价格太低，我答应给你，以后其他机构都跑来要，你说怎么办？我不欺负你，但是也得为园区的土地价格做长远打算吧。

这样吧，就给你‘住宿餐饮’好了。”

辛莹有些脸红：这个李市长可不好蒙啊，在关键问题上一点儿也不马虎。她还想争取，李市长却已经把脸转向孙强。

“孙总，你可是大地主啊，不会交不出土地差价吧？”

不知为什么，孙强突然激动起来，使劲儿朝着李市长摆手：“领导您真爱开玩笑，我、我哪是什么大地主……您放心，我把印刷厂的地押给私募，一定把钱凑够！”

“好，我就相信你一回！”李市长看看表，准备离开。起身前，他最后瞅了孙强一眼，“你别再搞小动作，小心聪明反被聪明误！”

【四】

坐在岳亦山的办公室里，孙强计算出需要补交的土地出让金金额，不由得发出一声苦笑：这么多年下来，印刷厂没挣几个钱，这块地却增值了这么多。

“孙总，你这哪是做实业的，分明是炒地皮的嘛！”杨晓波调侃道。

“炒个屁啊，这钱我现在可出不起，还得靠兄弟们帮忙啊！”孙强一副楚楚可怜的样子。

岳亦山没心情和孙强开玩笑，直接给他讲解业务流程：孙总向廊台市政府申请土地变性，得到批准后，市土地储备中心会出具要求补交土地出让金的缴款通知书；以收到此文件为前提，成明资本与孙总签署协议，孙总将印刷厂100%股权——包括土地——质押给成明资本，成明资本承诺在股权质押办理完成后两周内募集资金到位，按照缴款通知书要求将补交资金打入市财政局账户，同时向孙总发放1500万借款；土地变性完成且TAI内部审批通过后，TAI将收购印刷厂股权的款项打入成明资本与孙总的共管账户；成明资本解除股权质押、扣除本息，将剩余资金交付孙总，与此同时TAI完成收购。

至于商务条款，岳亦山的开出利率的是19%/年，期限1+1（一年期、可续期一年），实际资金使用时间不够一年时，也将按整年收取利息。

孙强哀求道："亲哥啊，你这也太狠了吧！利率高得太离谱了呀！再说，有可能只用几个月也要收一年的利息，这也不合理吧！"

"孙总，不到一年期的资金上哪儿募去啊！"杨晓波抢先教训他说，"而且现在持牌金融机构都只做地产百强企业，以你的状况只能通过第三方渠道发行有限合伙基金，给客户10%，渠道7%，我们才拿2%，一点儿都不高！"

岳亦山一听，心里偷偷发笑：晓波这孩子有进步呀，也敢睁眼说瞎话了——其实客户9%、渠道6%就能搞定，这单能赚4个点呢！

孙强愁眉苦脸地说："我把股权都押给你们才拿回1500万，敢情光够偿债的呀！上午谈判时你们也看到了，辛莹那小娘们儿贼不要脸，把收购价格往死里压。再扣除还给你们的钱和外面欠的钱，我手里就没剩几个子儿啦！"

听到孙强背后骂辛莹，岳亦山心里非常不舒服："我说孙总，如果没有她入局，你就死定了！再说，当初谁让你自己把底牌交代给人家的呢，我想劝你都来不及。"

"好好好，怪我怪我。"孙强垂头丧气地说，"还有政府那头，那天范局长和赵局长明显不想帮我们的忙。要是这俩家伙在流程上卡脖子，咱们也够受啊！"

"那你大可放心。本来他们是想收拾你，可是李市长发了话，他们不敢不听。"杨晓波安慰他说。

岳亦山也表示认同："没错，再说你又不是两手空空，去上贡人家还不欢迎啊！补交出让金换土地变性批文，拿一种纸换另一种纸，这就叫'钱是纸，纸是钱'！"

孙总似乎完全没听进去，捂着脑袋做痛苦状："要不还是搞土地抵押算了！我一把可以拿走2000万，你们也只对我一个人，大家都轻松！现在搞这么复杂，万一TAI不投了，或者决策个一年半载，不就坏事了！"

杨晓波听了有点儿犹豫，低头不语。岳亦山见状急忙连声说不："期限1+1，就是给足大家时间。万一他们不投，我们两年以内怎么也能帮你找到下家。而且你算过没有，辛莹给你开价5500万，我们替你补交出让金就要2130万，再加上给你的1500万，一共3600多万，相当于打六五折！而土地抵押的话，只能做到五折！"

孙强大概也只是试探一下，没指望真回到土地抵押的老路上去。他抬起头，眼睛在岳亦山和杨晓波的脸上扫了一圈，咬咬牙，终于点了点头。

"行，就这么办吧。不过，你们可要盯住辛莹。如果TAI不入局，咱这事儿可就玩不转啦！"

送走孙强，杨晓波有些疑惑地说："亦山哥，在这个交易架构下咱们还是有风险的啊！就像孙强说的，万一TAI不投，咱们还是得帮他找下家，否则就把地砸自己手里了。您不是说过，交易结构越复杂、交易对手越多，最终越难做成吗？"

岳亦山轻轻一笑："晓波，这样操作是有风险，但是哪个交易是稳赚不赔的呢？你还是经验不足，思考也不够深入。

"如果没有TAI参与，只做土地抵押，就不可能得到政府大力支持，咱们这艘小船就要单独面对一个资信不高的交易对手，说不定他还会搞出什么幺蛾子；如果TAI这种航空母舰进场，政府举双手欢迎，孙强也根本翻腾不起来浪花，大大提高了交易的安全性。这两者之间可谓有天壤之别。

"再说，你也听到李市长那天的介绍，这个健康产业园已经写进廊台市'十三五'规划，下一步还可能被高新区吞并，是市领导非常关注的大动作，土地价值一定会飙升。所以，哪怕TAI不玩了，咱们把地捂上一到两年再出手，没准反而能大赚一票呢！

“另外，你想过没有，也只有如此，孙强才有可能还上欠鑫城财富的钱。虽然当时那不是我经手的项目，但是顺手解开个结，还投资人一个公道也是好事嘛。咱们能做一分是一分，‘勿以善小而不为’呀！”

杨晓波感到有些惭愧：自己的目光确实太短浅了，在对交易的理解上和分析判断事物的能力上都还远远不够。

他心悦诚服地说：“亦山哥，我都听明白了，就这么办吧！接下来，我就开始准备咱们内部上会材料。TAI那边，还得请您多费点儿心，毕竟最稳妥的结果，还是他们能够入局啊！”

在威斯汀的大堂吧里，岳亦山捧着kindle看入迷了。突然一阵香气袭来，他一转头，发现辛莹站在身后，朝自己做了个鬼脸。

“嘿嘿，我想看看岳总在读什么书，偷师学艺嘛！”

岳亦山连忙起身，把她迎入对面沙发。没想到这个女强人也有这么调皮可爱的一面。

“辛总，你在用什么香水，味道很独特啊！”

“岳总果然厉害！我今天试用朋友送的新品，迪奥的‘毒药’，味道可能有些浓烈。”

“嗯，我听说过。不过，好像使用这个系列的都是桀骜不驯的叛逆女孩哦。”

“哈哈，你看我像吗？”

“川妹子本来就很泼辣。至于你嘛，外表沉静，内心狂野！”

辛莹一怔：第一次有人这样评价自己。

回想自己在职场上努力奋斗，从一个岗位升迁到另一个；在生活中果敢善断，不惜和出轨的丈夫离婚成为单身妈妈……也许在外人看来，自己是一个冷静甚至有点儿冷酷的女人，可是这一切的根源，也许正是内心的狂放不羁、不肯妥协！

在她发愣的工夫，岳亦山切入正题：“辛总，廊台项目进行到现在，还算能进入你的法眼吧？”

“这个项目怎么说呢，还行吧。可以跟进看看。”辛莹回过神来，笑吟吟地说道。

岳亦山看出她是在逗自己，假装着急的样子说：“这个项目就指望你们了呢！如果只是‘还行’，那我们可就撤了啊！”

“别呀，这就把你吓跑啦？”辛莹笑着说道，“实话跟你说，我认为项目很不错，而且地价也压下来了，确实值得推。”

岳亦山摊了摊手：“别提了，孙强完全被你的魅力征服了，你说什么他都答应，拉都拉不住，这种项目方我还是第一次遇到。这倒也是好事，方便你们内部加快审批过会嘛！”

辛莹连连点头：“地价很有吸引力，而且从区位优势、外部环境、政府支持到产业定位，几乎无可挑剔，与我们的战略规划很吻合。放心吧，我一定会全力去推的。”

岳亦山沉吟片刻——有的话必须说，但是说出来也许会破坏两个人之间的友好气氛，这个度很难拿捏。他身体前倾，脸凑近辛莹。

“辛总，这么大的一个项目，会占用你们公司很多资金和资源。想成功落地，你一个人去推会不会太辛苦啊？”

辛莹完全领会这句话的含义。她收起笑容，放下手里的水杯，也把身体凑近对方，一字一句地说：“岳总，在大型金融机构里，所有项目的落地，既要看它本身的资质，也要看我们这些操作者在公司内部的资源整合能力。既然你当初来找我，就应该相信我有这个能量做成这件事。结合这个项目的情况和我们公司的风险偏好来看，我有信心说服集团领导——只要我确定想做的项目，就一定会抱着这样的信念。”

岳亦山被辛莹的智慧征服了。言辞中并没有承诺什么，但是这番话在他心里的分量已然足够。

“辛总，我听明白了。那就静候佳音！”

两个人碰了下杯子，岳亦山又笑道：“有人说，女人是三分长相，七分打扮。我看你是三分长相，七分气场啊！”

“哎哟，那你是笑话我丑呢，还是不会打扮呢？”辛莹也恢复了笑容。

“看我这话说的！应该是长相、打扮、气场都是满分！”

“切！你让我想起一部电影——《大话王》！”

“我现在也想起一部电影——《闻香识女人》！”

【五】

曹明华在办公桌前正襟危坐，脸上没有任何表情。她再次仔细端详对面那个人的脸，仿佛是在与一个陌生人初次见面。

“刚才你说的话，百分之百确定吗？”

老兰下意识地抬了一下右手：“曹总，这么多年了，咱啥时候在您面前胡说八道过呀！那个事就发生在办公室，赵琦也在场。”

曹明华深吸一口气：“那岳亦山呢？”

“不知道呀！但是他们天天在一起，那种事在外面就办了，不可能让我们看到。”老兰答道，“而且从他的表现看……”

曹明华马上打断他：“行了，眼见为实，猜测的东西不算数。那个孙强的情况查清楚了吗？”

“查清楚了，都在这里。”老兰递上一份文件。

曹明华认真翻阅一遍，没有放过一个字。随后，她合上文件，揉了揉眼睛。

“好，我都知道了。周末回家好好休息，周一回去看看有啥进展，随时跟我说。”

老兰告辞而去。

曹明华独自坐在办公室里，望着桌上的鱼缸，陷入沉思。

杨晓波介绍完项目情况，朝大家一鞠躬，信心满满地走了出去。会议室里只剩下3C。在烟雾缭绕中，老兰忍不住咳嗽起来。

岳亦山见状耸耸眉，不情愿地把烟熄灭。他清清嗓子：

“兰总、赵总，廊台项目的情况就是这样。作为CEO和立项会委员，我建议会议通过这个项目，让我们尽快开展接下来的工作。”

老兰瞅瞅赵琦，后者马上坐直身体，开始发言。

“岳总，公司开业以来，遇到廊台和重都两个项目。咱从风控的角度比较一下，廊台这个事风险还是偏高。TAI要是不投，咱们就得自己处置这块地。要是市场不好，卖不出去咋办？这个风险敞口太大。再看项目方，咱仨谁能相信孙强这个人？岳总，你敢担保他的人格吗？你看蒋总就不一样，老实巴交，又是曹总的朋友，完全可信。这样比下来，我建议第一个项目还是稳妥起见，做重都的好了。”

说罢，赵琦转头看看老兰。后者故作深沉，一声不吭——很明显，他把赵琦推出来当发声筒和挡箭牌。

岳亦山感觉有点儿发蒙。在他看来，立项会就是走个过场，使项目得到公司正式认可，以便聘请中介机构开展尽职调查等工作。真正要紧的是后面的投决会（有的公司叫评审会），想过那一关需要事前做足工作，在会前就搞定多数委员，才能给项目拿到准生证。可是这一次他万万没想到，自己的项目在立项会就遇到这么大挑战。

说穿了，在团队磨合期，岳亦山忽略了老兰和赵琦的感受——他们把自己当作核心高管和看家人，可是他却没有认同这种定位，在项目选择上我行我素，立项会前也没有事先沟通，大大地冒犯了两位陕西“乡党”。也许这次他们是想用行动示威吧：岳亦山，你把人尊重一下子！

岳亦山试图从专业角度解释交易架构，再从收集的各种信息综合分析项目可行性，但是他的努力都化为徒劳：对面两个人根本听不进去，一唱一和地说：公司在初创期，一定要合理分配资源，比较而言，还是优先考虑重都项目吧！

他逐渐意识到廊台项目今天是不可能过会了。愤怒和挫败感填满胸腔。他重新点上一根烟，狠狠地吸了一口。

在烟雾的另一边，正在喋喋不休推荐重都项目的老兰终于捂着脸闭上了嘴巴。

曹明华坐在辛莹的办公室里，感觉桌子对面的姑娘让自己眼前一亮：她端庄秀丽，谈吐大方，既有大金融机构中层领导的范儿，又不失对自己的尊重和热情，一举一动中都带着一种灵气。她可真不简单哪！

“辛总，你介绍得很全面，我现在了解你们的思路和风格了。看来岳总说得没错，你们是很认真地对待这个项目的。”

“是的，曹总。而且对于项目落地时间问题，您也不用太担心：过去和政府做交易对手，整个下来一般要一年左右。但是这个项目是和私人谈的，很多要素都已经非常清晰，我预计三五个月应该就够了。”辛莹说道。

“那太好了。辛总，其实我这次来，一方面是想学习一下TAI做养老项目的经验，另一方面嘛，是有个疑问想当面了解清楚——”曹明华呵呵一笑，“走到今天，你们和廊台市政府已经建立起不错的关系，项目落地似乎并不再需要我们，直接与市政府和孙总签约就可以了。不是吗？”

岳亦山在旁边直冒冷汗：我请曹总出面协调老兰和赵琦赞成廊台项目，她不仅欣然答应，还特地跑到北京要求见TAI领导，原来是怕对方把我们一脚踢开呀！我怎么没想到这一点呢！可能是因为和辛莹走得太近了吧……不愧是老江湖，我得学习她的这种冷静客观。

辛莹也吃了一惊，暗暗佩服曹明华的敏锐。

“曹总，其实有人向我提出过这个建议，我没答应。”

“谁？”岳亦山插嘴问道。

“孙强。”辛莹严肃地说，“他说，只要我们借他一笔钱，印刷厂的股权可以直接质押给我们，不需要和成明资本发生关系。”

“那你们是怎么考虑的呢？”曹明华没有一丝惊讶或慌张，还是刚才那副笑容。

辛莹耸了一下肩：“他越这样说，我越不敢单独和他合作呀！我们这种机构，怎么可能对私人借款？再说，他敢在你们背后捅一刀，有一天也同样会这样对待我们。说实话，我都没敢向领导汇报他来找过我：那肯定会使项目在他们心里减分。如果说廊台项目有什么缺陷的话，实际控制人的品行恐怕是最大的一项。”

“嗯，这么说咱们会始终站在一起了？”岳亦山松了口气。

辛莹低头笑笑，纠正说：“更准确地说，我会站在你们身后：等到你们从孙强手里拿到股权质押之后，我就踏实多了。所以请放心，我不会抛开你们，因为——”

“因为我们是你和孙强之间的风险缓冲器！”曹明华依旧笑容可掬，说着把脸转向岳亦山，“看来这个孙强的人品反而帮了咱们忙呀！对了，你知道吗，他还公然到办公室给老兰和赵琦塞钱，想让他们放行这个项目呢！”

岳亦山顿时惊呆了。

他一下子明白了很多事情，但此时此刻无暇多顾：曹明华正看着自己，那目光看似温和，却死死地钉在他的眼睛上。他必须马上开口回应，一秒都不能拖延。

“孙强做出这种事一点儿都不稀奇。我带晓波第一次去考察项目，他就暗示我们可以拿回扣。我当时就明确告诉他：私人利益，永远免谈！从那以后，他再也没敢提过。”

这时，曹明华和辛莹都在看着他，一个全神贯注，另一个饶有兴趣。他感到背上有汗水滴落。

“从业这么多年，我从来没收过一分黑钱。人嘛，何苦让自己的心那么累。最简单的选择，就是清清白白做人，干干净净做事！”

最后说出这段话时，他的语气虽然轻松，目光却坚定有力地回应着曹明华。而曹明华和他只对视了几秒钟，就转向辛莹，突然又笑起来。

“辛总，你看，我的团队都胸怀坦荡，跟我们合作可以放心吧！”

“那当然。我和岳总打过交道，他的人品无可挑剔。”辛莹似乎看出些什么端倪，力挺岳亦山。

曹明华报以微笑，没再多说，起身告辞。辛莹把他们送到门口，突然想起了什么。

“曹总、岳总，其实咱们还有一个选择。”

曹明华转过身，轻描淡写地说：“以其人之道，还治其人之身？”

“正是！”辛莹瞬间对曹明华佩服得五体投地。

岳亦山也醒悟过来：她们俩的意思是甩开孙强！

“怎么操作？”只听曹明华问道。

“不难。拖一两个月，到他撑不下去的时候，告诉他现在的方案作废，你们发个基金产品募集资金，逼他把土地低价卖给你们，我可以加点儿价再从你们手里买过来。这样我也不吃亏，成本肯定比现在还低。”辛莹干脆利落地回答。

曹明华开始由衷地欣赏这个姑娘：没想到她还有这种手腕！

可就在这时，两人的耳边响起岳亦山的声音：“我不同意。”面对两位女士惊讶的目光，他一字一顿地说，“我答应过孙强，有义务把这个交易架构执行完成。”

“可是我告诉过你，他想背弃这个方案啊！没必要还坚持对他的承诺呀！”辛莹不解地说。

岳亦山摇摇头：“如果我们也这样做，与他又有什么区别？也许这次占到便宜，可是下一次吃亏的没准就是我们。再说，他是个泼皮无赖，如果我们真把他逼急了，谁知道他会做出什么事来？”

“呀，你不用担心这个人，我早考虑过。我们依法合规，他不敢怎么样的。”曹明华劝道。

可是岳亦山心意已决：“曹总、辛总，只要我还负责这个项目，就不会更改交易结构！”

曹明华和辛莹交换了一下眼神，谁都没有再说话。

【六】

蒋家祥坐在咖啡厅里，安安静静地喝着热巧克力奶。

岳亦山答应与他见面，一是为了给曹明华一个面子，二是为了给老兰和赵琦一个台阶，修补一下关系。他心想：世界上怎么会有这么木讷的家伙，这个家伙又怎么会成为地产老板，曹总又为什么愿意帮他呢？也许傻人自有傻福，吉人自有天相吧！

蒋家祥喝了几口，这才不紧不慢地说："岳总，兰总和赵总跟我说，事情想办成，还得找你呀！我这个人简单，只要能成，你说咋就咋。"

听他这么一说，岳亦山更加反感："蒋总，感谢你这么诚心，大老远地特意来看我。我是成明资本的业务负责人，从这个角度说，他们让你找我是对的。不过，我这个人也直来直去，喜欢把话说在前面：咱们公事公办，不需要有什么私下交往。你的事比较棘手，融资金额并不大，又没有合适的抵押物，很难做啊。"

"是这样，我多借些——1268万吧，期限、利率你定，抵押物也有了，朋友公司的房产。"蒋家祥说。

"呵呵，怎么还有零有整的？"

"嗯。"

"利率可以随后再说，期限你总得确定吧？一年，一年半，还是两年？"

"都行。"

岳亦山烦透了：这个家伙一棍子打不出个屁，沟通起来太费劲了！不要在他身上浪费时间了！

"蒋总，我们正在跟进一个项目，人手比较少，有些忙不过来。不过你毕竟是曹总介绍过来的，这样好了，等我们忙完这段时间把那个项目落地，就派人去看你的项目和抵押物，好吧？"

蒋家祥点点头表示同意，然后又问道："其实我现在就需要这笔钱。你们多快能好呢？"

"那要看调研情况了，顺利的话一个月以内吧。"岳亦山答道。

“哦。那晚上没事一起吃个饭吧！”蒋家祥干干巴巴地说。

“谢谢，不过我晚上约了人，谈手头这个项目的融资。”岳亦山说着已经起身，“你也再找找别人，别把希望都寄托在一家身上，免得耽误了你。”

晚上9点刚过，马楠楠拉着杨晓波的手走进CLUB MIX。它坐落于工体北门内，共有地面和地下两层，占地3500平方米。对三里屯乃至整个北京的年轻人来说，这是一家几乎无人不晓的酒吧。

不过，杨晓波却从来没听说过它的存在。由于父母很传统，他从小就被培养成一个乖孩子、好学生。再加上有点儿书呆子的性格，直到大学毕业前夕，他才第一次走进KTV。至于工体周边的酒吧夜店，对常年在北京西半部活动的他来说，完全是天方夜谭。

“真没来过呀？傻瓜，谢谢你把第一次给了我哦。”马楠楠贴在他耳边妩媚地说着，一只手在他的腰上轻轻地捏了捏。

杨晓波觉得浑身开始躁动起来：震耳欲聋的音乐，闪烁跳动的灯光，楠楠魅惑的挑逗，让他进入一个目眩神迷的新世界。

走到预订的卡座，岳亦山已经到了，旁边坐着两个好久不见的男人。他们仨一起起身。其中那位文静的眼镜男挥挥手算作打招呼，而另外那位瘦高个儿则热情地迎上来。

“杨总你好呀！看你气色好得不得了呀！哎哟哟，你是马楠楠吧？久闻大名呀！”

杨晓波连忙寒暄几句，并向马楠楠介绍：这两位都是以前鑫城财富的一方诸侯，一位（瘦高个儿）是上海公司总经理王仁豪，另一位（眼镜男）是南京公司总经理袁宁。

袁宁的父亲是江苏著名企业家，资源雄厚。当初袁宁意识到鑫城财富的问题积重难返，毅然第一个与公司脱钩，自己做起财富管理公司，不想再与老同事们有任何瓜葛。

而王仁豪的自身能力和资源都很欠缺，他只有一个长项：攀龙附凤，狐假虎威。在鑫城财富期间，他认准袁宁是个能量巨大的潜力股，于是用尽一切方法讨好和接近他和他的家人。即便袁宁离开公司，自己也已在另外一家私募基金任职，依然时不时找上门去维系关系。这不，当岳亦山想找袁宁为廊台项目融资时，只好通过王仁豪做中间人，约他们一起到廊台和北京看项目、谈合作。

看样子他们已经吃过饭、喝过酒，王仁豪满面通红，一双不安分的眼睛在马楠楠身上滴溜溜地转着。袁宁似乎和杨晓波一样不适应这种场合，时而低头看手机，时而迷茫地望着四周。

最开心的人是马楠楠。她是夜店酒吧常客，一坐下来就随着音乐律动起来。不一会儿，两个身材修长、娇媚可人的女孩走了过来，从穿着到气质简直与马楠楠是一个模子刻出来的，而马楠楠也跳着跑过去与她们拥抱——原来这是她请来的两个好友。

在酒吧里，有帅哥靓女，有美酒音乐，再沉闷的人也会变得活跃起来。美女们的到来激活了卡座里的气氛，大家一起玩起骰子游戏。一个钟头下来，每个人都喝了不少。姑娘们酒量都不错，一个个只是面带桃花，而杨晓波和袁宁却有些东倒西歪，王仁豪更是几乎不省人事。

游戏告一段落，岳亦山叫上杨晓波一起给袁宁敬酒。他很客气地说："袁总，感谢你专程跑一趟，招呼不周，你多包涵！"

"岳哥，您太客气了！"袁宁勉强干杯，打了个酒嗝，"是我不好意思，离开鑫城财富时没跟你们打个招呼。"

岳亦山拍拍他的背："过去的事，不提了！我听说你的财富管理公司做得风生水起，以后咱们要多合作啊！”

袁宁谦虚地说：“这段时间我一直在用心做自己的公司，有老爸背后支持，在我们当地信誉还算不错，钱不是太大问题，只是投行团队一直不太强，找项目能力一般。我一直很佩服您对风险的把控，所以王总一说看您的项目，就同意了。”

“老弟给力！我现在也撑起一摊事，找项目不是问题，最缺的就是募集实力，咱们两家正好互补。”岳亦山说。

“是呀，就从廊台项目开始吧！晚饭时您说魏老大下周能出2000万是吧，那剩下1600多万我包销好啦！”袁宁爽快地说道。

这句话使所有人都被震撼了。

岳亦山、杨晓波和马楠楠既惊讶又兴奋，没想到这么容易就谈成了！另外两位女孩不明就里，以为这个年轻富豪要自己拿出1000多万做投资，眼睛顿时放出光来。而王仁豪也在这个关键时刻恰到好处地醒过来，含混不清地说也要参与。

岳亦山一口答应下来：“放心吧，做‘双GP’结构——咱们两家公司一起做基金管理人，你们不用干活，只拿管理费分成。”

可是王仁豪还不满足：“我、我还有自己的公司，也得……”

袁宁接过话来：“没问题，王总，我再跟你个人的公司签个财务顾问协议，付你一笔费用。”

所有问题全部解决。在杨晓波的提议下，大家一起干杯！

放下酒杯，袁宁真有些撑不住了：“岳哥，我喝多了，先走一步。以后咱们不用非到这种地方来，我、我头疼。”

岳亦山大笑：“还不是仁豪非要来体验一把！不过呀，老弟，现在刚11点，夜场最热闹的时候才开始。美女们还不想让你走呢！”

这时，酒吧DJ突然停掉音乐，大声宣布：现在进入舞动时间！

当舞曲*Take Over Control*的音乐响起，全场沸腾了！岳亦山一行所在的大厅就像在举办一个巨大的party，舞池中的男男女女随着动感的节奏畅快地跳动着，包厢和卡座里的人要么在欢呼，要么也跟着节拍扭动着身体。酒吧空气中混杂着香水、汗水和荷尔蒙的味道，以及音乐、尖叫和激情碰撞的声音，刺激着每一个人的每一根神经。

马楠楠的两个朋友一齐上阵，不由分说拉着袁宁走向舞池。王仁豪布满血丝的双眼里写满欲望，直直地盯着马楠楠。他正想对她开口说话，岳亦山一把将他搂过去，递上一杯酒："来，王总，这杯酒我敬你，感谢你这次的帮助！"

这一杯下肚，王仁豪彻底报废，在沙发上一卧不起。马楠楠朝岳亦山做了个鬼脸，扭动起细腰，迈开长腿，拉着杨晓波走向舞池。

有了曹明华的首肯，廊台项目在公司再次上会并顺利通过。不过，指导老兰和赵琦做尽职调查又是个让人崩溃的活儿：他们过去虽然分别是财务和法务行家，但是对于按照私募基金的标准去调查企业状况、协调中介机构和撰写调研报告却一窍不通。两个人偏偏又极度自信和固执，听不进岳亦山的建议，搞出不少麻烦和笑话。

廊台市政府倒是很积极，本来土地变性流程需要一个月左右，他们只用了十天就搞定，据说创造了市里的历史最快纪录。在辛莹的努力下，TAI集团领导与廊台市领导举行会面并相谈甚欢，使得廊台项目进入集团审批快车道。孙强那头更不用说，乖乖地把印刷厂股权质押到成明资本名下。在魏老大和袁宁的支持下，成明资本和王仁豪所在的私募联合发行一只有限合伙基金，完成了对孙强的承诺出资。

看到项目总体进展顺利，成明资本上上下下都很开心——不管之前有什么分歧，每个人都希望公司第一个项目取得成功。岳亦山更是春风满面，感觉心血没有白费。给孙强付完款，他和老兰当即给孙强打电话。不过，这个电话打了几遍才接通。

岳亦山半开玩笑地说："孙总，钱刚才打过去了。怎么样，咱们一起喝大酒的时候到了啊！"

可是孙强在电话那端却"嗯"了一声，就挂断了电话。

岳亦山耐着性子再拨过去，却只听到一个冰冷的女声：

对不起，您所拨打的电话已关机。

/ 第三章 /

【一】

“我告诉你，如果四十分钟还没到，老子要你好看！”马楠楠在电话中半是撒娇半是威胁地说。

杨晓波唯唯诺诺地挂断电话，赶紧收拾东西。晚高峰时间四十分钟从中关村开到西单，这根本就是不可能完成的任务。可是马楠楠在杨晓波面前就像是个女王，她的话就是命令，没有讨价还价的余地。

正要出门，手机铃声又响了起来。“真是催命啊！”杨晓波心中念叨了一句，手忙脚乱地掏出手机一看，瞬间呆住了。

电话刚一接通的那一秒，一个急切的声音就传了出来：“晓波，你在哪里？我想和你见面！”

杨晓波犹豫了一下：“我刚要下班。”

“那我们一会儿在你家小区门口见，行吗？”

“可是我还有点儿事……”

“我真的有急事找你！”

“那……好吧，我现在往回走，一会儿见！”

杨晓波站在原地半天没动。过了好一会儿，他咬了咬牙，给马楠楠发了一条微信：家里有急事，不去吃饭了。抱歉，晚些说。

发完，他把手机静音，使劲儿往包里一塞，走向电梯。

车还没进院，杨晓波就望见一个纤细的身影在秋风中瑟瑟发抖。没错，仅凭远远的一个轮廓他就可以肯定，那就是自己曾经魂牵梦绕的那个女孩。

这么久没见，她会有什么变化吗？我该怎么跟她说话，不要显得太主动、太兴奋吧！今天穿的衬衫很难看怎么办？对了，车有一个礼拜没洗了，在她面前是不是很丢人啊！

杨晓波胡思乱想的同时，车已经来到小区门口。他摇下车窗轻轻叫了一声女孩的名字。

“芳笑，在这儿！”

何芳笑转身望过去的那一刻，杨晓波觉得心都要碎了。

站在自己面前的还是那个腼腆柔弱、清新可爱的小何，只是一双水汪汪的大眼睛又红又肿，像是刚刚哭过，捎带着鼻头也是红红的，像棵小小的萝卜头。好一个“梨花一枝春带雨”啊！

何芳笑打开车门，坐到副驾位置，转头就对杨晓波说：“王一萌出轨了，我要和他分手！”

这句话无疑如平地惊雷，让杨晓波的心剧烈翻滚起来。他慌乱得不知该说些什么，看到何芳笑还在发抖，连忙先把她带到小区附近的东来顺火锅店。

刚刚坐定，何芳笑的眼泪就又源源不断地流下来，任凭杨晓波怎么劝也劝不住。好不容易哭够了，她哽咽着讲述起事件经过：

王一萌从小就喜欢她，也追求过她很长时间，但是二人只是短暂交往过。自从与杨晓波分手后，她就与王一萌走到了一起。由于二人的父亲是老战友，两个家庭对他们的交往非常满意，再加上从小知根知底，双方的恋情可谓一日千里。才几个月的时间，他们已经有了组建家庭的想法，并在两周前刚刚订婚。

可是就在今天早上，何芳笑无意间发现王一萌的手机上有款叫作“探探”的社交应用程序，可以搜索身边的异性，如果双方都选择对方，即可配对为好友。王一萌不仅加了不少女孩，还与其中两个发展成情人关系，时不时约会甚至过夜……

杨晓波听着听着不由自主地攥紧了双拳：王一萌这个人渣，你不配得到她！

“芳笑，你和这小子谈了吗？他怎么说？”

“他还能怎么说，道歉，求我原谅。”

“那你是怎么回答他的？”

“我让他从我的世界里消失！”

“芳笑，其实我从来就没觉得你们俩合适！”

“唉。我刚从闺密那儿出来，她也是这么说的。”

“那你下一步打算怎么办？”

“不知道……闺密建议我冷静一段时间再说，可是我真的接受不了，只想现在就分手。”

“芳笑，当初都怪我不好，否则……”

“晓波，你说男人是不是都一样？”

这个问题让杨晓波面红耳赤，无言以对。时间也不早了，他赶紧张罗着点了一桌子东西，可是何芳笑一点儿食欲都没有，几片涮牛肉下肚就不再动筷子。

匆匆吃完饭，无论杨晓波怎么劝说，何芳笑都不想回家：王一萌找不到她，肯定在她父母家等着呢！杨晓波不再坚持，带她来到月坛南街的花舍咖啡店。

两个人安安静静地面对面坐着，各自想心事，半天都没有说话。

足足过了十分钟，何芳笑突然轻轻发问："晓波，你现在过得好吗？"

也许，杨晓波早就有千言万语想对曾经的爱人倾诉。她这么一问正好打开了他的话匣子，他开始一五一十地讲述从与她分手到鑫城财富倒闭、从自己闲荡几个月再到协助岳亦山创办成明资本的经历。不过，也不知出于什么想法，他有意略去与马楠楠的故事。

何芳笑听得津津有味，特别是老东家倒闭的事。她详细询问很多老同事的遭遇，对程霞等人的下场唏嘘不已。不过，她也从始至终没有提到马楠楠。

时间过得飞快，11点一到，咖啡店打烊了。

两个人坐进汽车，杨晓波提议送何芳笑回家，却又被她拒绝。

"晓波，我想去金融街走走。"

"这么晚了，估计那里连人影都没有，还去干吗？"

"其实，我一直很怀念那一年的生活。再说，我们不也是在那里认识的吗？"

杨晓波感觉有股暖流涌上心头，二话不说开动引擎。

站在中国人寿广场B座楼下，杨晓波为何芳笑披上自己的风衣。在这个平凡的秋夜下，金融街完全没有白日里的熙熙攘攘，显得宁静安详。街上的行人和车辆并不多，行进速度却都很快，似乎人和车都劳累了一天，归心似箭。

望着老东家的旧址，杨晓波感慨万千：在他们离开的这几个月里，就在这条街上，有多少人失魂落魄地离开这个金融的核心，一去而不复返？又有多少人意气风发地投身行业的洪流，矢志而不渝？人，是金融机构和金融产业的核心要素；可是人又是多么脆弱，多么容易流动和流失啊！只有这钢筋水泥的大厦屹立不动，冷冰冰地注视着这条街上的春去秋来、人来人往。

何芳笑把他从遐想中拉回来："还记得吗，每次让你去斜对面那家星巴克买拿铁咖啡，你都得花上半小时，急死人了！"

"是呀！生意太好了，每次都排队。有一次我刚拿上去就被亦山哥撞见，他直接就给拿走喝掉了。我这个心塞啊！"杨晓波笑道。

何芳笑被逗乐了："还有这回事！那你又下楼一趟吗？"

"我把自己的那杯给你了。不能让你等嘛。"杨晓波说道。

何芳笑听了低头不语。片刻之后，她叫杨晓波陪她散散步。很快，他们走到大厦东门所在的金城坊北街。这是条南北向的背街，在这个时间段空无一人。在这里，两个人同时产生一种感觉：此时此刻，这条街就是专属于他们二人的一个小小世界。

何芳笑突然伸出左手，轻轻拉了拉杨晓波右手小拇指。

杨晓波心跳得如同脱缰野马。他停下脚步。

何芳笑也停下来，低着头低声说道："晓波，你知道吗，你是我第一个真心爱过的人啊！"

杨晓波深吸一口气，双手扶住何芳笑的肩膀，把她的身体转向自己。就像当初两个人第一次接吻时一样，他感到时间停止了。

也不知是谁向前迈了半步，他们的脸之间只剩下十公分的距离。

何芳笑缓缓抬起头。

杨晓波从那双水灵灵的大眼睛里似乎看到了什么东西。而那对曾被自己视为樱桃的嘴唇，距离越来越近……

杨晓波忽然觉得喘不上气来。是激情吗？不——似乎就在他们二人的身体之间，也有一条"细细的红线"，看不见、摸不着，无限接近，却又不可逾越。

杨晓波感觉胸口就要炸开。他闭上眼睛，咬着嘴唇，用力把眼前的女孩拉向自己。

但与此同时，他把头歪向旁边，两个人只是紧紧拥抱在一起。几秒钟之后，他感觉到她在抽泣。不知不觉中，他也流下泪来。

“对不起，芳笑，你已经订婚了，而我……我和楠楠在一起了。”

何芳笑明白：他们再也回不到过去了。控制住情绪后，她轻声发问，又像在自言自语：“晓波，你说有没有一个宇宙，里面只有你和我？”

【二】

3C坐在会议室里，一个个面容严峻。

“这个龟孙子王八蛋，拿了钱就翻脸不认人。我以为金融行业多高大上呢，原来也得和这种人打交道。我日他祖宗！”赵琦跺着脚咒骂道。

岳亦山心事重重地说：“他们的财务经理已经确认收到款项，而且也有银行转账记录，倒是不怕他们抵赖。按照惯例，资金募集完成后，咱们已经扣下一部分费用。在私募基金实操中，从会计角度讲可以确认为收入。所以理论上项目进展还算顺利，即使孙强态度有些变化，对项目还没有产生实质影响。”

“现在没影响，将来可不知道会咋样。兰总和我早就说嘛，不要和这种人品的家伙打交道！”赵琦越说越火。

岳亦山也有些心烦意乱：“赵总，做都做了，现在说这种话已经晚了。再说，项目下一步的关键是TAI是否入局，孙强的股权已经质押给咱们公司，没什么可闹腾的了。我唯一不理解的是，要完成整个交易，后续还有很多工作需要我们完成，他为什么变脸这么快呢？难道拿到1500万就准备开溜不成？”

赵琦轻蔑地看了他一眼：“岳总，你想得太简单了吧。他拿到这笔钱解了燃眉之急，又甩掉了印刷厂这个烫手的山芋，哪还管后面会不会洪水滔天！”

“可是按照TAI与他的谈判结果，如果收购成功，我们扣除本息和税费，他还能拿到小1000万呢！”

“呀，他这么大个地主，那算个啥嘛！”

赵琦说完突然捂住嘴，眼睛在岳亦山和老兰之间看了几个来回。老兰狠狠瞪了他一眼，没有吭声。

岳亦山想起廊台的李市长也说过类似的话，觉察出有些不对劲，询问的目光投向赵琦，赵琦低下头；望向老兰，老兰扭头看向别处。他冷笑道：“两位老总，你们知道哪些我还不知道的信息啊？”

无人应答。

岳亦山觉得心好累。

“二位，咱们是一家人，为了公司利益，有什么不能说开的呢？”

赵琦看看老兰。老兰见事已至此，无奈地点点头。

于是，赵琦吞吞吐吐地道出实情：在岳亦山一门心思想做廊台项目的同时，老兰和赵琦组织人员悄悄地调查了一下孙强，无意中发现，在印刷厂旁边他还有600多亩土地储备，而且，土地的性质是住宅！

那么为什么孙强抱着金砖还要饭呢？事后看来原因有二：一是健康产业园尚未正式启动，他的土地还没有显著增值。如果现在就拿去抵押或出售，未免不太上算。二是孙强希望“就事论事”，尽最大可能只用印刷厂本身解决由它带来的欠款问题，尽量保护其余资产不受波及。

原来如此！岳亦山恍然大悟。老兰面带歉意，比比画画说着什么，可是他一句也没听进去：

他们一定是以为我和孙强有什么见不得人的勾当，才会去做调查。这也是曹总会在见辛莹的时候会审视我的表现的原因吧！当时她还说不用担心孙强这个人，原来她已经掌握了对方的底细。

不过，为什么我没能发现孙强的事呢，不是后来也组织尽职调查了吗——对了，中介机构都是老兰最后拍板的，他肯定命令他们对我屏蔽了相关信息！

他感到后背一阵发麻：公司才刚刚成立，核心高管就同床异梦，往下怎么干！不行，我一定要全面掌握每个业务环节！

他暗暗下定决心。

这时，老兰还在滔滔不绝："……所以呀，我们对这个情况是做了充分准备的。曹总常对我们说，'逢人只说三分话，未可全抛一片心'。这也是胡雪岩的口头禅……"

岳亦山笑了：是呀，好一个"逢人只说三分话，未可全抛一片心"！不仅在商场上面对各色人等要留有分寸，在公司内部也不能百分之百信赖身边的人啊！谢谢你们这堂生动的职场培训课！

与陈律师再次会面前，杨晓波感到心里没底：虽然对方原本与岳亦山搭档多年，感情深厚，但是他已经在央企的子公司做到法务部部长，以前还想叫我去呢，不会再"奔私"了吧？

岳亦山让他不要担心：记得电影《教父》里的那句话吗——我要开出一个让他无法拒绝的条件！

当陈律师面带愧疚地表示的确不想再换东家时，杨晓波觉得自己的担心是正确的。作为一个年逾四十的律师，安安稳稳地在国有企业打工是再正常不过的选择。相比之下，成明资本只是个新成立的小私募，有什么资格让人家拿职业生涯再冒险呢？

"老陈，你现在待遇不错吧？"岳亦山用温和的口气问道。

陈律师笑了笑："咱们仨以前在公司最投缘，我也就不瞒你们：税前工资加奖金，估计一年下来应该有30万吧！”

岳亦山一秒钟都没有犹豫，张口说道：“如果你肯过来，我就让你做风控部负责人。薪酬，翻一倍！”

陈律师和杨晓波都大惊失色。

“另外，我觉得你风控经验这么充足，又善于与人打交道，完全可以胜任前台业务。我愿意帮你在两年内转型。你也知道，业务口的收入肯定会更高。”岳亦山补充说。

陈律师一向严谨冷静，可是在这样一份“肥约”面前，也变得心猿意马起来，在椅子上挪了挪屁股，又推推眼镜。

岳亦山看在眼里，轻轻敲了敲桌子：“老陈，现在国企也都在改革，要打破铁饭碗，提高运营效率。有的政府机关不是也在搞能上能下、末位淘汰吗？说白了，时代不同了，没有哪个地方能给你承诺一辈子不变。现在人在职场，不得不主动求变啊！你正是年富力强的时候，咱们兄弟应该好好再闯荡一番呀！”

陈律师点点头，却默不作声。

岳亦山身体前倾，真诚地说：“兄弟，我请你出来，就会对你负责。你记住：只要还有我岳亦山一口饭吃，就有你一口！”

回公司的路上，杨晓波忧心忡忡地说：“亦山哥，我看陈律师挺动心的，但是您这样安排，老兰和赵琦能答应吗？特别是赵琦，您把他往哪儿摆啊？”

“我早想好了。赵琦还做他的CRO，再分出一个合规部让他做负责人，专门研究私募基金政策法规，腾出风控部给陈律师。”岳亦山答道。

“这么做给足了赵琦面子，但是让他失去风控审核的权力，他能答应吗？”

“他不答应也得答应！我已经跟曹总把话说得很重：必须由专业的人做专业的事，否则我没法把活干好。”

“哦……曹总肯定不会为了一个人事安排跟您闹掰，特别是在公司刚做成一单之后。不过，您承诺给陈律师薪酬翻倍，那可远远高于老兰和赵琦啊！他们在招聘的时候，连给一个投资经理月薪2万都叽歪半天，这次更不可能答应吧！”

“翻倍的部分，我出。”

杨晓波差点儿一脚踩个急刹车。看他一脸惊讶的表情，岳亦山大笑不止。

“晓波，曹总给我的薪酬不低，如果能招揽到合适的骨干成员，我拿出一部分补贴人家也值得。一个运转良好的团队，做成一单的奖金就回来了。如果连这个胸怀和信心都没有，就别带团队了。再说，我可以把给他翻倍那部分设定为年终奖金，前面一整年我就可以先不掏钱嘛！”

“那倒是……不过您这次为了陈律师，真是破釜沉舟啊！”

“可不仅仅为他一个人哦！”

“还有谁？”

“你说呢？”

杨晓波一下子就猜中了。

【三】

一位身着LV黑色长款毛呢外套，足蹬Stuart Weitzman红色过膝长靴的高个子美女走下电梯，一眼瞧见岳亦山，和他打了个招呼。

“稀客啊，欢迎！”岳亦山笑着说，“晓波出去办事还没回来，先到我办公室坐坐？”

“嗯，好。”访客跟着他走进办公室。刚刚坐定，他把手向前一伸。

“既然来面试，先给我简历吧！”

“啊？我……”

“哈哈，最近招聘不太顺利，我天天催晓波发动群众招人。是他让你来应聘的吧？真是举贤不避亲呀！”

“岳总，我可没心思开玩笑。晓波没什么事吧？今天几点到的单位？”

“他挺好的啊。几点来的我不知道，反正我来的时候他正要出门。怎么，你们吵架了？”

“哦，那就好。没吵架，昨天晚上他说家里有事，后来就一直联系不上，我挺着急的。”

“没事。这孩子偶尔会犯迷糊，也许没看到你的信息吧。”

就在这时，杨晓波走了进来。他一下子呆住了。

“楠楠，你……你怎么来了？”

马楠楠看到杨晓波安然无恙，一颗心终于放回肚子里，可是旋即目光又凌厉起来。

“杨晓波，你昨晚死哪儿去了！”

这一吼不仅让杨晓波心惊肉跳，也让一旁的岳亦山异常尴尬，他赶紧找个理由溜出去，把房间留给这一对。

杨晓波看到女友眼中喷火深感愧疚，可是又不知该如何解释，只好直愣愣地垂手而立。

马楠楠看他这副德行，更加生气。

“你好牛啊，说不来吃饭就不来，说完家里有事就失联，我还以为你让卡车撞了呢！”

“哪有的事！我昨天有点感冒，所以就早睡了。”

“胡说八道！你连撒谎都不会！我从昨晚6点多就开始给你打电话，你那个时候就睡了吗？你再看看现在，都快中午了你都想不起来给我回个信？”

“我……对不起，楠楠，我没注意看手机。”

“骗谁呢！你天天抱着手机，回信回得比谁都快！”

“可是我昨天真的病了……”

“得了吧！杨晓波，你是不是给老子劈腿了？来，把手机拿过来给我看！”

“楠楠，我真的没劈腿，我发誓！哎呀我的宝贝，你别闹嘛！这是在我们公司，传出去多丢人啊！”

“别废话！你要是不给我手机看，我马上就在这儿大喊大叫，反正除了岳亦山没人认识我，你看你丢不丢人！”

杨晓波百般劝说，就差下跪了，可是马楠楠毫不退让。无奈之下，他把手机解锁，颤颤巍巍地递了过去。

马楠楠一把夺过去。就在杨晓波嘟囔着“真的没什么事”“你不要误会”云云之际，她翻开通话记录，顿时感到五雷轰顶。

“昨晚你见何芳笑了？”

杨晓波大窘。他知道瞒不过去，只好硬着头皮说：“楠楠，你听我给你解释……”

马楠楠的心凉了。她果断地伸出一只手示意杨晓波住嘴。

“行了，晓波。你什么都不用说了。这都是我的错，我早该知道你心里还爱着她。我不是个拖泥带水的人，咱俩从现在开始，一刀两断！”

岳亦山又看看表，叹了口气。发了那么多条微信，明明说好了，可是约定时间已经过了一个小时，她应该不会来了吧！

他起身离开。刚推开饭店大门，他突然发现她就在马路对面的路灯下静静地站着，一动不动。他连忙走过去。

“你怎么不进去，外面多冷啊！”

“没事，我不冷。”

“你还没吃饭吧，走，跟我进去。”

“嗯，不了，我不饿。咱们走走吧。”

两个人在昏暗的路灯下并肩而行。从路边一排小饭店里传来霓虹的灯光、炒菜的声音，以及油烟的味道。不时有狗蹿出来，低吼两声又悄然离去。

默默走了一会儿，岳亦山问出一个最平凡却又是他最想知道答案的问题：“程霞，你好吗？”

“挺好的。”程霞轻声说。

这个回答太简单，也太不可信。岳亦山看看她消瘦的侧影，不免有些心疼。

“你住得不远吧？”

“岳总，谢谢你的关心，不过咱们就直说吧！我知道你还想劝我重操旧业，可是我现在对工作没兴趣，你就别执着了。”

“唉，说实话，我很担心你现在的状态。你劝我不要执着，可是你自己呢，为什么不能让过去的事都过去？”

“哼哼，‘树欲静而风不止’啊！”

“难道还有老客户纠缠你？”

程霞低头不语。

岳亦山有些心痛。他曾经那么欣赏身边这个姑娘的争强好胜、执着敬业和心直口快，二人之间也曾擦出一丝火花。可是她陷入拼命销售、一心赚钱的误区，没有考虑到自己卖的私募基金产品风险几何，结果在公司倒闭后，受到了客户的追讨和法律的制裁。

在这些打击之下，她彻底变了。她还能走出这个阴影吗？

岳亦山语重心长地说：“咱们同事一场，我太了解你了。以你的能力，完全可以胜任我们现在的工作。我现在和晓波撑起整个公司的业务，有些吃力。你来的话，就协助我做承做这一块，咱们会是非常好的搭档，就像当初做金牛家园项目那样。程霞，我一直看好你，你需要振作起来，可别浪费你的才能啊！”

“我有什么才能，只不过是个任人摆布的棋子罢了。”程霞苦笑着说。

“这话我可不同意。”岳亦山反驳道，“你的水平是有目共睹的，而且咱俩刚好可以互补。咱们认识那么久，难道你还担心我会把握不好方向吗？”

程霞不置可否，只是继续低头往前走着。

岳亦山跟着她的步速前进，既不太快，也不太慢，让她掌握节奏，充分思考。过了很久，他才再次开口。

“咱们的年纪放在这里，未来的职业生涯肯定都还很长。挫折和失败都再正常不过，但是我坚信没有过不了的坎。你看褚时健，73岁时另起炉灶从零开始，照样取得成功，成为亿万富翁。相比之下，你现在遇到的就不算个事儿！”

程霞仍然没有说话，但是明显放慢了脚步，认真听着。

岳亦山继续说道：“你在鑫城财富失去了很多东西，那都是成长的代价。如果你一蹶不振，那么在那段经历中吃的苦和流的汗，不都白费了吗？在职场也好、人生也罢，走出失败阴影唯一的办法就是及时总结和调整自己，并且永不放弃！还记得吗，我曾经常说‘人生只有一个方向，就是向前’。这句话现在对你最适用。”

程霞突然停下来，盯住他的脸问道：“岳总，你真的认为我还能做好私募吗？”

岳亦山也停下脚步，认真地说：“人家总说，苦难辉煌、苦难辉煌，先有苦难、再有辉煌。过去这几个月就是你凤凰涅槃的过程。听过孙燕姿的《遇见》吧？‘向左，向右’，还是‘向前看’，接下来就看你的选择了！反正我对你有百分之一百的信心！”

程霞似乎被他的激情打动了，呼吸有些急促。她踯躅片刻，幽幽地说：“但是我还有一个问题。”

“请讲。”

“对不起，在完全恢复状态之前，我不想处理复杂的人事关系。所以，如果我加入你们单位，咱们俩……只是同事关系，对吧？”

岳亦山一怔，马上说：“那当然没问题！我们都是专业人士，工作第一！”

程霞听了，脸上露出一丝久违的笑意。

【四】

作为一个苦出身的女企业家，曹明华一直对身边的女性有种特殊的关爱：她深知，女人在这个社会上要想立足或者做一番事业，要比男人付出更多的艰苦努力。因此，在成明集团的发展史上，她格外关注女员工的培养和选拔，给一批优秀的女性提供了良好的生存环境和发展空间。

此时此刻，她端详着坐在对面的姑娘，那种爱才之意、惜才之情再次腾然而起。上次打过交道之后，她就对这位职业女性产生了浓厚的兴趣，这次借着到北京办事的机会特意把她约出来聊聊。

“辛总，廊台那个项目进展还顺利吧？”

“曹总，到目前为止，非常顺利！原本我们就想加快在京津冀的布局，集团领导觉得这是个很好的机会，整体调研都已完成，正在走内部审批流程。”辛莹干脆利落地答道。

曹明华满意地点点头：“那就好。到现在这个阶段，项目的成败就在于

TAI的态度，请你多费心啦！”

辛莹笑盈盈地说：“您放心吧，有我盯着呢！如果真做成了，这也是我在新岗位的第一份业绩。我还得感谢贵公司能提供这么好的项目来源呢！”

曹明华很高兴：这姑娘很坦诚，一点儿都不做作，而且她的笑容让人感觉很温暖。

“好啊，呵呵。辛总，我们集团创办30年了，这还是第一次自己做私募基金，也是第一次到北京设立分支机构，很多东西还没摸出门道。你在金融街这么久，各方面资源多，以后多带着我们。”

“曹总，您太谦虚了！您的团队很专业，跟他们合作我很放心，而且我也从他们那里学到不少东西呢！”

“你和亦山认识很久了？”

“也没有，我们今年才认识的，但是一起做了一个股权投资项目——金牛家园，合作得比较愉快。岳总这个人做事很执着，这是我最佩服的一点。我的团队成员也很认可他，有个单身的小朋友还想让我帮忙约他出去吃饭呢，哈哈。”

说到岳亦山，辛莹似乎很兴奋，曹明华默默记下这一点。

“辛总，不介意的话，我就多问一句：你这么优秀，应该结婚了吧，有娃没？”

“我啊，儿子都五岁啦！其实我结婚比较早，不过我的男人不靠谱，在外面有人，所以三年前我就把他休了，现在又算单身咯。”辛莹说起来显得很轻松，但是作为过来人，曹明华知道这寥寥数语背后包含着多少艰辛。而且有了孩子还毅然离婚，这对于一个女人来说，需要多大的勇气和魄力！

“那你一个人带孩子？忙得过来吗？”

“还好吧，我爸妈退休了，每年都过来几个月陪陪我们，幼儿园放寒暑假我就把儿子送回去。要不然，工作这么忙肯定吃不消。”

“没想着再找？”

“这几年没顾上。养这个小家伙就费了半条命，工作又是要紧的时候，哪有时间想别的。”

“你这么漂亮能干，又在这么大的金融机构里当高管，一定能遇到合适的对象。”

“唉，曹总，您可不知道现在的行情！现在漂亮小姑娘满街都是，有点儿本事的男人早都挑花眼了，谁还会找我这种带个拖油瓶的。再说我也算不上什么高管，干的无非是项目经理的活儿罢了。我一直想做股权投资，可是集团这几年的战略不在这块，说实话也有些郁闷。不过领导还是对我很好，这三年升了两级，在集团里算是很快啦，所以也没什么可抱怨的。”

“呵呵，那些花枝招展的小女孩留不住男人心！我身边的企业家朋友很多，要不要给你介绍介绍？”

“谢谢您的好意啦！不过，我不愿意去伺候那些成功人士——我想找个年龄差距不太大、志同道合，能说到一块、玩到一块的。”

曹明华在心里给辛莹竖起大拇指。她笑着说：“今天不好意思，我有些冒昧，问了你这么多私人问题。你年纪跟我女儿差不多，我觉得和你挺亲的，以后有啥需要我的尽管说。”

“好呀！曹总，您就像长辈一样关心我，我也觉得和您在一起很愉快。以后您就是我的‘知心阿姨’热线！”辛莹开了个玩笑，两个人一起笑起来。

曹明华看看表，起身告辞。在电梯口，她又拉住辛莹的手。

“你叫我一声阿姨，我就以阿姨的身份跟你说说话：你想找到‘神仙侠侣’那样的对象，确实不容易。身边如果遇到，就一定要主动抓住。如果这个人还不知道自己想要什么，你就去告诉他。记住：男人一辈子都长不大！”

成明资本爆发了成立以来第一次剧烈争吵：当岳亦山把陈律师和程霞即将加盟的安排告知老兰和赵琦时，引发强烈反弹。

赵琦直接一拍桌子跳起来，坚决反对：这么重大的人事安排和部门调整，不事先商量就一个人决定，不算数！

岳亦山也拍了桌子：除了立项会和投决会需要投票，其他时候CEO负责公司全面运营管理。陈律师和程霞的事，完全在CEO决策权限之内。

“谁说的，我咋不知道！过去都是咱仨一致决策，你现在搞啥一言堂呢！”赵琦气急败坏地吼道。

岳亦山把一摞文件“啪”的一声摔到桌上：“你是搞法律的，那你自己看看咱们公司的章程怎么制定的规则！过去事事都一起商量是出于对你们的尊重，不代表我没有这个权力！”

老兰不像赵琦那么冲动。他两手交叉放在胸前，冷笑道：“岳总，不管文件怎么说，你调整赵总的分工，可就打破了之前的公司架构。我们报到曹总那里去，大家都不好看吧！”

“就是！”赵琦恶狠狠地盯着岳亦山，“你就不怕她收拾你？”

岳亦山伸手指向门口：“去呀，你们随时去找她！没错，她是大股东，但是我和她一开始有过约定，公司该怎么管，早都说清楚了。我今天还要跟你们说明白一件事：咱们仨是成明资本的人，你们的屁股坐在成明资本的办公室里。我希望你们多为这家公司考虑考虑，而不是整天拿集团那一套东西来说事！”

赵琦怒不可遏，正想开口，却被老兰制止。只见他从包里掏出几份简历扔到桌上：“好！那咱们就事论事好了。你推荐两个人来，我这里也有两个人，那就他们四个一起进公司好吧？”

岳亦山拿起简历看了两眼。这两个人一个是西安的，一个是咸阳的，工作履历都没有离开过陕西，分别应聘公司业务部门总经理和行政部总经理。他感到又好气又好笑。

“兰总，这两位在北京没上过一天班，怎么开展工作呢？而且我就是业务负责人，你是想找人替换我吗？”

老兰皮笑肉不笑地说：“没人替换你呀，你还是CEO，只是具体业务找个人替你分担一下嘛。他们俩我熟悉，适应能力很强，到新环境锻炼几天就行了。”

“对，就像那个啥律师来帮我，一样的！”赵琦解恨似的说道。

岳亦山重新坐下来，想了想，平静地说：“行啊，来吧！四个人一视同仁，试用期一个月，然后决定去留。”

老兰和赵琦交换了一下眼神，一下子哑火了：试用期结束后怎么评定还是岳亦山说了算，明摆着他们推荐的人将会仅仅来个“一月游”。赵琦气得脸色发青，老兰却眉头一皱，计上心来。

他摇头晃脑地说道：“算了，我们推荐的人可能最后入不了你的法眼。不过，我听说曹总正在谈一个人，你等着瞧吧！”

【五】

程霞加入成明资本后的第一个工作任务是与赵琦和杨晓波去重都出差。原本岳亦山对蒋家祥的项目没抱什么希望，只是想给足曹总面子，又可以让程霞出去散散心，所以指定她带着杨晓波去就行了。可是赵琦非要亲自出马，宣称在陈律师到岗前要尽到职责。岳亦山并不想和他为此争论，由他去好了。

结果这个家伙倒好，一路上都在抹黑岳亦山，搞得程霞莫名其妙。杨晓波虽然气愤无比，却一言不发，只当没听见：就像岳亦山经常说的那样，疯狗在叫唤，你难道也要对着它叫吗？他只是趁赵琦不在身旁的时候，偷偷把公司的实情告诉程霞，让她心中有数。

到了重都机场，赵琦又开始抱怨：蒋家祥的司机小黄迟到了。三个人足足等了一个小时，小黄才满头大汗地飞驰而来，一脸抱歉：刚才到得太早，在车上睡着了。

赵琦给了他一个冷脸，气呼呼地上了车。不过到了万豪酒店，看到蒋家祥给自己开了一个套房，他又高兴起来，颐指气使地对小黄说："重都火锅最有名，让蒋总晚上给我安排最高档的店！"

到了晚餐时间，蒋家祥亲自来接他们。和赵琦握完手，他把小黄叫过来，突然抬腿就是一脚！小黄一个趔趄，险些摔倒。

"接人还能晚！让你干个啥都干不成，只会坏事！"

程霞和杨晓波看不下去，连忙劝住蒋家祥。赵琦却一派老爷作风，自顾自地坐上车。

晚餐按照赵琦的愿望安排在土火火锅店。这家店装修讲究，空间宽敞，与一般的火锅店简直是云泥之别。店门口的招牌上赫然写着几个大字——贵在土火，贵在品质。

不过，一分钱一分货，味道还真不错。赵琦和程霞一个是西安人，一个是武汉人，本来就"无辣不欢"，吃得非常过瘾。只是苦了吉林出生的杨晓波，辣得他连连咳嗽、汗如雨下。

"你们吉林人不是就好吃狗肉和辣椒吗？"程霞好奇地问道。

杨晓波摆了摆手："那是延边的朝鲜族人，我家是吉林市的，平时顶多吃点儿辣白菜。"

蒋家祥马上叫服务员上盘辣白菜。杨晓波连声说不用，心里却明白：对方并不在乎自己爱不爱吃，只是希望把他们招呼周到。

果然，酒足饭饱之后，蒋家祥试探性地询问赵琦：“赵总，我把项目情况给你们汇报一下？”

赵琦叼着牙签打了个饱嗝，一脸轻松地说：“行！换个地方，咱俩说说，明天再带他们俩参观你的项目。”

“如果是谈业务，要不我们也一起听听？”程霞对这个安排很不满意。

赵琦一皱眉：“莫斯莫斯（没事没事），我们俩先说。你们先回吧！”

蒋家祥话虽不多，局面却看得明白。他马上掏出手机：“萍萍，给我订个包……好，VIP3。留几个好的，有贵客。”

程霞还想抗议，杨晓波在桌下悄悄拉了拉她的衣角。她也是个聪明人，马上默不作声：现在到了喝花酒时间，赵琦哪有什么心情谈业务呢！

第二天上午9点过半赵琦才从床上爬起来。等到一行三人坐进蒋家祥的办公室，时间已经到了10点半。他时不时按按太阳穴、扭扭脖子，一副无精打采的样子——看来昨夜灯红酒绿，浓睡不消残酒啊！

程霞见他这副德行，只好拿出之前草拟的问题清单先与蒋家祥和他的助手沟通。刚刚谈了一半，赵琦又坐不住了：“程经理，这些问题回头发给他们，弄个书面回复就行了。蒋总，赶紧找个地方来顿毛血旺，我们中午早点儿吃完，下午就回呀！”

程霞一听坚决反对，差点儿与他争论起来：这次出差最重要的任务就是去考察一下抵押物，这是项目能否做下去的前提。交个书面报告了事，这可万万不行！

赵琦见实在拗不过她，只好答应实地考察——不过，他自己吃完饭可要回去睡午觉。

小黄的车在蒋家祥的项目外围晃了一圈就直奔郊区，跑了一个半小时才停在一个荒无人烟的工地。蒋家祥、程霞和杨晓波走下车，顿时被黄沙眯住眼睛，赶紧跑进门房。

“蒋总，你说的抵押物就是这个住宅项目吗？我看房子还没盖好啊！”程霞抹了抹脸，不解地问道。

“朋友跟我说下个礼拜完工的。”蒋家祥答道。

杨晓波简直不相信自己的耳朵：“蒋总，你的意思是，你也没来看过这个项目？”

蒋家祥犹豫了一下，吐出一个字：“嗯。”

杨晓波感觉自己要崩溃了。他和程霞不再多说，戴上安全帽走进工地。虽是外行，明眼人也能看出正在施工中的几栋楼距离完工尚需时日，根本不可能在短期内拿到房产证，远远达不到抵押标准。

“蒋总，这个项目肯定不行。你还得找别的资产。”从工地出来，程霞毫不客气地说。

蒋家祥的脸似乎抽搐了一下，却仍旧淡淡地说：“那好。”说罢，一转身走向汽车，留下程霞和杨晓波愣在原地，在秋风中有些落寞。

岳亦山和辛莹有说有笑地走进金融街购物中心。在二层临近丽思卡尔顿酒店的地方，二人走到一家名为“炭匠炉端烧·酒”的餐厅门前。

辛莹“扑哧”一下笑出声来：“我说岳总啊，你怎么专挑日本料理呀？你是要带我吃遍金融街日本馆子吗？”

岳亦山故作严肃地说：“我觉得你是一位特别精致的女士，所以带你吃精致的食物，这才配得上你。”

“好好说话！”

“哦，我馋这家的盐烤老虎虾、酱烤牛舌和鳗鱼饭了。”

“这还差不多。”

在中午的金融街，大大小小的餐厅都是一派繁忙景象，这一家也不例外。岳亦山报出预订信息，两个人才找到一张空桌。点完菜，他深深吸了口气，赞了一句“好香”。

辛莹想起上次一起吃饭的情景，打趣道：“你看你，又着急了不是！幸亏这次给你点了‘豆腐’，而且这家餐厅上菜很快。”

岳亦山也记起上次她逗自己“心急吃不了热豆腐”的情景，笑道：“错，我是说你好香！今天涂的又是‘毒药’吧？”

“对，是‘毒药’。其实我平时不用它，只有……”

“只有在和我见面的时候才用，对吧？”

辛莹没想到被对方看穿，有些羞涩：“啊，你怎么知道的？”

“因为只有我才识货嘛！”岳亦山夸张地朝自己伸伸大拇指。

辛莹花了几秒钟才想明白岳亦山指的是那款香水，脸却不受控制地红了。她赶紧喝口茶，岔开话题。

“喂，工作日里我可忙得很。大中午把我叫出来，到底有啥事啊？”

岳亦山也喝口茶，想了想，笑着说：“还能有啥事，我想问问项目的进展。”

“得了吧，你可骗不了我。要是问项目的事，一个电话就行了。再说，咱们周一不是刚开完会吗？你快点儿老实交代吧！”

“呵呵，什么也瞒不了辛总的火眼金睛啊！好，说正经的，听说最近曹明华曹总找你聊过？”

“哦，原来要打探你老板的动态！没问题，看在这顿饭的分儿上，我全招！前两天她来北京是找过我，一起聊了好久。说实话，她为人很和善，我和她很投缘呢！”

“嗯。我还听说，她想请你加盟成明资本？”

辛莹听了一愣。哪有这种事啊！她的笑容僵在脸上：“你这是听谁说的？”

岳亦山误解了她的表现，把她的不置可否当作不想承认，于是一本正经地对她说：“辛总，作为好朋友，我劝你不要接受。”

“此话怎讲？”辛莹有些纳闷：就算曹总真的向我发出工作邀请，他为什么要来拆台呢？

岳亦山在她面前又一次犹豫起来：她既是好朋友，又是项目上的合作伙伴，因此，对她说的话既要把成明资本的一些内部问题揭示出来，又不可谈得太深，只能点到为止。为什么有时候和她谈话，比与孙强和蒋家祥谈业务还难把握尺度呢？

“辛总，我们公司现在处于初创期，一共才八九个人，业务也刚刚开始，你要来了，肯定很委屈。”

“你想说‘庙小容不下大佛’，对吗？”辛莹笑道。

“我的意思是，你一直在TAI工作，风格和私募不太一样。而且你不是一直想做股权投资吗？我们现在还是以债权类为主。再说，以你的状况，更适合在大机构，比较安稳。”

一丝不悦爬上辛莹心头：“我的状况？单身带小孩的女人吗？我一直在TAI是因为工作机会很好，不代表我没有闯劲。如果有更好的机会出现，我当然也会考虑。”

“不是那个意思！我知道你有强烈的进取心，只不过我们公司现在制约因素比较多，比如在金融强监管之下行业整体收缩，小公司在市场上没有知名度，以及公司内部人员还没有理顺……”

辛莹突然觉得自己想明白这是怎么回事了。她正色道：“岳总，说实话，我还没有考虑加盟成明资本。不过即使真有一天和你成为同事，我也不会影响你在公司的地位。这个话题到此为止吧！我下午还有会，这饭就不吃了。谢谢你的好意。”

说罢，她起身便走。

岳亦山劝阻不住，自己在餐厅门口又被店员拦下——没吃也得买单啊！刚刚处理完，手机又响起来。刚一接通，电话那端传来老兰急促的声音："岳总你快回来，咱们公司被人堵门了！"

【六】

"程霞在哪儿，你们叫她出来说话！"

五六个皮肤黝黑、个头不高、穿着土气的中年人堵在成明资本门口，不许任何人进出。

前台小姑娘小雪说程霞在出差，公司领导都在外面吃饭，劝大家冷静下来，有什么事慢慢说。

一个戴着墨镜的男人显然是带头的，对小雪劈头盖脸就是一顿骂："去你大爷的！小东西，信不信我捏死你！我们现在就要找程霞，你别在这儿打马虎眼，我们知道她来这儿上班了。"

另一个身穿橘黄色夹克的女人也大声喊道："好啊，这儿还是个私募，换个地方继续骗人是吧！赶紧叫她出来！"

小雪吓得直哭："我发誓，她昨天真的去重都出差了，现在确实不在。你们具体有什么事，我记下来转达她行不行？"

墨镜男啐了一口吐沫在地上："我呸！鑫城财富的事，跟你说有用吗？你能替她还钱吗！"

这时，老兰吃完午饭回来，看见一堆人把小雪围在中间，又听到他们提到鑫城财富，惊出一身冷汗。小雪从人缝中看到他露了个头，本以为救星来了，谁知他趁着这群人的注意力都在她身上，一扭头溜走了。

等到岳亦山气喘吁吁地赶回公司，警察已经到场。在他们的调解和陪同下，岳亦山带着老兰与不速之客们一起坐进会议室。

墨镜男直截了当地告诉大家，他们是北京郊区的农民，年初拿到一大笔拆迁补偿款。程霞通过补偿款发放银行的领导找到他们，推荐他们购买了金牛家园项目的私募基金份额。前几天他们偶然间听说鑫城财富已经倒闭，很多投资者的钱都打了水漂、四处维权，一下子着了慌，这才赶紧打听程霞的下落并找上门来。

夹克女气势汹汹地说："她当初蒙我们，说这是保险公司TAI的产品，肯定有保障。我们前两天去TAI问过了，压根儿不是那么回事！人家根本不保底，只当个什么通道，这笔账还得算到鑫城财富头上！"

岳亦山耐心地说："您先消消气。从法律结构上来讲……"

"去他娘的法律结构！"墨镜男一拍桌子站起来，刚想发飙，警察干咳一声，他赶紧坐下去，"反正TAI不给赔，你说咋办吧！"

岳亦山苦口婆心地劝道："诸位，鑫城财富其他项目都是债权类的，公司一倒，兑付就会受到牵连，但这是个长期股权投资项目，与债权投资不同，没有一个固定收益率，也不存在兑付问题。你们的资金都投给了金牛家园，这家公司到目前为止发展很好，预计明年就会到香港报上市材料，所以项目很安全，没有出现什么风险。"

"什么股权债权的，你别讲这么多大道理，我们听不明白！反正鑫城财富别的客户都拿不回钱，到处维权，我们不能傻等着！"墨镜男蛮横地说。

夹克女也嚷道："就是！你现在说这些，就是为了安慰我们。有没有风险，你一句话我们就信了？当初就是信了那丫头的鬼话，我们才上当的。咱们冤有头、债有主，赶紧把她叫回来！"

其他几个人连声附和，任凭岳亦山怎么劝都不答应。老兰一直低头看手机，一言不发，看样子想置身之外。直到夹克女突然伸手指向他："喂，戴眼镜的那个胖子，你怎么不言语？"

老兰吓了一跳，连忙说："这是鑫城财富的旧账，跟成明资本无关。我是成明集团新派来的，还是岳总比较了解情况，大家以他的口径为准。"

岳亦山心里暗暗咒骂了一句。这个没义气的家伙，事到临头，只会往我头上推，把他自己和成明集团择得干干净净！

夹克女不依不饶地说："反正程霞现在到你们公司了，躲得了初一躲不过十五，见不到她人，没有个说法，我们就天天来！"

一屋子人又沸腾起来，七嘴八舌地向岳亦山和老兰质问，在警察的干预下好不容易才平静下来。

岳亦山咬咬牙，对众人说道："这样吧，我说什么都是空口无凭，你们不会相信。明天上午我带你们去TAI，大家一起把这事说清楚。他们是大型金融机构，管理的资产上万亿，他们的话你们总能相信吧？我保证，一定会给你们一个满意的交代！"

这几位拆迁户互相瞅瞅，嘀咕了一阵，感觉这应该是最佳结果，答应下来。

人走光了。岳亦山瘫在椅子上，感觉精疲力竭。这时，老兰在旁边说道："岳总，这件事本不该发生在咱们身上，我也可以不向曹总汇报，但是你要答应我，别让程霞来上班了。"

"你说什么？我费了好大劲才把她招来，才来三天就放弃？"

"那没办法，这是最为明智的选择，要不后患无穷！"

"兰总，你了解我的为人。我不会做这种事。"

"你不方便出面，我就跟她谈，她会理解的。"

"不行！她好不容易准备走出过去的阴影，你这样会毁了她！"

“你这样下去会毁了公司！我必须辞退她！”

“你敢！先辞退我再说！”

“你……”

老兰气得浑身发抖。两个人黑着脸对坐半天，老兰叹了口气，口气缓和下来：“岳总，我今天也给你说些心里话，好不好？你这个人，有能力，讲义气，总追求完美，设计个交易架构都是要双赢、多赢的。可是世上哪有那么多多赢的事啊！

“就拿廊台项目来说，你想帮孙强，顺带把他欠鑫城财富钱的问题一并解决，所以组了这么大一个局，连廊台市政府、TAI和咱们都绑进去，可是那小子拿到钱就不认人，将来咋样很难说，我和赵琦还误会过你跟他有私下交易，你说值吗？

“老弟，你不是菩萨，度不了众生。听我一句劝，别给自己背的包袱太重，没必要！你得学学曹总的风格——拿得起，放得下！”

岳亦山沉默了。是呀，自己一路走来，虽然洒脱不羁，从不在乎物质，却把情与义看得很重，为此不惜牺牲自身利益。可是这样做真的值得吗？会不会顾此失彼，伤害了其他人或机构呢？也许，这正是自己最大的软肋？

过了好一阵子，他才重新开口，一字一句地说：“老兰，谢谢提醒。不过，‘人而无信，不知其可’。我的选择，我负责到底！”

也许是因为大机构的威严肃穆，也许是因为装修风格的厚重气派，墨镜男和夹克女一走进TAI在金融街上的会议室，马上不自觉地规矩了很多。他们俩作为代表，在岳亦山的陪同下来TAI“讨个说法”。

一行三人刚刚坐下，辛莹带着一个助理风风火火地走进来，和他们简单打个招呼，马上坐到桌子对面，麻利地翻开笔记本，对着墨镜男和夹克女快速说道："我是TAI养老投资公司副总经理兼投资部总经理辛莹，金牛家园项目是我当初还在TAI资产管理公司时做的。二位有什么疑虑，尽管对我讲好了。"

两位拆迁户感觉这个女人刮起一阵旋风，吹得自己有点头晕。墨镜男磕磕巴巴地说，他们听说鑫城财富倒闭了，上次来找TAI资产询问，人家说这个项目没有保底，所以很担心项目安全。

辛莹紧绷着脸，语速如飞："你们当时找到我就好了。不过我的同事回答得很正确，这个项目从来就没有保底。当时设计的架构是这样的：TAI资产和鑫城财富作为双GP——也就是共同基金管理人，发起设立一只5亿元的私募股权投资基金，用于购买金牛家园的股份，并期望未来该公司上市后，基金减持股份完成退出。在我看来，这是一个标准的股权投资，运行良好，没什么可担心的。"

墨镜男想了想，问道："鑫城财富不也是管理人之一吗？他们倒闭了，对项目没有影响吗？"

辛莹转向岳亦山："岳总，你们之前那家公司现在什么状况？"

"公司虽然有的高管被带走，办公场所也被查封，但并没有深度卷入鑫城财富深圳总部的违法行为，所以只是人走光了，停止业务运作，但公司账户还在，应该在维权律师手里。"岳亦山答道。

辛莹又转向墨镜男："这样说来，他们的事对我们没有丝毫影响。他们可以照常收取management fee（管理费）以及carry（收益分成），除非法院裁定这些收入应该补偿鑫城财富其他客户的损失。当然了，我们还可以查一下当时签署的LPA（有限合伙协议），看看对于一家GP不能正常行使职责是怎么规定的，是否需要启动除名程序。不过，那就不是你们该关心的问题了。"

墨镜男被她脱口而出的一串术语说蒙了，目光呆滞地愣在那里。夹克女怯生生地问道："那我们啥时候能收回钱呀？也不按年给利息，我们咋知道赚了还是赔了？”

辛莹不耐烦地翻了翻笔记本：“这是纯股权投资，没有固定收益的约定。但是当时有个对赌：如在基金存续期内（4年）无法上市，基金合伙人大会可以要求公司实际控制人以10%的年化利率回购股份。

“其实你们投了一家很棒的公司：我昨晚问过了，金牛家园的业绩持续增长，今年的盈利可能要超出预估达25%。如果明年能在香港上市，你们后年就能退出，那时的盈利，可能是几十倍！”

夹克女舔舔嘴唇，不再说话。墨镜男更是满脸惊讶，想不到这笔股权投资会有这么好的前景！

辛莹的目光在他俩脸上一扫而过。她马上合上笔记本，站起身来：“二位，我后面还有个会，我助理会把我的名片给你们，有问题就打我电话，好吗？”

说罢，她在二人的连连致谢声中推门而去。

岳亦山赶紧追上去：“辛总，真的非常感谢！没想到你昨晚那么爽快就答应见面，这次你可帮了我大忙啊！”

辛莹面色冷峻地一直向前走着：“别客气，岳总。你做了你该做的，我做了我该做的，仅此而已。”

岳亦山略带尴尬地说：“那个，昨天中午你可能误会我了……”

辛莹快步走进一部正好开门的电梯，转过身公事公办地说：“岳总，不存在误会。接下来，咱们还要配合好，把廊台项目做完。我先去开会了，再联系。”

说着，电梯门“哐”的一声关闭，把两个人分隔开来。

/ 第四章 /

【一】

杨晓波坐在工位上发呆。

自从上次马楠楠提出分手，两个人就没见过面。杨晓波试着联系对方，可是短信、电话和微信都被拉黑了，只有在网络平台的直播间里才能看到她。昨晚他忍不住表明身份，结果马上被管理员踢了出去。他下定决心：如果这两天还联系不上，就在周末直播时间直接去她家，她一定会心软开门的！

杨晓波正在谋划，桌上的座机响起来，小雪通知他有客人找。他兴奋地跑出去，却失望地看到一个年轻男子站在公司门口。他打量了一下来者：此人足足比自己高了一头，大理石般的面孔像是一尊雕像，西装革履的装束一丝不苟，皮鞋擦得和他的小平头一样锃亮。杨晓波暗想：除了亦山哥，好像还没见过这么帅的男人呢。

这尊雕像扭头看到他，一本正经地向他伸出右手："杨先生吗？你好，我是Alan。"

他一边握手，一边递上名片：Andymion投资集团（大中华区）高级投资经理。这是个什么机构？他又是谁呢？杨晓波觉得在哪里听过，但一时又想不起来。

Alan看出他的困惑，大大方方地说："我们有一位共同的朋友，马楠楠小姐。"

杨晓波一下子记起来了：这不就是上次周末早上给马楠楠打电话，导致自己和她吵架的那个Alan吗？这小子竟然有种找上门来！他气不打一处来，把这个家伙带进会议室，"嘭"的一声关上门。

"说吧，你来干什么？"

Alan很绅士地一笑，然后自己先坐下来，不慌不忙地说："杨先生，我先自我介绍一下吧！我是法籍华人，从小在法国长大，一年前刚回到北京，在Andymion工作。我们是一家Quantitative hedge fund——中文怎么讲——量化对冲基金。我观看马楠楠小姐的直播有一段时间了，非常喜欢她。我发现她非常直爽、幽默，和我的性格很相似，所以想追求她做我的女朋友。"

杨晓波感到莫名其妙："Alan，我是楠楠的男朋友，我不明白你说这些话是什么意思。"

Alan笑笑，露出一口白牙："杨先生，我听说你们已经分手了，可是你还在骚扰她。我想请你 let go（放手）。"

杨晓波下巴都快掉到地上了：这个家伙难道是来打架的？

"你这是什么意思？什么叫我'骚扰她'？我和她只是在吵架而已，我警告你：不要介入我们的感情生活！"

可是这番话对Alan完全无效，他依然保持着微笑："杨先生，请你不要激动。我很理解你的心情，不过我已经开始和她交往了，请你主动退出吧！"

杨晓波觉得对方好像在自己的心口猛击一拳，钻心地疼。

“你说什么？”

“是真的。她对我毫无保留，把你们的经历都告诉了我。我觉得你很lucky（幸运），可是很遗憾，你不懂珍惜她。你们不合适。希望我是最后一次见到你。”

Alan说完准备告辞。

杨晓波拦住他，指着他的鼻子说道：“我不知道你是从哪里冒出来的假洋鬼子，我也绝对不会因为你的几句话就放弃楠楠。咱们走着瞧！”

几次意见不合之后，3C每周的例会正变得像例行公事、味同嚼蜡。

赵琦、老兰和岳亦山会先后发言，先讲讲过去一周自己分管的工作，再说说本周工作计划，随即散会。三个人基本上不会评论别人的工作，只是照本宣科读自己的稿子而已。

不过，在这周的例会上，三个人发言完毕，赵琦叫住正准备离开的岳亦山。

“岳总，有件事跟你商量一下。兰总和我这段时间接触了几个第三方融资渠道，他们很认可成明集团的实力，呃——也很认可你，想加入咱们公司。依我看，收编这些渠道，咱就有了自己的募集团队，以后做项目就更轻松。你说呢？”

岳亦山心头顿时涌上无数面孔和往事。他跷起二郎腿，点上一支烟：“兰总、赵总，如果建立融资部门，成明资本就变味了。”

“啥意思？”赵琦追问道。

岳亦山笑道：“那我们就走到鑫城财富的老路上去了。二位，咱们现在做的私募工作基本都属于投行业务，就是帮助项目方设计融资方案，再到市场上找钱，资产和资金都不是自己的，这叫‘两头在外’。如果有了融资部门，我们就变成财富管理公司，或者叫‘影子私募’，性质不一样了。”

老兰瓮声瓮气地说：“‘两头在外’，说穿了自己啥都没有嘛！建立融资部门，至少资金这一头有了，只去找项目就行了呀！”

“不是这个道理啊，兰总。”岳亦山弹弹烟灰，缓缓说道，“首先，咱们招来的募集团队能有多大能量要打个问号。鑫城财富以前的能人太多了，我看那一批人要么进去了，要么转行了，剩下来的不多。现在跑路的私募太多，老百姓都怕了，做募集的确实越来越难干。

“其次呢，募集团队和咱们的文化基因不一样。他们就像打了鸡血，天天一门心思就是出单、拿佣金，有的时候对客户连蒙带骗毫无底线。这帮人忠诚度又低，流动性大，骗到佣金一拍屁股走人，后面一地鸡毛都要咱们收摊。

“这也会引发另一个严重问题，也是鑫城财富当初的惨痛教训，就是资金流动性管理难题。募集团队每时每刻都要努力出单，可是咱们公司还小，项目不是随时都有，钱来了往哪儿放，做高利贷吗？鑫城财富募集能力最强的时候，日均募集规模达到过2000万元，可是依然倒在资金使用不当上。

“说白了，天天都来钱这种事，咱们还真玩不转。这种期限错配也就银行能搞定：他们盘子大，又有政府信用背书或金融牌照保护，每天随便你我他存取款，没事儿！即使这样，银监会不是也要求他们的理财资金必须与投资项目一一对应吗？连他们都害怕流动性危机，咱们难道不更应该谨慎吗？”

老兰和赵琦被岳亦山的这番评论批驳得哑口无言。在对私募基金的理解上，他们还只是入门级选手，完全无法与岳亦山相提并论，这个议题也只好作罢。不过这并不算完，老兰对赵琦使个眼色，后者随即说道：“那好吧，募集团队的事就先放放。还有一个事：曹总最近说她身边几个老板都在搞P2P，问问咱们有没有啥想法。我看咱们完全可以搞一个试试！”

岳亦山立即表示反对：“这个更不可能了，现在咱们连一个相关人才都没有。”

赵琦不高兴地说：“岳总，你还不明白吗，这是曹总的意思！她有这话，咱就得赶紧落实呀！”

“曹总并没向我提起这件事。再说，现在P2P更难做，成批地倒掉。咱们没有成熟团队和客户基础，没必要凑这个热闹。”岳亦山最烦这种一边在领导面前察言观色，一边拿着鸡毛当令箭的做法。

老兰插话道：“金牛家园不就是搞互联网金融的吗，找他们学学不就行了？鑫城财富也搞过P2P，也可以找找那批人呀。”

岳亦山连连摇头：“金牛家园是一个非标理财投资平台，正在向智能投顾的方向转型，传统P2P业务比例已经不到10%了。至于我们以前搞的P2P规模就不值一提了，而且违规也很严重。”

“岳总，照你这么说，咱们什么都别做，就靠你一个人找项目、找资金，就行了，是不？还指望你的经验发挥作用，结果你光说过去搞出什么风险，那有什么用！请你不要总把鑫城财富的失败套在成明资本头上！”赵琦不满地说。

“就是！私募基金行业，不就是要不断创新、不断尝试吗！你天天嫌我们保守，结果是谁这也不行、那也不行的？”老兰在烟雾中咳嗽几声，继续说道，“没团队，可以去市场上挖，也可以找金牛家园借——你们不是他们股东吗，这点儿事还搞不定？没客户，那更是胡说！在成明地产开发的小区里居住的就有2万多户！岳总，平时公司的事都是你说了算，但是重大事项也要考虑一下我们的意见吧！”

岳亦山看他们二人越说越激动，没有急于回应。的确，最近的一系列重大决定都是自己说了算，没给他们决策权。看得出来，他们是带着情绪在谈事，这样下去不利于公司团结。看来还是得掌握一下平衡，不能把事情做太绝啊！

他把烟掐掉，平静地说：“你们说的也有道理。这样吧，P2P的事我和金牛家园联系一下，让他们提供一下人员和技术支持。咱们暂时只针对成明集团的住户和员工开放，算作一种内部福利。至于资产端，也就是平台上的产品，可以考虑把这批客户的借款需求挂上去——毕竟住在你们的物业里，便于掌握真实信用情况。怎么样？”

老兰和赵琦当然举双手同意。

等岳亦山一出门，两个人握握手，相视一笑：扳回一局！

【二】

杨晓波在寒风中等了半个多小时，才赶上一位老大娘从楼里开门出来。他刚想进去，却被老人家拽住胳膊，警惕地说：“我说小伙子，你找谁啊？怎么没有门卡？”

杨晓波急着上楼，但眼见老人家不肯轻易放过自己，只好向她招供：“大娘，我女朋友住在1607。我们俩吵架了，她想分手，又不接电话，我只好来找她。”

老太太一听乐了：“巧了，我就住她隔壁。这姑娘多漂亮啊！我要是你，就马上娶她！真不明白你们现在这些年轻人都在想什么，不愁吃、不愁穿的，还天天吵架。”

杨晓波听到“娶她”，不由得一愣，不知该怎么接话。

老人家看在眼里，叹道：“怪不得！我看你呀，心还没定。你要诚心娶人家，就认真相处；要是没想好，就别耽误人家咯！”

说罢，老太太转身离去。杨晓波被她这么一说，心里感觉怪怪的，很不舒服，却又来不及多想，赶紧上楼。

来到1607门口，他先贴在门上听听——里面有音乐声，看来马楠楠在家，于是他按响门铃。不料，应答的却是一个男人的声音。

杨晓波妒火中烧不能自已，使劲儿敲了几下门："楠楠，是我！快开门！"

过了半分钟，门后传来马楠楠的声音："晓波，你来干什么！"

"楠楠，我错了，我很想你！你先开门再说！"

"晓波，我是不会开门的。我曾经那么信任你，可是你却做出那种事情……唉，我最恨被别人背叛，也许这就是芳笑或者老天对我的报应吧！"

"楠楠，我和她真的没发生什么事！我发誓！你开门，你听我解释，否则我今晚不走了！"

"你走吧，我该说的都说过了，不想跟你再见面。"马楠楠说完往屋里走去，门两边只剩下两个男人。

这时，刚才那个男声再次响起："杨先生，我想楠楠小姐已经说得很明白，你快离开这里吧。"

是Alan！

杨晓波愤怒极了，真想直接砸开门，痛揍一顿这个家伙！

Alan继续说道："杨先生，是你对不起楠楠，让她非常伤心。再这样下去，对谁都没有好处。我希望你是个sensible person（通情达理的人），我们可以讲道理。"

"感情有道理可讲吗！"杨晓波又重重地敲了一下门，"你这叫乘虚而入，真是个狗熊！有本事你出来说话！"

杨晓波知道：这种西方思维教育出来的所谓"体面人"，都把尊严看得很重，绝对不允许受到侮辱。Alan显然很恼怒，准备开门出来直面对手，却被马楠楠叫住："Alan，你在干吗？不要搭理他了，洗澡水热了，快来呀！"

Alan丢下一句"你再纠缠，我会报警的"，转身而去。杨晓波感到浑身的燥热中掺杂着极度的挫败感，心像是被狠狠扭了一下，疼极了。

陈律师来到成明资本上班的时候，距离他答应加盟已经过去了整整一个月。作为公司风控部的新负责人，他成为岳亦山的左膀右臂，协助业务条线调研项目、撰写报告、起草法律文件和协调外部律所，使整个公司风控条线的面貌焕然一新。就连对他加盟颇有微词的赵琦暗地里也不得不服气：这才是私募基金风控总监的水平！

不过，公司整体业务的开展可并不太顺利。

在资产端，由于定下地产私募的基调，公司舍弃了一大批其他工商类企业潜在客户，专注于为房地产开发企业融资。然而国家政策对这类企业打压力度很大，前端收口资金、后端收紧销售，导致符合公司风控标准的项目少之又少。好不容易找到两个合适的，又被信托公司抢走了。

在资金端，还有一个多月就到年底，正是金融机构资金紧张的时候。大多数机构都已经完成当年的放款指标或投资计划，都在储备来年的业务，不再轻易投放资金。而缺少资金弹药的私募机构只能加大力度向富有个人和社会大众等非机构投资者募集资金，募集效率和规模不尽如人意。

在困境中，老兰重提重都项目，被岳亦山一口回绝。可是过了两天，当曹明华的电话打过来请他“再研究一下”时，他意识到再也不能不认真对待这个项目了。

于是，成明资本调研小队第二次飞赴重都。不过，这次的领队由赵琦换成岳亦山。

首都机场航班不靠谱地一再晚点，把预定的下午会谈变成晚餐餐叙。这次蒋家祥亲自到机场迎接，询问大家晚上想怎么安排。

岳亦山笑道：“人家都说重都‘唯有火锅和麻将不能辜负’，麻将就算了，现在咱们去吃火锅好不好？”

蒋家祥马上命令小黄把大家还送到上次的豪华火锅店，却被岳亦山谢绝：

“晓波回来说过，那家店纯属吃装修。咱们就吃本地特色小店吧！小黄，听口音你是本地人，你给介绍一个呗！”

小黄兴冲冲地刚想开口，却被蒋家祥呵斥道：“你懂个啥！开好你的车，去我项目旁边那家店！”

这顿饭才花了300多块钱，吃得却非常舒服。岳亦山一行对这家馆子的物美价廉赞不绝口，而蒋家祥整顿饭都没怎么出声，直到每个人都吃得心满意足，才不紧不慢地说：“岳总，要不换个地方，咱们活动一下？”

岳亦山指指包间另一侧的沙发：“不用了，就在这儿说说正事好了，我们算是正式开始认真研究你的项目。蒋总，请吧！”

待众人重新坐定，蒋家祥拿出一份资料开始介绍。

他正在开发的是一个商业综合体项目，名为“西南第一城”。项目位于重都市青陵区，占地106亩，总建筑面积约24万平方米，包括住宅、商场、写字楼和酒店式公寓。项目一期占地58亩，已基本完工；二期48亩，处于前期准备阶段。

项目一期总投9.7亿元，其中资本金部分2.9亿元，银行贷款6.8亿元。目前，蒋家祥的开发公司已投入4.1亿元，银行首笔贷款3.8亿元已下发并使用完毕，但第二笔贷款3亿元由于种种原因未能按时发放，致使公司对开槽单位和建筑施工单位发生欠款，影响了项目正常推进。因此，公司准备向成明资本融资1268万元，以解燃眉之急。

等他说完，程霞马上连珠炮似的抛出一系列问题：“蒋总，你提供的数字有些混乱，你们到底投入了2.9亿元，还是4.1亿元呢？银行的第二笔贷款出了什么问题？这么大的项目，缺钱也不会只缺1000多万，到底现在总欠款是多少？你为什么只借这么点儿钱呢？”

蒋家祥身体前倾，双臂交叉放在桌上，像犯人在坦白一样：

“一般房地产项目要求开发商提供项目资本金不低于30%，我只要拿出2.9个亿。但这笔钱大部分也是借来的，算上融资成本，就变成4.1亿元。

“银行本来第二笔贷款也要给，担保公司想挪用，我没答应，他们就去银行闹，说项目有风险，银行也就没敢发。

“现在的欠款，施工单位是大头，有1.55亿吧，开槽单位还有1268万——他们最近闹得厉害，我想先把他们的付掉。”

蒋家祥三言两语说得简单，却包含了大量信息。岳亦山点上烟思考起来，程霞在手提电脑上飞快地记录着。杨晓波从业经验有限，倒是对一些技术细节比较关心：“蒋总，什么叫‘开槽’啊？”

蒋家祥认真地答道：“就是大家常说的挖土方。但是严格说起来，包括清表、土方和外运。有的施工单位把柱基和护坡也交给他们做。这是整个工程的第一步。”

杨晓波听得似懂非懂，又问道：“担保公司哪来那么大能耐？为什么受他们制约呢？”

蒋家祥显得无可奈何：“开发商想到银行贷款，必须具备‘432’——四证齐全、最低30%自有资金和二级开发资质。这咱都没问题，但咱是外来户，一开始银行门都进不去。

“后来，有人推荐这家担保公司和这边的光民银行关系好，又出面担保我们能还钱，出问题他们会向银行代偿，银行这才同意。没想到他们想挪走2.5亿使用三年。这太黑了，我没法答应。真给了他们，工程就没法干下去。”

“对了，你欠了那么多工程款，为什么不一起融资还掉呢？”杨晓波追问道。

这回程霞替蒋家祥答道：“刚才蒋总不是说了吗，你没注意：施工方闹得还不够凶呗！”

杨晓波恍然大悟：蒋家祥和孙强在本质上是一样的，付款时都是一个“拖字诀”当先啊！也许，天下老板都是这个套路吧！

【三】

光民银行大厦坐落在重都市最繁华的春碑路上，这条路也是著名的美女出没地。当成明资本调研小队在蒋家祥的陪同下来到这里时，杨晓波不禁对身边的女孩多看了两眼。

岳亦山见状笑道：“喂，楠楠还不够你看啊！小心我告密，让你回去跪榴莲！”

杨晓波黯然道：“亦山哥，别提了，我们分手了。”

“你们俩真够折腾的！我就等着看下次什么时候复合。”岳亦山并没当回事。

“唉，这次悬了：她已经找了新男朋友。”杨晓波有些消沉。

岳亦山打趣道：“天涯何处无芳草，何必自挂东南枝？”

杨晓波听到他把“南”字读得很重，哭丧着脸说：“哥呀，知道你有才，是个大诗人，可是能不能别每次都在我失恋的时候，还这么含沙射影地欺负人呀？”

程霞也帮腔说这样做不厚道，岳亦山连忙笑着道歉。就在三个人说说笑笑的工夫，蒋家祥已经把他们带到银行的洽谈室。十分钟之后，一位个头不高，白白胖胖，戴着厚厚眼镜，穿着西装配老北京布鞋的中年男人走了进来。

蒋家祥一跃而起，跑过去紧紧握住对方的手，向岳亦山他们介绍说：这位就是光民银行重都分行的行长刘海亮。

别看刘行长身材不高，领导派头还是很足的。他往椅子上一坐，喝了口茶，把对面几个人打量一圈，又拿起岳亦山的名片，漫不经心地说："欢迎成明资本前来洽谈。'西南第一城'是我行今年的重点项目，我们非常重视。看看各位有什么想了解的？"

岳亦山恭恭敬敬地说道："刘行长，我向您汇报一下：我们是一家总部位于北京的私募基金，专注于房地产领域。之前和蒋总接触过很多次，目前正在考虑为他们发行私募基金产品进行融资。你们是这个项目的重要参与者，所以我们想了解一些基本情况，感谢您拨冗接见我们！"

刘行长对岳亦山的态度很满意，乐呵呵地说："别客气，岳总。我和蒋总也算熟人了，一定尽量帮忙。"

见双方领导开了个好头，程霞拿出两页A4纸递向对面："刘行长，请您看看这个清单，我们想了解的问题都在这里了。"

岳亦山心里暗暗高兴：程霞做项目就是让人放心，所有的基础工作都一丝不苟，不用自己操心。

不料刘行长却没有这个耐心："这些东西我让下面准备一下，这两天发给你好了。其实我们这里情况很简单，几句话就能说清楚：我行今年7月审核通过该项目，决定向开发商发放贷款6.8亿元，3年期，利率上浮25%，每3个月付息一次，每半年偿还本金一次。7月16日，我行已下发第一笔贷款3.8亿元，第二笔3亿元将于近期发放。"

刘行长介绍业务就像小学生背诵乘法口诀表一般熟练。程霞和杨晓波飞快地记录着。等他介绍完毕，程霞直白地问道："刘行长，这些都是常规信息。我想问问您是否了解客户最近的动态，以及他们为什么要找我们融资？"

蒋家祥尴尬地低下头。岳亦山这次非要见贷款银行和担保公司，蒋家祥不得不安排，可是见了银行的人，肯定要替项目方说好话，怎么能揭人家伤疤呢！这个姑娘真够愣的啊！

岳亦山心里可不这么想：就该这么问！既然来了，就要把事情了解清楚。如果戳到别人痛处或者发现难言之隐，对自己掌握真实信息才有利呢！

刘行长冠冕堂皇地说："我们的客户，我们当然很熟悉。国家现在控制房地产企业融资，客户有银行不能满足的阶段性融资需求，找私募基金很正常。"

程霞对这个回答并不满意："那么该客户是否向贵行按期还款？该项目是否运转顺利呢？"

刘行长看了一眼蒋家祥，冷笑了一声，似乎在说：你看你，怎么找来这么一家刺头！他又把头转向程霞。

"咱们既然能坐到一起，就坦诚相见吧：'西南第一城'绝对是青陵区目前最好的商业综合体项目。蒋总接手这个项目的时候，周边土地价格还不高。就是这一年的工夫，哎哟，地价都要上天了！应该说蒋总捡了个大便宜。当然啦，最近好像对施工单位发生一些欠款问题，我们也在紧密关注事态进展。但是到目前为止，我们认为问题不大。"

"如果贵行的第二笔贷款到位，欠款问题就不会出现了吧？"程霞继续问下去，"为什么这笔贷款没能如期发放呢？我听说担保公司那边……"

这次，刘行长粗鲁地打断了程霞："如果贷款早发下去，不就没有你们什么事了吗！房地产贷款额度本来就紧张，快到年底总行又要求所有分行都严控贷款规模，谁愿意跟政策对着干呢？我们银行有我们银行的考虑，你们搞什么私募的，不懂就不要乱猜！"

岳亦山和程霞都皱了皱眉：刘行长承认发现客户出现问题，却在听到"担保公司"这四个字时大为光火，不知何故？

程霞还想再问，刘行长却已经没有心情再"接见"他们，很不耐烦地打发他们离开。

走出光民银行大厦，杨晓波气呼呼地说："这家伙吃枪药了吧，哪来这么大火气！”

“根本没说多少有用信息，还看不起人！”程霞也愤愤不平。

岳亦山倒是见怪不怪：“这就是强势金融机构的思维定式：上门的都有求于他，当然牛气得很。这也没办法，谁让人家掌握着核心金融资源，能量巨大呢！咱们人在矮檐下，不得不低头啊！”

程霞和杨晓波深以为是，正想继续讨论，蒋家祥却面无表情地催促道：“担保公司的人在等。他们的人不好打交道，最好别迟到。对了，那啥，我有个急事，这次就不陪你们去了。”

巴蜀新联融资担保有限公司的办公地与重都市政府只有一街之隔，是一个两进的四合院。院子门前左右两侧各有一棵参天古树，昭示着这座院子过去的主人非富即贵。能在这个位置拥有这样一个院子，足以看出公司在当地的人脉资源和经济实力。蒋家祥事先也介绍过，这家公司由国有企业控股、民营企业小股东负责运营。

岳亦山一行就在这里与担保公司总经理洪彬彬会面。

乍一看，此人怎么也不像个金融人士：只见他一脸横肉，虎背熊腰，黑色皮夹克和做旧牛仔裤配高筒靴，衬托出浓浓的机车范，方框的金黄色AP手表和新款的VERTU手机，透露出满满的高调。他一开口，更让众人皆惊：

“这事很简单，没啥子可问的！蒋家祥把承诺的事办了，我就让刘海亮给他放款！”

还是岳亦山率先从惊诧中回过神来：“洪总，蒋总承诺过你们什么事？”

洪彬彬的作风与刘行长截然相反：有问必答，毫不隐晦。

“他没告诉你们吗？我们巴新担保介入这个项目的条件就是贷款一发下来，他就拿出2.5个亿给我们用！”

调研小队的三个人再次惊呆了：是蒋家祥自己答应巴新担保挪用这笔巨额资金的吗？这种暗箱操作的秘密，洪彬彬又怎么会轻易泄露给我们呢？

“你有凭证吗？”程霞问道。

洪彬彬一听，勃然大怒。这个家伙有点儿像电影《古惑仔》里的反派“乌鸦”，平时说话就阴阳怪气，发起火来更是凶神恶煞：“你们脑壳儿有包吧！你们在重都打听打听，谁不知道巴新担保和我洪彬彬是说一不二的！这种写不进合同的事，我们从来不用字据，一句话就够了！可是蒋家祥这个人，答应得痛快，拿到第一笔贷款就变卦！本来我都安排好资金用途了，现在没拿到钱，损失大了！我怎么瞎了眼帮这种背信弃义的东西！”

被他这么一说，程霞的脸色很难看。岳亦山不想贸然与这种不明背景的家伙发生冲突，压住怒气，尽量平静地说：“洪总，我们也是刚接手这个项目，不太了解情况。我听说你们现在不同意继续为蒋总担保，导致银行不能发放下一笔贷款。这样做对几方都没有好处啊！如果贷款能下来……”

“蒋家祥后来答应过，如果这笔贷款能下来，就马上给我钱。但是他已经失信一次，我才不会再上当呢！他就算砸锅卖铁，也得先把2.5个亿拿到我手里，否则免谈！”

“洪总，这么做可是非常严重的违规呀！”

“违个屁规！到重都来做生意，你就得按我的规矩来！我看你们还摸不着门道呢，回去问蒋家祥去吧！”

【四】

辛莹走进丽思卡尔顿中餐厅，一眼就望见曹明华正在笑眯眯地向自己招手，连忙走过去热情地打招呼，两个人还亲密地拥抱了一下。岳亦山在旁边尴尬地向辛莹问好，她只是礼节性地点点头。

三个人落座后，曹明华和辛莹亲密地交谈起来，从服饰到手包，从电视剧到小孩教育，越聊越开心，几乎忘了是来吃饭的。只有岳亦山在一旁郁闷地坐着，这些女性话题让他如听天书。

曹明华到北京叫他一起和辛莹吃饭谈工作，他想正好趁这个机会与辛莹修补一下关系。可是眼见两位女士聊得投缘，自己却无从置喙，不由得有些着急。

过了许久，曹明华问起辛莹的工作近况，才算进入正题。

辛莹搓了搓手掌："哎呀，我都忙糊涂了，有个好消息：廊台项目已经通过我们集团风控委员会的审核，递交到董事会。董事会将在下个月召开一次。也就是说，这个项目有可能在年内获批呢！"

曹明华笑呵呵地说："太好了！多亏了有你，咱才有机会搞成这么大的事。等你们批准了，咱们再一起好好庆祝一下！你说呢，亦山？"

说罢，曹明华转向岳亦山。岳亦山好不容易有了说话的机会，赶紧做出一个"OK"的手势："这个必须有！到时候我做东。也别总在金融街吃了，去新疆办事处吃羊肉串多好！"

"行，这个我爱吃。辛总呢？"曹明华又望向辛莹。

辛莹笑了一下："好啊，手抓羊肉要管够。"

岳亦山当即表态绝对没问题："只要辛总吃得下，想要多少有多少！"

三个人一起举杯，高高兴兴地喝下一杯红酒。岳亦山顿时感觉轻松了许多。不过，当辛莹问起孙强近况，他又皱起眉头。

"别提了。最近我让晓波跟他联系，他仍然爱搭不理的。如果项目真做成了，我们等于帮他一个天大的忙，可是他却这么一副态度，真让人寒心！"

曹明华笑道："你不记得你坚持不改交易结构的事了？要是那时你听了我

们娘儿俩的，现在不就不寒心啦？”

岳亦山摆摆手：“一码是一码。他可以不仁不义，那是他的选择，我必须遵守我的行为处事原则。”

“来，我提议为岳总的善良干杯！”辛莹半开玩笑地说道，曹明华马上举杯响应，并让岳亦山喝下一大口，又对他说：“孙强这人是不行，但是我也能理解他现在啥感受。”

“什么感受？”辛莹饶有兴趣地问道。

曹明华笑道：“我也做地产，当然知道求人拿钱的滋味呀！他求爷爷告奶奶找钱找不来，肯定没少受打击甚至屈辱。你们帮他一解套，他这会儿想的不是感恩，是终于翻身了！没给他钱的时候，你有资源，他敬着你，为你啥都能做；钱一给了他，你对他就没价值了，还指望人家知恩图报，这连善良都不是，是天真啦！”

辛莹咯咯地乐起来。岳亦山不好意思地挠挠后脑勺，又倒下一大口红酒，自罚一杯。这口下去，他感到脸上稍稍有些灼热的感觉，借着这点儿酒劲对辛莹说：“辛总，咱们可能有些小误会……”

辛莹立刻接过话题：“岳总，我觉得是大家可能有些误会。今天曹总也在这里，正好可以说清楚：我从没考虑过加入成明资本，她也没有向我发出过邀请。”

辛莹的直爽有时就像芥末，味道浓郁得呛人。岳亦山觉得脸更烫了，还来不及开口，曹明华的笑声就已经传入耳朵：“这咋能误会嘛！辛总在大保险公司干得好好的，根本就不可能考虑跳槽到我们这种小私募基金的呀！亦山，要是换你，你会跳槽吗？”

岳亦山刚要应答，只见辛莹轻轻按了按曹明华的胳膊，抢先说道：“哎呀，曹总，我可不是那个意思！其实我早就跟岳总说过，我最感兴趣的还是股权投资。TAI现在的风格偏保守，纯股权投资的项目不如其他几家大公司投得多。领导也知道我的想法，但是短期内没办法解决，就先把我提了一级安排到养老投资公司。我还能说什么呢？只能感谢领导的器重啦！

“不过，我真的很羡慕私募基金：市场化程度高，灵活性强，在合法合规的范围内赚钱就行，没有那么多束缚。不说别的，在我现在这个岗位，业务之外的大会小会一天怎么也得有三四个，好累呀！”

听完这番吐槽，曹明华微笑着拉起她的手：“辛莹啊，咱娘儿俩一直很亲，你就像我女儿一样。既然话说到这里，阿姨也就说说心里话：我从商这些年帮助过的人都数不清了，但是像你这么优秀的女高管很少见，特别希望你能找到适合自己的平台施展才华。如果你在那边干得不开心，可以考虑换个环境呀！”

辛莹很感动，连忙用双手握住她的手：“谢谢阿姨，您对我一直特别好！成明资本虽然初创，有您的资源和岳总他们团队的能力，一定前途似锦！将来我有动一动的打算时，一定优先向您汇报！”

曹明华端起酒杯，开心地说：“一言为定！”

辛莹也端起酒杯：“一言为定！”

三个人有说有笑地吃完饭，曹明华对岳亦山说：“今晚我就住这儿，你就替我送辛莹回家吧！”

辛莹推说不用，岳亦山却说自己义不容辞，坚决完成曹总交办的任务。辛莹笑了笑，也就不再坚持。

离开曹明华，坐上出租车，两个人感觉稍微有些尴尬，都没有说话。车子一路向西，从金融街奔向西四环中路的紫金长安小区。路过南礼士路地铁站时，岳亦山指向左侧车窗外：“我很喜欢那家康师傅牛肉面馆，以前常去。”

辛莹看了看，调侃道：“以前常去？岳总现在高大上，看不上小面馆了吧？”

“哪有呀，我现在累得跟狗一样，每天晚上有碗热面条吃多美啊！”岳亦山感慨道。

听他这么一说，辛莹关切地说：“你呀，应该赶紧找个人照顾你，这么飘下去不是个事。”

岳亦山笑道：“是呀，前两天去重都出差，发现美女如云，个个都像你这么漂亮。你知道吗，晓波站在路上都看呆了！听说川渝之地的女孩不仅温柔漂亮，还普遍做得一手好菜，是这样吗？”

“你真是越来越会说话了！重都就是出美女的地方，年轻漂亮的姑娘遍地都是，我可比不了。以你的条件，肯定能找个绝色小美女。”

“不行啊，那种女孩天天琢磨的是怎么自拍最美，能持家的恐怕不多。像你这么成熟的几乎没有啊！”

“切，你这话等于没说：30岁的人不如20岁成熟，不是白活了？我也是结婚以后才开始学做饭的，以前哪进过厨房呀！所以我跟你说，别看人家小姑娘现在娇滴滴的，真爱上你，什么都可以为你付出。”

岳亦山从辛莹这几句话中觉察出一丝不同寻常的意味。而当两个人的目光不经意地对在一起，他们似乎发现对方眼里闪耀着什么东西，突然都觉得有些心跳加速。

就在这时，车停下来，司机转头说：“到了，两位是微信、支付宝还是付现？”

岳亦山与辛莹相视一笑，结账下车。

“我都到家了，你不用下车的。”辛莹的声音并不坚决。

岳亦山指指小区：“你今天喝了这么多，现在就差这么‘最后一公里’了，我得尽到职责。”

辛莹给了他一个大大的微笑。

那是一个让岳亦山终生难忘的场景。辛莹脸颊通红，眼睛似乎有很多话要说，而双唇微张翘成下弦月，却没有一个字吐出。她一转身向小区走去，风衣紧紧贴在身上，和长筒皮靴一起勾勒出一个美妙的轮廓……

经历过无数女友，但这还是第一次有人的笑容让他感到无比温暖。他一直把这个女强人当作合作伙伴和朋友，却忽略了她的美丽和热情，忽略了她身上的成熟女性魅力。

在他站在原地发愣的工夫，辛莹已经走远。他赶紧追上去，默默地陪她走到楼下。

站在楼门口，辛莹一双水灵灵的眼睛注视着岳亦山，声音听着那么温柔：“我还得哄孩子睡觉，改天再请你上来坐坐，好吗？”

岳亦山点点头，感觉自己的心跳这辈子都没这么厉害过。

【五】

程霞放下汇报文稿，一板一眼地说道：“各位领导和同事，重都项目的情况大体就是这样。我还有点个人感受想谈一下：这个项目现在看来难度比较大。项目方带我们见的银行领导没有提供任何有用信息，只是希望我们进场帮着推动项目，项目顺利他的资金才安全。担保公司总经理口无遮拦，也比较粗俗，我实在想不通蒋总怎么会和这种人发生业务关系。至于增信措施，现在项目方拿不出任何有价值的抵押物。

“最后呢，蒋总也让人很不安心：他一会儿不想要钱，一会儿又想要；他说朋友的资产可以抵押，但是他自己都没去核实过；他与担保公司有什么暗箱操作，咱们不得而知，而他有意避开和我们一起去见担保公司，似乎就是怕与对方当面对质。

“说到底，这可能是我看过的最复杂的项目，且融资金额不大，收益有限风险却巨大，建议公司谨慎处理。”

听完这番话，3C和陈律师都陷入沉默。程霞事先征求过岳亦山的意见，还没有把话说得太狠。不过聪明人都能听懂她的意思：谨慎处理，就是果断放弃！

片刻之后，赵琦率先发言：“这个项目既然是曹总交代下来的，咱们还得再想想办法嘛！我上次也带队考察过，他的项目质量还是很好的，人也比较老实，不会出啥问题。”

程霞听了暗暗苦笑：你去的时候连项目都没看，人家招呼你吃喝玩乐就算老实了？

陈律师翻着笔记说道：“咱们可以不用讨论个人的判断，只看事实。这个项目现在最大的问题还是没有增信措施。我仔细看过所有材料，项目的在建工程抵押在光民银行，百分之百的股权质押在巴新担保，蒋家祥名下其他资产并不多，且大多已经抵押出去。这是一个致命伤啊。”

老兰和赵琦交换了一下眼神，后者旋即说道：“这个事蒋总也在想办法。昨天晚上他跟我通电话了，说抵押物可以再考虑考虑他大舅哥在西安的饭店‘港粤轩’。那可是西安最有名的高档连锁粤菜馆，咱可常去吃咧！”

岳亦山和程霞听了不由得怒火丛生：这个蒋家祥，这么重大的事项不跟业务团队商量，又去找赵琦单线联系，到底是何居心！看来老兰和赵琦一直背地里和他联系，他们是铁了心要做这一单啊！

“那太好了！本来‘西南第一城’这个项目比较复杂，咱们贸然介入风险很大，如果抵押物在西安，又是成熟的、持续经营的连锁饭店，那就好多了。”陈律师连连点头。

“可是蒋总到底和担保公司搞了什么‘魔鬼协议’，咱们不知道啊！”杨晓波说道，“那天从担保公司出来我们就直奔机场，没来得及问他。别看他这个人的性子慢吞吞的，和孙强相反，但是却特别有主意、不交底，和孙强一样不让人安心。”

赵琦不高兴地说：“陈律师不是都说了吗，有抵押物就行。饭店又不是蒋总的，你担心他性格好坏有啥意义呢！”

老兰一边按按赵琦肩膀让他不要着急，一边掏出手机：“没关系，这个好办，咱们现场问他。”

说着，他拨通蒋家祥的电话。

杨晓波把问题陈述一遍。过了十秒钟，电话那端才传来蒋家祥略带怯懦的声音：“没、没啥协议。”

程霞可是个急性子，一下子火气冲天：“蒋总，我觉得这个事肯定无风不起浪。那个洪总虽然很凶，但是没什么城府，不像骗我们的样子。我们现在是要帮你，你得让我们掌握真实情况才好往下推进啊！”

“就是，有一说一，怕啥！有我们给你撑腰呢！”赵琦说道。

岳亦山心中暗想：这个“我们”究竟是指这一屋子人，还是他与老兰呢？

蒋家祥得到赵琦的鼓励，简短地说：“哦，当初是答应让他们用些钱。”

“用多少？”程霞不耐烦地追问道。

“1.5个亿。”

“可是你拿到贷款一分钱都没给他们？”

“必须先付工程款，要不施工单位不往下干活。”

“蒋总，正好请你顺便把工程付款的事说清楚吧，到底总共应付多少钱，在什么时间节点分别付什么钱呢？”

以蒋家祥那种表达能力，绝对没法语言流畅地描述一个故事，但刚好适合简明扼要地讲述一个流程：

地产商作为甲方，一般会在主体工程封顶后，向乙方（施工单位）支付70%的工程款，之后每月按照当月施工进度支付70%，直到安装工作（电梯、空调、防火门、电线等）完成并通过分项验收（主体工程、消防、高低压、管网、天然气等）和总体验收，就可以进入工程结算环节，此时甲方向乙方支付全部工程款的25%，剩余5%将作为保证金，5年后工程若无重大质量问题，再向乙方发放。

蒋家祥前后自筹资金投入4.1亿元，加上银行首笔贷款3.8亿元，主要用于从前一个开发商手里收购项目，及封顶后支付70%的工程款。现在安装工作和分项验收都已开始，蒋家祥却没能拿到第二笔贷款支付相应工程款，造成拖欠施工单位1.55亿元和开槽方1268万元。其他应付款还包括管理费用、广告费用及其他税费共计1.32亿元，不过这部分款项要么还没到结算期，要么还能够继续拖一阵子，反正还没有被蒋家祥列入当前的还款计划。

岳亦山提出两个问题：蒋家祥和巴新担保的分歧是否能够协商解决？如果无法调和，后面的1.32亿元也被严重拖欠的话，项目是否还能顺利做下去？

赵琦不屑一顾地说："肯定能解决嘛！你们从法理上想呀：不管当初他们双方咋谈的，反正没有凭据。就算有，也不合规，担保公司向谁申诉呀！别忘了他们是国有企业控股的，不敢胡来！"

"就是！大不了咱们帮忙打官司，担保公司肯定败诉。咱们也别把事做绝，给他们让点儿步，让他用个千八万的。他们一看榨不出更多油水，也只能接受了。"老兰自信地说道。

此刻，岳亦山脑海里浮现出洪彬彬那副凶恶的嘴脸，心想：你们也天真了，那只"乌鸦"怎么肯就此善罢甘休呢！

程霞可不管那么多，直接把兰、赵二人的美梦击碎："巴新担保的要求的确是不合理的，得不到法律支持，但是他们要想捣乱可还是有办法的，比如向银行提出发现项目存在瑕疵，要求中止担保协议。银行肯定与他们关系好，完全可以与之配合，要求蒋总提前偿还贷款。那时如果没有其他担保公司和银行接手，这个项目可就要烂尾了。”

赵琦的眉毛皱成疙瘩：“你这个逻辑太武断了吧，谁知道银行和担保公司关系咋样啊！”

程霞不留情面地说：“赵总，这你就不懂二者的寄生关系了。商业银行对担保公司有个准入机制，必须要进入它的名录才能开展业务合作。能搞定银行的担保公司，当然和人家关系好了。甚至有的担保公司还有银行高管的股份。所以想都不用想，光民银行的刘行长和巴新担保的洪彬彬一定是哥们儿，对吗，蒋总？”

蒋家祥又是先沉默一阵，才开口道：“是的，我听说他们两家人一起出国玩呢。而且洪彬彬已经闹到光民，威胁要中止担保。”

岳亦山的两个问题有了明确答案：蒋家祥与巴新担保的纷争很难解决；如果无法妥善处理，蒋家祥甚至有可能全盘皆输。赵琦脸上红一阵白一阵，不再说话。

岳亦山的大脑高速运转起来。在电光石火之间，他突然有了主意：“蒋总，如果我们能够解决担保公司的问题，你愿不愿意让些利出来？”

蒋家祥当然一口答应——到了这个份上，只要能解开死结、推动项目顺利进行，拿走一块蛋糕算什么！

岳亦山呵呵一笑：“那就好。咱们签个财务顾问协议吧：如果我们能够办到，你把项目净利润的2%拿出来作为咨询费，怎么样？”

会议室里的人都瞠目结舌地看着他，那个神情仿佛就像发现一个外星人。时间好像过去很久，电话里传来的声音打破了屋子里的安静：“行。”

岳亦山兴奋地敲了敲桌子："好！接下来咱们双管齐下：请陈律师带队去港粤轩做尽职调查，评估饭店股权价值；同时，我也会采取行动，尽快打破与巴新担保的僵局。散会！"

【六】

巴新担保四合院的一间厢房里坐着两个人。房间里烟雾缭绕，烟灰缸里堆满烟头。

洪彬彬又点上一支烟。他瞪了瞪对面的人，缓缓吐出一个烟圈。

"好吧，这个方案的原则我同意！"

"好！接下来的问题就是交易金额和你们能释放出来转到我们手里质押的股权数量。"

"金额就是2.5亿，一分钱都不能少哦！而且我急着用钱，就这半个月必须拿到手。你要是做不到，就不用谈了，我还去找蒋家祥。这个项目可是块大肥肉，他一定会想办法给我凑上。"

"洪总，这个数字很大，远远超出蒋总的能力范围。以我们的了解他肯定付不出来，你何必对他苦苦相逼！你不是急着用钱吗，现在这种僵局对谁都没有好处。不如我们直接给你1个亿，如何？"

"1个亿？做梦！"

"1.25亿。"

"你给我打对折？没得可能！"

"1.5亿，洪总，这是我的极限。"

"那我不管！我再急至少也得用两个亿！"

"洪总，我咬咬牙，也就能再多出1000万，1.6亿！我可是尽最大诚意在跟你报数啊！”

“别扯那么多，两个亿，一口价！”

“洪总，这样吧，咱们各退一步，就1.8亿吧。我这个人很讲诚信，答应就要做到。再多的钱，两周内我肯定募集不到。你要实在嫌少，我也没办法，只能放弃。”

“好，我也是个痛快人，就1.8亿！那股权呢，你想要多少？”

“蒋总已经投了4个亿，1.8亿加进去，相当于总数的31%。”

“哈哈哈哈……你可真会算账！都快预售了，肯定要用股权价值计算嘛！这个项目至少能挣15个亿，1.8亿也就占12%！”

“这个算法也行。不过我们请人做过专业测算——这是分析报告——这个项目净利润应该有12个亿。以我们私募的行规，还要再打个七折做安全垫，我算一下……”

“不可能让你打七折！给你这么多股权，蒋家祥要是哪天跑路了我咋办！”

“项目还一平方米都没卖，绝大部分股权还在你们手里。如果他跑路、你们接手，那可赚大了！”

“你们这个测算倒是有模有样的。这样吧，12个亿的净利润我认，给你再打九折。不能再多了！”

“折扣太低，我们做的产品客户不会认的。七折到头了。”

“你小子谈个事真啰唆，让人好恼火！不行，就九折！接受不了你就走吧！”

“洪总，咱们就打开天窗说亮话吧：这钱说是借你们用三年，我从风控的角度来看，是做好了有去无回的准备的！你们收过担保费，再拿走这1.8亿，还不知道桌子底下要让蒋总从第二笔贷款里给你们多少钱。总之这一单你们赚得不少了，得饶人处且饶人吧！毕竟是块‘肥肉’，把人逼急了，即使蒋总这种老实人也会拼死一搏吧！”

“哼，在重都的地界上，你以为我会怕他？”

“《伊索寓言》里有个故事：猎人责怪猎狗没追上一只兔子，猎狗说，我追它只是为了一顿午餐，它奔跑可是为了逃命啊！”

洪彬彬在心里盘算了一会儿，狠狠地把烟掐灭在烟灰缸里。

“那就八折！八折对应18.75%的股权，就算天皇老子来也就这个数了！算你小子狠！对了，你叫什么来着？”

“小弟岳亦山。”

“岳总，不好意思，我这儿确实有些急，你看能不能加快点儿？”

“我知道，我也着急啊！可我又不是开银行的，这么大的资金，哪能说搞就搞到手啊！我这就在路上去见一个第三方募集渠道呢！”

“你看这样行不，先给我1268万，剩下1.8亿慢慢再搞。”

“洪彬彬说了，两周内就要1.8个亿，我哪还有时间单独给你跑那1000多万呢！总不能从成明资本账上给你拿吧！你再等等。”

“哦。岳总，你不知道，开槽方是我外甥。欠他的钱有点儿久。昨天我老婆听说我让大舅哥拿出饭店股权质押，闹了一晚上，要死要活的。”

“她一定是觉得你拿娘家人的资产左手倒右手，损害他们利益了呗！行了，我到地方了，先不说了。”

岳亦山挂断蒋家祥的电话，带着杨晓波走进SOHO尚都。

魏老大抽出一根烟叼在嘴里，瞅了瞅岳亦山，扔给他一根。

杨晓波连忙拿起打火机给两个人点上。

魏老大抽了两口，漫不经心地摆弄着手里的紫砂壶，头也不抬地说：“项目基本情况我都整明白了。把你们的解决方案再说一遍我听听。”

杨晓波恭恭敬敬地答道：“老大，我们准备给项目方蒋总发行一只1.93亿元的私募基金，期限3年，年化利率17%。在合同上，所有的钱都将用于项目投资和支付工程款，但实际上只有1300万是给他支付开槽方的，他会拿一个连锁饭店的股权来质押。之后，他会把剩余1.8亿给担保公司，后者释放项目公司18.75%的股权，他再把股权交由这只基金质押——这么高的股权比例，相当于把最保守的盈利测算又打了八折，安全性很高。”

“八折？我看不好卖。利率17%也不高，毕竟手里只有股权质押，那玩意儿能不能变现谁也说不好。”

“老大，八折真是良心价了。我们的分析报告您也看了，测算没有一点儿水分。利率也是尽了最大诚意：我们作为管理人只要1%，剩下16个点都交给您，由您与客户分配。”

“不管是16个点还是60个点，这个什么蒋总承担得起吗？你觉得这个钱还能收回来吗？”

“项目方蒋总为了推进项目，愿意支付高息，而且项目本身非常优质。就算将来真出现风险，质押给基金的股权也足够覆盖这点儿钱了。”

“你也不是活雷锋，发个基金不赚钱，肯定是有别的想法吧。”

这时，岳亦山接过话来：“哈哈，什么都瞒不过您！我们和项目方签署了财务顾问协议，项目净利润的2%要付给我们。”

魏老大把烟放下，瞪了他一眼。

“这个设计很复杂啊，好几方在里头，谁出差错都够你喝一壶的。你整的项目一直都挺稳妥的，这回可是有点急功近利了吧！”

岳亦山也放下烟：“老大，不是我利欲熏心哈，这回我有两方面的压力：一个是业务层面。我们专注于地产私募，传统的路子不好做了，一定要通过创新给客户提供附加值。光想着给地产商融资、在中间吃息差，就会走到鑫城财富的老路上。另一个是股东层面。我们曹总和项目方是邻居，也不知道还有什么私人关系，她一直在推动我们给人家解决问题。我三番五次地拒绝，她心里能没意见吗？

“这个架构当然有风险，单拿出哪一方看都会有些瑕疵，不过从全局来看，基础资产——‘西南第一城’项目——本身质量是非常高的，当地的房地产价格还在不断上涨，安全边际会越来越高。我们可以快刀斩乱麻，只要牢牢抓住股权，就不怕出现其他问题。老大，这个项目事关重大，您可要帮帮我啊！”

魏老大望着紫砂壶发了一会儿呆，又低着头看起手机。岳亦山正想再次开口的时候，他发话了：“行吧，那就试试看。你这个钱要得急，我找两个大客户直接谈一下。曹明华这个人我打听过了，是很有能力的一个企业家。她让你帮忙一定有道理，不会瞎整的。不过，这个项目你也就到此为止吧，不要陷得太深。重都也好，项目方也罢，你我不熟悉，最好敬而远之。”

“谢谢老大，谨遵教诲！”向魏老大道过谢，岳亦山带着杨晓波兴高采烈地离开他的办公室。

杨晓波有点儿喜不自禁：“亦山哥，没想到他今天这么快就答应下来，我以为要费半天口舌呢！”

岳亦山笑了：“哪有那么简单！你没听他说调查过曹明华吗？他肯定觉得我们这个项目不算太大，曹总又是一个爱面子、讲义气的企业家，不会允许下属公司捅出娄子。而且这是她力推的项目，真出了风险，她肯定会想办法解决。”

“这么说，这次成明集团的信用起了作用啊！看来对私募基金来说，股东背景还是挺重要的！”

杨晓波正说着，手机收到一条微信。他打开一看，顿时脸色煞白，头晕目眩起来。

/ 第五章 /

【一】

婚车渐渐近了，人群开始有些骚动。

一辆宝马740轿车缓缓停在香格里拉酒店门口。车门打开，新郎和新娘手牵手走出来，向众人挥手致意。人群一下子沸腾了！

新娘一袭白裙，是那么楚楚动人。在大家的簇拥下，在新郎的牵引下，她跟着他朝酒店大堂走去，两个人一起消失在电梯门后。人潮组成一个欢乐的海洋，向着二层宴会厅涌去。

只有一个落寞的身影从角落里走出来，与众人逆向而行。他漫无目的地向前走着，本能地躲避着车辆，机械地过着马路，似乎完全不知自己身在何处。

此时此刻，他的大脑里只是反复回响着一个声音：她真的结婚了。

走了不知多久，他终于被一辆电动车撞倒。对方扔下他扬长而去，而他捂着火辣辣的膝盖，一屁股坐到路边的石阶上，望着车水马龙的街道发起了呆。

又过了不知多久，持续不断的手机铃声把他唤醒，他接了电话：

“亦山哥，你好。”

“晓波，你去参加小何的婚礼了吧？”

“是的。”

“你在哪儿？”

杨晓波左右看了看，有点儿发蒙。

岳亦山继续说道：“算了，你现在打开微信的‘共享实时位置’，我去找你。”

四十分钟后，两个人坐在魏公村的眉州东坡酒楼。岳亦山看到杨晓波伤心欲绝的样子，摇了摇头。

“喂，振作点儿，告诉你一个好消息：袁宁答应这次出3000万，老兰和赵琦也找来3000万，就等魏老大的一锤定音了。我看这次要提前完成募集，你就等着拿奖金吧！”

杨晓波点点头，向服务员招招手：“上酒。”

“你想喝什么？”

“来俩牛栏山小二。”

服务员一转身的工夫就拿来两瓶酒，却被岳亦山一把夺过去：“你小子大中午的喝什么酒！我陪你聊天，酒就算了吧！”

“亦山哥，今天又不是工作日，你就别管我了。”杨晓波眼圈有点儿红。

岳亦山才不管他那一套，点了几个菜自顾自地吃起来。过了一会儿杨晓波的肚子咕咕叫起来，只好也拿起筷子。

两个人默默地吃饱饭，岳亦山把碗筷往旁边一推，跷起二郎腿，点上一支烟，瞅了瞅杨晓波。

“行了，别垂头丧气的。你们俩不是早就没戏了吗？你小子本事够大的，把小何和楠楠两个‘仙女’都给睡了。现在人家一个结婚，一个喜欢上混血帅哥，你也该拍拍屁股往前走咯。哎，咱们现在的前台小雪怎么样？”

“亦山哥，我现在哪有这个心情。好痛苦啊！”

“到底谁让你更痛苦——不对，这么问吧：你到底爱谁？”

杨晓波沉默了。

岳亦山用烟指指他：“你呀，工作有进步，感情生活却是一团糟。这么好的两个姑娘，搞定哪个都是你这辈子的福分，可是你在二人之间犹豫来犹豫去，结果弄个鸡飞蛋打。你得从自身找原因，克服性格上的缺陷，以后才不会重蹈覆辙。”

杨晓波轻叹道：“是的，怪我太软弱，太纠结。我不想再谈恋爱了，先把工作做好。”

“别，该吃就吃，该喝就喝，遇到好姑娘就去追。生活这么乏味，怎么能失去爱的勇气，变成‘爱无能’啊！”

“你现在也是一个人，过得也很潇洒啊！”

“得得得，我这劝你呢，反而引火烧身！不过我可不是一直单身啊，前一段时间谈了一个，交往了3个月，还是分了。”

“那怎么还会分开呢——我知道了，因为程霞！”

岳亦山抓起餐巾纸包砸向杨晓波的脑袋：“滚蛋！嘿，你小子拿我寻开心是不是！我和她只是同事！”

杨晓波躲闪不及，正中额头。他龇牙咧嘴地说：“哥啊，你们俩早该修成正果！”

“那一页已经翻过去了。”岳亦山的神情突然严肃起来，“感情这东西就是这样，纠缠在过去没有任何意义，只能影响以后的道路。你和她们俩的事也是一样。”

“可是……可是别的不说，楠楠是因为误会才与我分手的啊！”

“以我的个性，误会就误会，发生的就发生了，这是天意，没必要折磨自己。晓波，你一直很优秀，但是性格中缺少六个字：拿得起，放得下。感情是这样，工作是这样，人生，也是这样！”

临近年底，虽然传统上这是私募募集资金的淡季，但是重都项目的募集工作出奇顺利。只用了十天时间1.93亿元就募集完毕，赶在与洪彬彬约定的期限前完成所有法律文件和资金划转。

杨晓波惊叹于魏老大的高效，岳亦山分析说：保险公司的销售团队传统上会为每年一月或一季度的业绩“开门红”积蓄能量。魏老大和他们非常熟悉，肯定给他们开出很高价码，撬了一部分资金过来，所以才会来得这么快。

这单落定，最高兴的人不是蒋家祥——他似乎对什么事都有种不喜不悲的态度——而是老兰和赵琦。他们俩不仅实现了帮助蒋家祥的愿望，还在募集中出了力、赚了钱（募集费用提成），开心得不得了，非要组织全公司庆祝一番。

一帮人在中关村欧美汇的将太无二餐厅大吃一顿，又跑到海淀体育中心里的东方斯卡拉KTV一展歌喉。业务上的成功让所有人都笑逐颜开，办公室里原本有些沉闷甚至冰冷的气氛一扫而光。在美食和美酒的作用下，每个人都变成麦霸，碰到经典歌曲马上就会成为集体大合唱。

在这种氛围感染下，平时一向不参加娱乐活动的陈律师和程霞合唱一首《知心爱人》，惊艳全场；在岳亦山的“命令”下，杨晓波和小雪来了个《你最珍贵》，还喝下交杯酒；老兰拉着岳亦山、赵琦和陈律师合唱《真心英雄》，把气氛推向最高潮。

一曲终了，四个人搂在一起碰杯喝酒，一饮而尽。岳亦山举着杯子对他们说：“这次大家配合得非常好，一定要再接再厉啊！”

老兰附和道：“还是你领导有方！陈律师也出了不少力，在西安调研还感冒了，辛苦了辛苦了！”

“那都不算什么。”陈律师谦虚地说，“你和赵总募集了3000万，我可做不到！”

赵琦喝得双眼通红，直勾勾地盯着陈律师，正想伸手指向他说些什么，老兰一把拦住他，一扭头喊来程霞和杨晓波：“你们俩跟着赵总出差学了不少东西吧，还不快过来敬酒！”

赵琦被老兰拧了一个180度，转身面对两个敬酒者。他一手端起酒杯，一手指指点点，口齿不清地说：“你们俩记住：公司里只有两种业务——老板想做的和老板不想做的！”

程霞听了有些反感，杨晓波反应却很快，马上接道：“谢谢赵总指点，来，咱们干杯！”

程霞一看，二话不说也一口喝完，转身离开。越过赵琦有些摇晃的身体，杨晓波看到岳亦山悄悄朝自己眨了眨眼。

【二】

赵琦挂断电话，愣了足足有一分钟才起身去找老兰。

老兰听他说完，顿时脸色苍白，浑身冒汗。他先给曹明华发了条微信，然后带着赵琦走进岳亦山的办公室。

伴随着老兰的陈述，岳亦山的脸色由晴转阴，变得铁青。最后，他“啪”的一巴掌拍在桌子上，震得笔筒都摇晃起来。

“这个时候抽贷，项目会被抽血抽死，这帮傻货疯了吗！”

“就是，不知道他们哪根筋错乱！这样搞，咱们的钱也完了！”

“咱们的钱刚进去不到三天，他们在西安怎么知道的消息？明显有人故意泄露！”

听到这里，赵琦局促不安地说：“是呀，肯定有人通风报信，不过兰总和我绝对不会这么做：我俩咋可能损害曹总的利益？”

“你们首先不能损害的是成明资本的利益！”岳亦山还在气头上，对他这种拙劣的表态深感愤慨。

老兰连忙打圆场：“那个啥，不管谁在中间挑事，事情已经发生了，现在最重要的是找到解决办法。”

“眼瞅着就要出大事了，还能有什么办法，走一趟呗！”岳亦山心烦意乱地答道。

坐在会议室里枯等了一个小时，岳亦山和蒋家祥都有些昏昏欲睡。就在这时，与他们会面的对象姗姗来迟，慢吞吞地坐在桌前。

蒋家祥客客气气地与对方打了个招呼，又向岳亦山介绍说，这位是陕西信农银行的胡科长。

胡科长接过岳亦山递过来的名片，眼皮都不抬一下，有气无力地说：“成明资本，这个名字咋有点儿耳熟？你们股东是谁？”

听到岳亦山报出曹明华的名字，胡科长往上推推眼镜，身子坐直了一些：“曹总我知道，大企业家，在我们这儿也有贷款。都是自己人，我就打开天窗说亮话：我们去年给蒋总的西安公司发放贷款8000万元，用于西安一个项目的开发。可是我们贷后检查人员怀疑他拿这个钱去重都搞土地——用银行资金拿地可是政策明文禁止的。而且快到年底了，银监局和行领导又要求压缩对房地产企业的贷款，所以说我们可不是故意抽贷啥的。”

岳亦山一下就明白了：蒋家祥在“西南第一城”项目上2.9亿元的初始投入中，有8000万来自于信农银行的贷款。而剩下的2.1亿元里还不知道有多少是别人的呢！说到底，蒋家祥当初就没出多少钱！

蒋家祥低声下气地说："胡科长，咱们是老朋友，你给咱想想办法呗。"

"这事可不好弄呀！上面都有规定，我可做不了主。"胡科长打起官腔。

岳亦山不冷不热地说："胡科长，蒋总的钱都投到项目运作上了。你们现在突然要求收回贷款，他资金链马上就断了，也不可能还得上你们。"

"咦，我咋听说蒋总刚拿了两个亿走呢！对了，就是你们给募集的吧！"胡科长自鸣得意地笑道。

"我们的确发行了一个1.93亿的基金，但是……"岳亦山刚想解释，忽然自己卡壳——这只基金名义上是给蒋家祥发行的，实际上只有1268万是给他付开槽方欠款的，其余1.8亿元被担保公司拿走的事根本不能对外透露，否则即便不被认定为违规操作也会饱受诟病，不利于相关各方后续业务的发展。可是这样一来，外界又会以为蒋家祥拿到一大笔钱，像胡科长这样的人就像鲨鱼闻到血腥一样围上来。

岳亦山清清喉咙，继续说道："但是这笔钱需要支付开槽方、施工单位、管理费用和广告费用等，根本就不够用啊！"

"那我问你，光民银行第二笔3亿元的贷款啥时候能下来？"胡科长问道。

岳亦山没想到他这么熟悉重都项目的事，随口说了句"这个应该很快吧"，没想到正中对方圈套。

"很快下来，那你们为啥还给他发了只三年期的基金？"

"这……"岳亦山无言以对，额头开始冒汗。

胡科长笑道："你们没想到我们对'西南第一城'的事这么了解吧！我说句实在话：项目是个好项目，可是蒋总你的实力还不足以搞好。我的分管副行长也说起你这个事，让我们要密切关注，确保资金安全。"

蒋家祥只是连声称是，一句反驳都没有。

岳亦山却还不甘心："胡科长，这笔钱他已经基本付出去了，确实凑不上8000万。你们不收贷，他才有希望搞好。有没有可能宽限一下，比如到明年春节后看看项目进展再说？"

胡科长喝了口茶，慢条斯理地说："那可不行，到时候啥情况谁能担保？我也不相信这么大笔钱几天时间就用完了。蒋总啊，你现在手里有钱，无非是先还谁、后还谁的事。可别忘了你是靠我们的贷款发家的，这是你知恩图报的时候呀！别把我们领导弄燥了，以后你在西安银行圈的名声可就完了！"

岳亦山都忘了会议是如何结束的，自己和蒋家祥又是怎么走出银行大门的。直到上了车他才回过神来。

这次会谈是个彻头彻尾的失败。

其中有一半原因是自己大大低估了这个胡科长：没想到这么一家西部地方银行里的小小科长竟然这么精通业务、熟悉客户和步步紧逼。他显然对这个会议做了充分准备，紧紧抓住事情的脉络，简直无懈可击。

还有一半原因是蒋家祥的问题：别看这家伙貌似憨厚老实，却一直没有吐露全部实情。他用很少的钱就撬动起这么大一个项目，还把各路人马不断拉入局，延续着项目的生命，本事可不小呢！

接下来如何挽回败局呢？岳亦山正在发愁，一个电话打断了他的思绪。

是辛莹。

"喂喂，快到圣诞节了，你跑哪里去了，都没想起我吗？"

"唉，我在西安呢，手里项目出了些问题，有点儿棘手。不好意思啊，明早我就回去。过几天平安夜一起吃饭吧！"

"哈哈，光吃饭可便宜你了，要送我礼物才行。因为我有一个大大的礼物要送给你！"

"是什么？"

“TAI董事会批准廊台项目啦！”

岳亦山一听，眉头一下舒展开，暂时把重都项目的事抛到九霄云外。

“太棒啦，这都是你的功劳！我马上约曹总，兑现诺言去新疆办事处吃饭。礼物必须有呀，金融街购物中心里的东西你随便挑！”

辛莹“扑哧”一笑：“这是咱们共同努力的结果，我可不能贪功。你别约曹总了，她平时又不在北京。我要的礼物也不用买：只要你陪我去幼儿园接儿子，吃完饭带他去看个动画片，行吗？”

“没问题，包在我身上！”岳亦山还从来没有参加过这种亲子活动，有点儿小小的兴奋和责任感，“我一定把娃带好！”

挂断电话，岳亦山想了想，给一个手机联系人拨打过去。周杰伦在电话中足足唱了半首《告白气球》，才被一个粗暴的声音打断。

“哎，怎么了？”

“孙总，TAI批准了这个项目。”

“好，等着你打钱。”

孙强一个多余的字都没有，直接挂掉了电话。

【三】

程霞一板一眼地说：“各位投决会委员，项目的背景大家都比较清楚，我不再赘述。我们这次的方案是发行一只8200万元的基金，期限1年，年化利率18%，我们收取1%的管理费。资金将用于帮助项目方蒋家祥偿还陕西信农银行的贷款及利息。蒋家祥提供的增信措施是位于西安市曲江新区的别墅一栋，目前在他妻子名下，价值1.32亿，以及他个人无限连带责任担保。”

她停顿了一下，见3C都没有说话，鼓了鼓勇气继续说道：“不好意思，虽然我是方案的设计人和汇报人，但是我有义务提醒领导们几个问题：一是偿还能力问题。蒋家祥及其家族的经营性资产都已经抵质押出去，重都项目目前又陷入僵局，项目一旦出现不测，蒋家祥将彻底破产。二是抵押物的流动性问题。我们做了调研，曲江新区虽然环境优美宜居，但是别墅开发相对过剩，不好出手，最近一年也没有过亿价值的成交案例。最后还是项目方的诚信问题。蒋家祥到底还有多少负债我们并不清楚。就算这次我们帮他救了火，可是下次说不定又在哪里烧起来。因此，我个人建议委员会应该慎重决策。”

“慎重决策”，只不过是把上次的“谨慎处理”换了个说法。程霞的态度显而易见。迫于老兰和赵琦的压力，她不得不设计一个基金方案。可是随着参与重都项目的深度增加，成明资本面临的风险也显著增加。也许这一笔钱进去能够救活蒋家祥，并且不再有新的乱子产生；也许这笔钱只是帮助陕西信农银行上岸，而成明资本则在旋涡中越陷越深……

岳亦山接着发言：“我也有类似的担忧。按照洪彬彬的说法，双方只是一个口头约定，蒋家祥就答应让他挪走2.5个亿。这种事保不齐还有不少，只是咱们不知道罢了。这是再怎么尽职调查也发现不了的。

“另外，兰总、赵总，你们知道蒋家祥第一次来办公室为什么态度不积极吗？我后来全搞清楚了：一开始他的确想融资把外甥开槽的欠款结了，结果在来北京之前他老婆去做工作，外甥被暂时安抚住，他就不想融资了。后来见他迟迟没有解决办法，老婆也站在外甥那边闹起来，他才又火急火燎地找咱们。说白了，项目被锁死，他就顶着各种压力往后拖，拖一天算一天啊！”

“那你们说咋办！已经搞到这个份儿上，进也不是，退也不是，还不如一条路走到底！如果现在还不上信农的钱，项目就完了。这个责任咱们可担不起！”赵琦一想到有可能捅出1.93亿的窟窿，连续几晚都没睡好，嘴角还起了个大泡。

“你怎么不想想，如果把这8000万也亏进去可怎么办呢！”岳亦山提醒道。

赵琦马上反驳：“那也不能坐以待毙呀！”

岳亦山敲敲桌子：“谁说要坐以待毙，咱们抓紧再想别的办法啊！对了，曹总不也是信农的客户吗，让她去沟通一下怎么样？她肯定和他们领导熟悉吧！”

老兰接过话茬：“这个我早想到了。可是马上到年底，成明集团的资金也很紧张，我们做了好多工作才稳住信农不向我们抽贷，根本不可能再说动他们帮别人。唉，以前都是银行上门求我们去贷款，现在政策风向变了，国家要抑制房价过快上涨，地产企业不吃香了。”

岳亦山和程霞相互看看，沉默下来。

“西南第一城二期基金项目”在投决会上毫无悬念地以2：1获得通过。

正当业务团队准备文字材料开展募集工作的时候，洪彬彬一个电话又让大家大吃一惊：蒋家祥提供的抵押资产不实！

“你不是查过了吗？”岳亦山疑惑不解地望向陈律师。

陈律师也是一脸迷茫：“是呀，这种调查我做过很多。这次现场去看过，房本上倒数第二页的‘他项’那一栏是空白的，证明确实没有抵押过啊！”

“他是曹总邻居，老兰说他们经常隔着篱笆在各自的院子里浇水，不可能有假呀！”杨晓波说道。

陈律师突然一拍桌子：“只有一种可能：他的房子早就抵押过，所以伪造了房产证！那天调研的时候他还叫来一个房管局的朋友，看起来不像骗子，我也留了他的名片，就没去房管局验真伪！”

一屋子人顿时呆住了。

岳亦山两眼冒火地盯着陈律师，陈律师用汗津津的手松了松领口：“这种情况极其少见。凭我的经验，99.9%是不可能的。”

“没到100%就有瑕疵。岳总已经约了魏老大明早谈募集的事，这可怎么办？”程霞焦急地问道。

“那我现在去西安，晚上能拿到房本，明天一大早就去房管局。”陈律师提议。

岳亦山摇摇头：“去是可以去，但是明早不一定来得及呀！你都没预约，不可能去了房管局就给你办。魏老大这次可是好不容易才约上的，我也不能往后推。”

程霞思考了一会儿，冷静地说：“还有一个问题，洪彬彬说‘抵押资产不实’，到底是什么意思，咱们并不清楚。陈律师指出的只是一种可能性，会不会有其他的风险咱们还没掌握？”

陈律师本想说自己核实过其他方面的情况，但是囿于已经出了纰漏，又不敢确定是否还有别的风险点，张开嘴又合上，一声没出。

正在大家一筹莫展之际，杨晓波提出一个思路：“咱们现在就与蒋家祥用微信视频沟通，把事情说清楚并且录下来。就算房本造假，他也不敢公然撒谎吧？法律会制裁他这种恶意欺诈吧？”

陈律师眼前一亮：“是的！视频原件保存完整的话，在诉讼阶段可以作为证据使用。这一招一定能试出来真相——我还真不信蒋家祥是一个天不怕地不怕的恶棍！”

岳亦山拍拍杨晓波肩膀：“有个做直播的女友就是好呀！”

大家哄堂大笑，屋子里的凝重气氛一下子缓解了。杨晓波并不想当众解释那已经是前女友，只是笑着挠挠头。

“来吧，咱们说干就干！”岳亦山把手机放在面前的桌子上。大家站在他身后围成一个半圆，陈律师捧着自己的手机准备录像。

岳亦山与蒋家祥连上视频，郑重其事地说：“蒋总，我们正在讨论你的房屋抵押融资项目。有人跟我们说你的抵押资产不实，有这回事吗？”

蒋家祥中午好像喝过酒，脸和眼睛都微微有些发红。他随地吐了一口痰，抹抹嘴，木讷地说："没。"

岳亦山一看他这副样子就来气："蒋总，你可要认真想清楚再回答：我们这里在录像，日后如果出了问题，这个视频在法庭上会成为证据的！"

"啊？"蒋家祥一愣，明显变得很紧张，咽了口吐沫，拿着手机的那只手也有点晃。

屏幕这端的几个人不禁也紧张起来，每双眼睛都焦急地盯着屏幕里的那个家伙。

"蒋总，你那里到底是什么情况？"程霞追问道。

蒋家祥打了个酒嗝："没啥情况。"

岳亦山火了："蒋总，我们这是在帮你，你能不能说实话！"

让所有人没想到的是，一向温和老实的蒋家祥发飙了。

"我咋没说实话，啊？这房子从2011年买下来就是我家在住，一直在我老婆名下，从来没抵押过，我给你们发誓！我老婆为了抵押这事跟我都吵成啥了，你们还不相信我，还说资产不实！这钱你们爱给不给，反正这房子要是有啥问题，我他妈天打五雷轰！"

视频通话在蒋家祥的咆哮声中结束了。虽然大家被他训了一通，却都长出一口气：看来应该是虚惊一场。不过岳亦山心里却很纳闷：为什么洪彬彬要跑出来搞事呢？

【四】

魏老大接过岳亦山递来的烟，却没有点上。他身体后倾，靠在座椅上，目光重新回到手里的紫砂壶上。

岳亦山有些吃不准他的想法。

“老大，您不用担心抵押物的事。我派陈律师去西安了，他这会儿应该正在房管局验房本，随时就会告诉我消息。”

“嗯。”

“这次的金额不大，折扣率也很低，应该很符合您的要求。”

“符合我的要求？钱要是回不来，你指望我上西安住呢，还是去卖房呢？”

“老大，钱怎么会回不来呢！光民银行第二笔贷款一下来，问题全都解决了。这钱肯定用不到一年，而咱们发的可是一年期的产品，没准一个月以后贷款到了，咱们就让蒋家祥还款，白赚11个月的利息呀！”

“光民银行没放这笔贷款，不是因为巴新担保捣蛋吗？上周咱们募集的钱都给他们了，事儿整咋样了？”

“这个……我一会儿再催催，应该很快就能解决。”

魏老大瞄了岳亦山一眼。虽然只有一秒钟，却让岳亦山感到脸上一阵灼热，连忙补充说：“银行放款都有个过程嘛！再说，巴新担保本来在光民银行那里闹腾过一阵子，现在又去要求放款，总得有个理由。”

“哼哼。”魏老大冷笑两声，没有说话。

岳亦山想了想，决定退而求其次：“老大，我这边还有别的融资渠道您可能感兴趣。您要是能出个两三千万凑个份子也行啊！”

“你这个份子钱可不少呀！”

“老大，这点儿钱对你不成问题啊！我们想在这两天募集完成，12月31日之前支付给陕西信农银行。”

“老弟啊，你还不明白我的心思吗？”魏老大耷拉着脑袋，说话的时候也没有抬头，“上回我不跟你说了吗，别陷入这个项目太深，因为咱们对很多情况不熟悉。我就怕你不知深浅跳进坑里，爬不出来啊！你看，没两天你就又来要钱了，这还有完吗？”

岳亦山想辩解几句，却被魏老大一个手势止住：“你啥都不用说。我知道你一门心思想把这个项目盘活，也是为了大家好。但是光靠好心做项目可不行。你呀，每次要钱还都要得急。可是我跟你说，越是重要投资，越不能急，越得琢磨明白才行！那个蒋总拉你入局，不断往里投钱，起到效果了吗？这次你再给他完成募集，可是光民银行就是不往下放款怎么办？别忘了没几天就到年底了，明年他们行里啥政策谁知道？你好好回去研究研究吧。反正啊，这次我是不参与了。”

岳亦山点点头，缓缓掐灭手中的烟，没再多说什么。

从SOHO尚都出来，他看到静音的手机上有两个蒋家祥的未接来电，赶紧回拨过去。蒋家祥的声音有些沙哑。

“岳总，昨天不好意思，我……我酒后失言……”

“没关系，不提了。找我有事吗？”

“哦，是这样的：刚才胡科长给我打电话，要求最晚到12月31日必须归还贷款，否则就要起诉我。”

岳亦山心中一沉：“信农银行怎么做得这么绝！”

“嗯。你那边融资的事咋样？”蒋家祥的语气中充满期待。

岳亦山皱皱眉：“正在搞。你自己也多找找人想想办法，共渡难关吧！”

挂断电话，岳亦山的心情异常沉重。为蒋家祥做房产抵押融资是通过公司投决会的项目，他必须努力去推。可是从本心来讲，他也认为继续追加资金搅和进这个复杂的局面并非上策。但是信农银行已经发出最后通牒，留给蒋家祥和自己的时间不多了，该怎么办呢？

他拨通洪彬彬的电话。

“洪总好！钱都到账一周了，你那头也该履行承诺了吧？”

洪彬彬哈哈大笑起来：“岳总，我可是说到做到！不过刘海亮出国考察去了，12月30号回国。他一回来我就按着他的脑袋放款，好吧！”

“有你这话我就放心了。”其实岳亦山哪里放心得下，“那我等你好消息。”

“要得！哎，昨天跟你说的事，你们查了没有？”洪彬彬神秘兮兮地问道。

岳亦山心里出现一个大大的问号：“陈律师去查了。洪总，你和蒋家祥的问题不是已经解决了吗，为什么还关心他的事呢？”

洪彬彬尴尬地笑笑：“这个嘛，我拿到的钱是你们成明资本搞来的，所以我想帮你呀！蒋家祥这个狗东西，看起来老实巴交，其实坏得很，你可要当心！”

正说到这儿，岳亦山的手机响起嘟嘟声：陈律师打来电话。岳亦山按断他的来电，继续对洪彬彬说道：“谢谢提醒，我会注意的。另外，他在陕西信农银行有笔贷款，最近被要求提前收回，你知道这件事吗？”

“哎呀，这个很正常嘛！这小子到处搞事情，屁股底下肯定都是屎！”洪彬彬答道。

岳亦山注意到他并没有直接回答自己的问题，正想追问，陈律师的电话又打进来了。

糟了，一定是房本出了问题！

岳亦山赶紧敷衍两句，匆忙挂断与洪彬彬的通话，接通陈律师的电话。

“老陈，事情办得顺利吗？”

“岳总，房本没问题。但是我们刚到蒋总家就被堵门了！”

“出什么事了？”

“施工单位从重都跑过来七八个人，要他还钱！”

“小区的保安是怎么搞的，这都没拦住？你没事吧！”

“我还好，就是刚才吓了一跳。我们现在已经进他家门了，没事！施工单位的人说他在重都不露面，快到年底了又拿不到欠款，这才追到西安来。”

“那现在什么情况？”

“我们在屋里不敢出去啊！他们把院子围住了，正敲窗户呢！”

“赶紧报警！”

“报了！”

“蒋家祥呢？”

“他也打过电话叫人过来，现在坐在客厅里盯着电视不吭气。他老婆就一直哭，还骂他。我去劝，她还骂我，唉……”

“你让蒋家祥接电话吧！”

正在这个时候，电话里传来一声巨响，是玻璃破碎的声音。紧接着是剧烈的吵闹声。岳亦山心头一揪。

“老陈，怎么了？”

陈律师对着手机高喊，才勉强盖过屋子里的巨大噪声：“他老婆把电视砸了，两个人正吵呢……等等，又有人敲门！”

岳亦山隔着电话都能听到门铃声大作，同时传来“砰砰”的砸门声，还夹杂着蒋家祥夫妻的争吵声和不知是什么人的叫喊声，耳朵里乱极了，心里更是一团乱麻。

“老陈，你注意安全！”

他的呼唤无人应答。又过了几秒钟，电话不知为何断线了。

【五】

“岳哥，这个事我知道了。您没必要亲自跑一趟。”

“这么大的事，一个电话可说不清楚。再说我也很久没来宜兴了。我还挺喜欢这个小城市的。”

“那好呀，希望您常来。我父母去美国旅游了，要不他们一定会亲自接待您的。”

“不敢劳烦他们。你爸对我帮助很大，一直没机会当面致谢。等你们再到北京，一定给我机会做东。”

“您客气啦！上次在宜兴做的项目也是帮他的朋友，做成之后他也很有面子呢。”

“哈哈，那就好！那行，这次的项目就拜托老弟啦！”

“嗯……岳哥，我再看看吧。”

“怎么，听起来好像很犹豫呀！”

“呵呵，毕竟给这个客户已经做过一单，金额也不小。”

“老弟，你不用管前面的事。这次就当作是一个单纯的房地产抵押贷款业务好了。”

“嗯，倒也是。对了，魏老大这次出多少呢？”

“他啊……还没确定。”

“那您也给我点儿时间思考一下吧！咱们保持联系，好吗？”

“没问题！”岳亦山又喝了口茶，与同行的程霞交换了一下眼神，一起站起身来，“老弟，你一向很有主见，我就不多说了，等你消息。”

袁宁也站起来，和他握了握手，又面向程霞：“久仰了，程姐。希望你们在宜兴玩好！”

宜兴禄漪园国际大酒店坐落在人民南路，西氿湖边。岳亦山和程霞回到酒店的时间还早，于是相约到湖边散步聊天。

程霞没有什么城府，心里从来存不住事，直白地说：“岳总，这次来宜兴募资其实根本不需要我。你是为了让我出来散心吧？”

岳亦山笑而不答。

程霞一本正经地说："谢谢你的好意，但是请不要再给我特殊待遇，浪费公司费用。到成明资本以后我挺开心的，请不用担心。"

换作其他领导，也许早在心里骂她不识好歹，但是岳亦山太了解她了，只是淡淡地说了声"好"。

程霞马上把话题转向工作："岳总，看来袁总这里希望不大。咱们这几天找遍了合作比较多的渠道，竟然没有一个承诺出资的。看来这一单确实不好做啊！"

"是的，咱俩之前的判断是对的。但凡对蒋家祥和'西南第一城'项目有点儿了解的人都不想碰。看来在剩下这几天完成募集是不太可能了。"岳亦山的心情有些沉重。

"蒋家祥自己没找到什么办法吗？"

"他去陕西信农银行那边磨了几次，效果不大。早上他跟我说已经在找小贷公司谈这个事了。"

"最好不要找小贷。就剩这么几天了，他们就算能出钱，也肯定会狠狠敲他一笔的。这种高利贷会压死人的。"

"可是没有办法啊，他现在挪一步算一步吧。先过了这关，坚持到光民银行的钱下来就好了。"

"就怕等不到那一天。岳总，也不知道为什么，我对洪彬彬这个人也不放心。看起来好像很豪爽仗义，可是总让人有种不安全感。他可能觉得自己是个英雄人物，我觉得更像个枭雄。"

"得了吧！我们聊过，他也就稍微懂点儿担保公司业务，金融知识还不如晓波多，就是个大老粗。还什么英雄、枭雄的，我看啊，就是个狗熊！"

"岳总，你可不要小看他。现在整个项目的成败很大程度上捏在他手里。不过，我一直有些纳闷：为什么把希望寄托在他身上呢？他拿了钱不办事怎么办？”

岳亦山搓了搓手：“这你就不知道了吧！咱们发基金的名义是交给蒋家祥做项目投资和支付工程款。他把钱给洪彬彬、王彬彬还是李彬彬都无所谓，在法律关系上我们对应的只是他的公司。即便洪彬彬真的不还他钱，只要项目能顺利做成，我们的钱也能从项目利润中收回来。但是洪彬彬收下蒋家祥这笔钱的做法可就不合规甚至不合法了。必要的时候，我可会对他不客气的！”

程霞恍然大悟：“威胁举报他？”

“哼，到时候不怕他不就范！”

“这么说，给他的1.8亿其实是金元诱饵……不过这个家伙看起来天不怕、地不怕的，而且地方关系看起来也很厉害，如果法律手段搞不定可就糟了！”

“程霞，你要记住：斧子举在手里的作用只有一个，就是威慑。真要砍人的时候，是无须事先明晃晃地举起来的。咱们当然不希望真走到公安部门介入那一步。只要让他觉得我们有这种鱼死网破的决心，他就不敢一直拖下去。另外还有一个细节：我和他谈判时提到他会想办法压榨蒋家祥，从第二笔贷款里挪钱，他并没有否认。也就是说，这笔贷款发放下来对他还会有好处。”

“岳总，你等于利用股权质押、法律手段和他的贪婪这‘三保险’做的这个项目啊！”

岳亦山哈哈一笑正想开口，手机铃声响了起来。

是辛莹。

“岳总，你又在哪里潇洒呢？”

“辛总，我在宜兴出差。我感觉你又有好消息了吧！”

“哈哈，你嗅觉太灵敏了！我刚接到通知，公司应该会在12月29日把印刷厂的收购款打过去。”

岳亦山大喜，攥着拳头对程霞说：“TAI要打款了！廊台项目就快结束了！”

程霞也露出微笑：“太好啦，恭喜恭喜！”

辛莹那边却是一愣：“岳总，你和谁说话呢？”

“程霞程总。以前咱们做金牛家园时你们见过。”岳亦山答道。

辛莹一听，口气和声音明显有些变化：“这么晚了你们还在一起……没事没事，那就先这样吧！”

“嗯，好的，咱们平安夜见！”岳亦山还在兴奋中，丝毫没有留意到对方语气中的妒意。

挂断电话，岳亦山和程霞继续热烈地讨论着公司业务。既然廊台项目进入收官阶段，眼前最头疼的问题就是如何帮助蒋家祥渡过难关。

两个人不知不觉转了一圈又回到酒店。上电梯的时候，程霞突然来了灵感：“岳总，你听说过‘转贷基金’吗？他们专门帮助贷款到期企业垫付银行贷款，只要很短的时间，等银行再续贷出来，他们再收回本息。”

岳亦山连声叫好：“这不就是更专业化的过桥资金吗？干这个事肯定比小贷公司靠谱！”

“是呀！咱们打听打听，看看西安有没有这种机构。我记得你说过在金融办有熟人？”程霞兴奋地问道。

这时两个人已经走到程霞的房间门口。

“是有熟人。”岳亦山答道，“不过你先休息吧，明早再说。”

程霞打开房门，转身说：“没事，我不累，进来说吧！今晚就谈定呗！如果可行，明早就可以直接约人了。”

面对邀请，岳亦山有些尴尬。不过，看到她的眼睛是那么清澈透明，眼神又是那么坚定直率，他笑了笑，走进房间。

【六】

岳亦山紧紧握住面前这个人的手，内心翻腾如浪涛，竟半天没能说话。

倒是对方拍拍他的手，笑道："亦山，你我真是'人生不相见，动如参与商'啊。"

岳亦山也笑了："可不是！'今夕复何夕，共此灯烛光'！"

"你的古诗功底还是那么好。"

"这可是你本家杜甫的诗，我从小就喜欢这老小子。"

"他写诗太累了，总是苦吟。你的性格应该更喜欢李白才对。"

"没错！'人生得意须尽欢，莫使金樽空对月'！今晚咱们不醉不归！"

"好！'烹羊宰牛且为乐，会须一饮三百杯'！"

两个人说到这里，搂住肩膀、哈哈大笑，共同举杯、一饮而尽，好不快意潇洒！

直到这时，岳亦山仿佛才想起其他人的存在。

"老兰、陈律师、程霞、晓波，你们都是老相识了。"他又转向赵琦，"赵总，这位就是鑫城财富北方总部前COO杜先明。"

杜先明不到45岁，投资银行家出身，儒雅而不失果敢，和善而不失精明。他投身私募后卷入鑫城财富倒闭风波，还因过去在投行债券承销业务中的违规行为被处罚——虽然那是当年行业的潜规则，却依然成为对手扳倒他的利器。

后来，他加入全国最大的转贷基金公司之一浙江国菡，作为高级副总裁负责公司在全国的业务发展工作。岳亦山从西安金融办的朋友那里得知这家公司的存在，没想到负责人正是故人！这才有了这次重逢聚餐。

杜先明对岳亦山来说亦师亦友，两个人在工作中也结下了深厚的情谊，再度相见自然十分开心。岳亦山又敬了杜先明一杯酒，大声说道：“老杜，这就是天意！客户被逼到山穷水尽，我们竟然遇到你，真是救星下凡啊！”

杜先明谦虚地说：“千万别这么说。要是碰巧有机会能一起做点事，最好不过了。现在具体什么情况呢？”

程霞把蒋家祥面临的困局向他做了详细介绍。听罢，他思索片刻，向众人说道：“我们在西安倒是有分支机构，与陕西信农银行也有过合作，不过咱们还需要说服他们同意续贷，否则业务没法操作。”

一想到胡科长，岳亦山不禁有些头痛。只听老兰问道：“杜总，你们的业务流程是什么样的呢？”

杜先明淡淡一笑，娓娓道来：“其实，我们主要服务于中小企业，解决他们资金周转的难题。大家知道，很多企业贷款到期后，银行要求先行还贷再安排续贷，但是中小企业往往没有资金还款。我们就在这个时候介入，帮助他们办好续贷手续之后，替他们垫付还贷资金。这笔钱往往在客户账上停留不到24小时就直接划转给银行。而基于之前的充分沟通，银行也会立即安排落实续贷，这样我们就可以收回资金。”

“银行收回贷款之后不放款咋办，岂不是把你们套进去了？”赵琦联想起巴新担保拿走钱之后尚未履约的情况。

“基本不可能。”杜先明解释道，“我们开设分支机构之前，一定会与当地银监局和金融办建立非常紧密的联系，得到他们充分的认同和支持，而且所有分支机构都是与当地国有企业共同成立的合资公司。这就保证我们不会被当地银行视为可以随意欺负的外来户。另外，政府和监管部门会认识到我们是在帮助他们扶持中小企业、实现金融稳定，所以会给我们推荐客户、提供资金甚至督促银行配合我们的工作。只要理顺这些关系，银行不可能坑我们。”

陈律师叹道：“这是一项多赢的业务啊！蒋家祥这样的企业通过转贷基金

解决了资金周转问题；银行先收回再续贷，可以满足上级考核或监管要求；转贷基金从中也赚取了利息。”

“正是如此。哎，陈律师，你怎么头上挂彩了？”杜先明这一问，引发大家一阵哄笑。

陈律师摸摸头上的纱布，不好意思地说：“前几天我们在蒋家祥家被施工单位围堵，后来警察来敲门，我跑去开门的时候绊了一跤。没有大碍！”

“他没事，就是想骗工伤补偿！”杨晓波开了个玩笑，逗得大家又是一阵大笑。

晚餐在轻松的氛围中进行着。

岳亦山感觉重新看到了希望。不过他也明白，正像杜先明提示的那样，解决问题的关键还在于信农银行。一场“恶战”不可避免。

胡科长再次姗姗来迟。面对岳亦山和蒋家祥，他可没有什么好气。

“二位，我该说的都说了，你们还有何见教？”

蒋家祥两手一摊：“胡科长，我真没钱还。我想申请续贷呀。”

胡科长闻言大怒：“咋，你想要赖？”

“不是这个意思，我们只是实话实说。”岳亦山耐心地说道，“如果你们非要逼他，最终恐怕难以如愿，所以……”

胡科长拍了桌子：“这都是陈词滥调！贷款要是逾期，我们就去法院起诉，查封资产，到时候你们可就要吃不了兜着走了！”

岳亦山平静地说：“胡科长，我很清楚你们想提前收贷的原因是得知我们帮蒋总募集了一大笔资金。今天我和他坐在这里以人格发誓，这笔钱的确已经全部使用完毕，没法用来偿还你们的贷款。喏，这里是银行流水单。请再想想，贷款真的在你手里发生逾期，难道你脸上有光吗？难道不影响你今年的考核吗？”

胡科长听了脸色严峻起来，怒气冲冲地说：“你别拿这个威胁我！我要为贷款安全负责，为信农银行的利益负责！”

岳亦山微笑着说：“我可不是威胁啊。你别着急，我们是来提出解决办法的……”

胡科长再次打断他：“续贷是吗？我不知道你们懂不懂银行业务流程：先还贷，才能续贷。蒋总不是没钱还吗？”

“这正是我们找到的突破口。浙江国菡你听说过吗？”

“当然知道，我们有过业务合作——哦，你们想搞转贷？”

“是的。只要你们同意转贷，他们会把你们的贷款先还上，保证你们完成各种内外部考核和监管要求。”

“这可不行。上次我不是说了吗，这笔贷款涉嫌用于违规拿地，不符合政策要求！”

这时，蒋家祥插嘴道：“胡科长，你们只是怀疑我挪用贷款，没有确凿证据。而且‘西南第一城’是我收购别人的烂尾项目，不是招拍挂拿地呀！”

“就是，怎么能凭怀疑就定性呢！”岳亦山附和道。

胡科长摘下眼镜，一边擦拭一边思考，半天没有说话。

岳亦山诚恳地说：“胡科长，其实你也很清楚‘西南第一城’的情况。我们会协调重都光民银行尽快发放第二笔贷款，盘活这个项目。只要正常运转起来，以现在的房价，这个项目赚上15个亿都不算夸张。你还有什么可担心的呢！我知道你是为了银行负责，可是如果真搞出不良贷款，银行也好，蒋总也罢，还有我们成明资本，大家满盘皆输啊！”

胡科长的怒容有所缓解，不过他的口气仍然强硬：

“我们的贷款是给西安项目的，又不是重都的！‘西南第一城’跟我们有啥关系！”

“当然有关系啊！如果这个项目做砸了，蒋总拿什么还你们的钱呢？”岳亦山反问道，“你们也和浙江国菡合作过，知道他们的能力。他们在西安成立的子公司还是和国企合资的，完全可以放心。让他们的转贷基金介入，给蒋总一个转圜的时间，一切都解决了。这也符合你们‘大力扶持民营企业发展’的口号啊！既然蒋总是你们的老客户了，为什么不在他生死攸关的时候推他一把呢？”

胡科长又想了一会儿才开口：“还是不行，今年给地产企业的额度都用完了，明年行里是啥态度还不清楚。”

蒋家祥哭丧着脸说：“胡科长，不管明年啥政策，怎么也得给地产企业放贷款吧！我这儿只有8000万，又放在年初银行资金最宽松的时候，只要你们高抬贵手，怎么都能做呀！咱俩啥关系，这么多年了，于公于私你都得救救我呀！”

见他如此言辞恳切，胡科长感到有点不好意思。

“这样操作也不是完全没机会。这样吧，我回去向分管副行长汇报一下，咱再商量，行不？”

蒋家祥的眼里见到一丝曙光，态度虔诚地说：“谢谢胡科长！我的身家性命都在你手上，拜托了！”

/ 第六章 /

【一】

杨晓波感情生活不顺，最开心的人竟然是他的母亲。

老太太向来比较正统，眼光又毒，一般姑娘很难入她老人家法眼。什么小何、楠楠，要么只是个前台，要么是外地高中毕业生，怎么能配得上自己的儿子！现在好了，晓波终于结束和她们俩的纠缠，可以好好找个门当户对的姑娘，这两年就把婚一结——老太太还等着抱孙子呢！

这不，圣诞节前夕，她给儿子安排了一个相亲。对方父母都是金融机构的高管，家境殷实，声名显赫。女孩从日本留学回来，在投资银行做人力资源。美中不足是年纪比杨晓波大一岁。

老太太嘱咐杨晓波说："你老大不小的，玩也玩过，该收心了。你看这姑娘，多好的工作！收入不低又不累，总能按点上下班，将来方便照顾家。年龄大点儿也不是问题，会疼人。看看照片，人家如花似玉的，配你正合适！"

杨晓波哼哼哈哈地应付着，准备出门上班。老太太可不乐意了："晓波，你可得认真点儿。去把新买的风衣披上，再换件白衬衫，穿得精神点儿！我跟你说，女孩父母都很厉害，都是搞金融的，将来能帮上你！你要是攀上这门亲，就能少奋斗二十年！”

“妈，那我是娶她还是娶她爸妈啊！”杨晓波不耐烦地说。

老太太生气地站起来，一边念叨着什么一边走过去想继续教育一下儿子，杨晓波赶紧一推门溜了出去。

平安夜和圣诞节虽然不放假，中国年轻人过节的热情却无比高涨。在12月24日这天晚上，杨晓波一下班开车出来，就被堵在汽车的长龙里。从中关村到金融街，平时半小时的路程足足开了一个半小时。等他一步一步挪到金融街购物中心，在地下车库一圈一圈转来转去终于找到停车位，再一层一层跑上去来到隐泉之语餐厅，比约定见面的时间晚了二十分钟。

他找到女孩，连声道歉：“真对不起，今天实在太堵了……”

女孩的脸拉得很长：“没事，下次早点儿出来就完了呗。”

杨晓波吐吐舌头，刚坐下准备看菜单，女孩直接叫来服务员：“我都看过了，咱们就点这个1560的和牛套餐，好不好？”

杨晓波当然只有同意的份儿。

服务员提醒他们这个套餐是1560元一位，女孩皱着眉说：“我当然知道，你怕我们吃不起吗？”

看到服务员悻悻而去，杨晓波心里很不舒服。而第一次见面就点3000元的饭，换成自己无论如何也下不去手。

而女孩却毫不在意：“这个服务员素质太差。不过这个和牛很赞的，我让你订这里就是想吃这口。对了，你可以叫我思思哦！”

她的口气好像在说：让你叫我思思可是一种恩惠。

杨晓波连忙自报家门，思思抿嘴一笑：“介绍人杨阿姨都告诉我了。还说你是北大毕业的，在做私募。你工作几年了？”

“三年半。”

“你在公司什么级别？”

“高级经理。不过我们人少，级别没什么意义，都是干活的。”

“嗯，也是，跟我们没有可比性。收入呢？”

杨晓波很不情愿地报出工资数字，换来对方一声轻叹：“唉，私募行业收入太低了！我们的业务部门新员工第一年就40万呢！”

杨晓波非常恼火：这哪里是相亲，分明是资格审查！

而大小姐要么没有察觉，要么根本不在乎他的脸色。和牛一上来，她“龙颜大悦”，滔滔不绝地讲起今年外资投行和国内券商的薪酬对比，各大机构高管跳槽事件，以及金融街上最近发生的各种奇闻轶事。

看着她眉飞色舞的样子，杨晓波暗想：我和她简直不是一个世界的人。她说的这些东西，与我何干呢？

他正这样想着，思思突然神神秘秘地说道：“你知道吗，有家大券商的CEO正在接受证监会的调查！这是我妈妈在家里说的，外面都还不知道消息呢！”

杨晓波装作很感兴趣地点点头，随口问了句“是谁啊”。

这下倒好，思思连忙做了个“嘘”的手势，左顾右盼一番，慢条斯理地说：“这个我就不能告诉你了！到时候你就知道了。对了，这不是我妈妈他们单位的事，你可不要出去乱猜乱讲！”

杨晓波彻底无语了。

这顿饭他吃得无比郁闷。

买单时，思思去了卫生间。她一回来便说：“谢谢你请我吃饭。开车了吗？送我回家吧，就在丰融园。”

杨晓波指指用手机：“思思，我查了一下，从这里走过去五分钟，开车的话在今天这种路况下恐怕要二十分钟。要不这样，我先陪你走回家，再回来取车行吗？”

没想到思思撇撇嘴：“这么冷的天气，我可不想走回去。”

杨晓波只好乖乖地下楼取车。

两个人走到一层，思思遇到熟人，于是过去打招呼。杨晓波一开始并没留意，只是无聊地低头翻看微信。思思的声音从不远处传进耳朵：“杨阿姨给介绍个男孩，刚吃完饭。你呢，Alan？”

杨晓波缓缓抬起头，看到一张熟悉的脸。没错，他就是那个让自己恨之入骨的家伙！

杨晓波正满腔怒火地瞪着Alan，有个人从他身后走上前来。当她的目光与他相对时，两个人都呆住了。她看了看思思，又看了看他，一咬嘴唇，狠狠地拉了一把Alan，走开了。

在返程的出租车上，看到儿子靠在岳亦山身上熟睡的样子，辛莹觉得那个画面很温馨，心头突然涌现出一种家的温暖。

她低声说道：“亦山，有件事我想告诉你，曹总上周末正式邀请我加入成明资本。”

岳亦山一时不知该怎么回答，只好开个玩笑：“恭喜呀，薪酬肯定翻倍都不止了吧，哈哈！”

“讨厌！我想知道你到底是怎么想的。如果你坚持反对，我就不考虑了。”

“嗯……之前我们没有深入谈论过这个话题，你不是还误会过，以为我会介意你来争权夺利。其实坦白讲，如果你来，对成明资本肯定是好事，对你个人则未必。先不说小私募机构稳定性不足的问题，单从业务发展的角度来说，我们现阶段的定位是地产私募，以债权投资为主，范围比较狭窄。你一向喜欢股权投资，公司离那个阶段还有一定距离。”

“这个我明白。曹总也说了，尽快找国企股东进来，把公司变成‘国家队’。如果我过来，也会先帮你做一段时间债权投资，可别忘了我在TAI是另类投资出身呀！”

“你能有这个心理准备就好。另外，我还比较担心的是公司内部治理的问题。小公司没那么规范，成明集团派出的高管又比较强势，有的时候我也很头疼。你来了，我怕你受委屈。”

“哎呀，你以为TAI就是一潭清水吗？有人的地方就有政治，有公司的地方就有公司政治。小公司反而没有历史包袱，没有特别复杂的利益纠葛。再说，我过来还能帮你平衡一下局面呢！”

岳亦山深深地点了点头，又露出笑容：“那我就没话说咯！作为CEO，我正式欢迎你加入成明资本！”

辛莹郑重其事地道了谢，目光又回到儿子身上。小家伙还没醒，这会儿正在吧嗒嘴。岳亦山把他搂得更紧了，辛莹的心也更暖了——宝贝，咱们就要到家了。

【二】

蒋家祥和成明资本在12月28日收到一个好消息：陕西信农银行同意续贷！他们还答应与浙江国菡一起通过转贷操作实现这一目标：浙江国菡将于12月31日将8000万打入蒋家祥西安公司账户，蒋家祥当日将资金打入信农银行账户，而信农银行则在明年1月1日重新放贷8000万元，蒋家祥再将这笔钱归还浙江国菡。

虽然胡科长开出的续贷利率比之前提高了10%，仍然不失为一个巨大的成功：对蒋家祥来说，与流动性危机可能引发的致命结果相比，多付这点利息算得了什么呢！

岳亦山马上叫蒋家祥坐最快一班飞机到北京，与杜先明进行商务谈判。

杜先明做业务颇有章法，一接到岳亦山电话就与西安子公司沟通，得到信农银行已经开始接洽操作细节，以及公司能够在三天内完成调配资金等确凿信息，这才同意见面。

蒋家祥估计浙江国菡会在这个节骨眼儿上狠咬自己一口（就像信农银行一样），而事实证明他的判断是错误的，杜先明提出的条件很温和：每日费用千分之一，且按实际使用天数计算。也就是说，操作顺利的话，在这项业务中，蒋家祥只需付出8000万的0.2%即16万即可。而市场上一般的过桥资金或小贷资金的成本远远超过这个数字。

蒋家祥当即与浙江国菡签下合同，欢天喜地地回西安准备转贷操作。

接下来的几天，岳亦山稳坐钓鱼台，等待各路消息反馈：

12月29日，辛莹的电话如期而至：TAI已经将收购款打入成明资本与孙强的共管账户。

12月30日，光民银行刘海亮回国。洪彬彬告诉岳亦山，自己已于第一时间通知刘行长：巴新担保同意继续为“西南第一城”项目担保，请他发放第二笔贷款。

12月31日一早，蒋家祥打来电话：转贷操作顺利，浙江国菡的钱已经到账，明天付给陕西信农银行。

一切进展顺利，岳亦山松了一口气。

中午与辛莹吃饭时，两个人心情都不错。他问起对方什么时候正式辞职，她笑了：“你呀，一开始不欢迎我来，现在又成了催命鬼！”

“什么催命鬼，我是求贤若渴！”

“接下来这段时间我会比较清闲，可以先帮着你们开展工作。但是再急也得等我拿完今年的奖金，春节后再离开TAI。再说，廊台项目刚放完款我就加盟成明资本，看起来就像我跟你们勾结在一起做项目，有利益冲突。”

“你本来就是我们在TAI的内线呀！”

“呸，你可不要玷污本姑娘的名声！我可是一心为公！”

“知道知道，开玩笑的啦！”

“亦山，说真的，我觉得你们很成功：先给孙强做成一个融资项目，又搞定TAI的投资，还把我挖过去，成明资本真是‘人财两旺’呀！”

“哪里哪里！赚点小钱不算什么。最大的成功，还是把你骗到手啊！”

岳亦山的话让辛莹心头一动。她举起茶杯：“为新年，为成明资本，为你我干杯！”

年底几天的紧张工作和焦急等待耗费了不少精力和体力，岳亦山决定给自己提前放半天假，下午回家休息。

他正在收拾东西，手机响起来：是蒋家祥。

这个讨厌鬼，一天到晚哪来这么多事！岳亦山按断电话，刚要出门，手机又响起来。他生气地抓过手机一看，这次是杜先明。

“老杜新年好！有何指示啊？”

杜先明一向沉稳的声音今天显得有些急促：“亦山，转贷出了状况。”

岳亦山脑袋“嗡”的一声响：“怎么回事？”

“我们正在处理。你在北京吧？以最快速度到我公司来吧！”说罢，杜先明挂断电话。

五十分钟后，岳亦山冲进浙江国菡北京分部。杜先明正在打电话，对他做了个“稍等”的手势，独自走到一边。

岳亦山在焦躁中等待了十几分钟，杜先明才结束通话，面色凝重地走到他面前坐下。

“亦山，刚才蒋总得到消息：法院的人会去陕西信农银行查封他西安公司的账户，已经在路上了。”

岳亦山大惊失色：“为什么？”

“他说应该是一家小贷公司向法院申请的。”

“这家伙在外面还欠了高利贷！那怎么办？”

“我刚和我们董事长通完话，探讨了应对措施。现在我们西安子公司总经理秦总应该已经到银行了，咱们一起商量一下吧！”

拨通电话，一个洪亮的声音气喘吁吁地说：“杜总，我刚到银行，蒋家祥说马上到，法院的人也随时都会到。”

也许是刚才跑得有些急，也许是心里焦急，虽然身处深冬时节，岳亦山觉得后背已经湿透了。

“你们的钱已经在蒋家祥账上了。趁法院的人还没到，让他赶紧转到还款资金专用账户上吧！”

“你昏头了吧，那可不行。要是那样干，会追究从蒋总一直到银行员工的法律责任。”杜先明淡淡地说。

岳亦山急得直敲桌子：“那怎么办？就等着被法院查封掉？”

杜先明没有回答他，而是对着电话问道：“秦总，你和信农的人关系怎么样？”

“做过业务，后来还时不时一起喝酒，关系一直不错。”秦总直率地答道。

杜先明点点头：“好！那你现在马上要求他们红字回冲，原路退回资金！”

电话那端沉默了几秒钟。岳亦山以为秦总和自己一样不明就里，谁知他随即兴奋地喊道：“太好了杜总，就这么办！我马上联系！”

杜先明看看呆若木鸡的岳亦山，快速讲解道：“红字回冲，就是付款方向银行申报说付款有误，要求银行将资金原路退回自己的账户。”

“还能这样操作？”

“当然！有个经典骗局：骗子给老年人打电话恭喜中奖几十万，并且真给打到账上。这时他又说需要中奖人用其他账户打回去几万块作为税金，老人正在高兴，没防备，一般就给打了。结果骗子搞个红字回冲，那几十万就收回去了。”

“那老人也可以要求退回自己的几万呀！”

“等老人搞明白，骗子早把他那几万取走了！”

正说着，蒋家祥的电话又来了，他的声音颤抖得厉害：“我到银行了，估计法院的人也马上就到。”

杜先明来不及与他多说，连忙挂断电话，再次拨给秦总。秦总还是那么粗声粗气：“杜总，银行不答应！他们说，我们打错了就让收款方自己打回去，他们不管！”

杜先明的脸颊也流下汗滴，他清了清嗓子。

“来不及了！这样吧，你去跟他们讲，企业之间这么来回打款没有合适的财务科目，没法把账做平。请他们务必帮这个忙！”

秦总答应一声就挂断电话。

不出五秒钟，蒋家祥又打进来，慌慌张张地说：“杜总，法院的人就在门口，马上进来，咋办？”

岳亦山抢过杜先明的手机吼道：“蒋家祥，都是你惹的祸，你给我拖住他们！”

“我……哦。”蒋家祥在支吾中挂断电话。

岳亦山下意识地把手机揣进自己兜里，气呼呼地往下一坐，胳膊碰翻了一个马克杯。杯子落在地上，顿时粉身碎骨。

行政人员正要清理，手机铃声又响了起来……

【三】

只慢了一步。

法院的两位执行法官发现账上只有几千块钱，查封已无任何意义，于是叹口气离开了。

早些时候，他们在银行门口遇到蒋家祥。蒋家祥与他们胡搅蛮缠一番，并命令司机小黄拦住他们不许进门。可是小黄哪敢伸手拉扯法官，眼睁睁看着他们踏进银行大门。

蒋家祥一把推开小黄追上去，却迎面碰到信农银行的几位领导。他们说会先办理相关手续，客客气气地把执行法官请到会客室喝茶。这就给浙江国菡争取了宝贵的时间。也就十分钟的光景，银行员工完成红字冲回，把浙江国菡的8000万原封不动地打了回去。

这笔钱保住了！

杜先明和岳亦山坐在桌前静静地发呆，颇有点惊魂未定的感觉。过了许久，还是岳亦山先开口："怎么会这么巧，你们的钱刚一进去，法院的人就来了？"

杜先明喝了口茶，整理了一下本就一丝不苟的头发，分析道："知道这次转贷操作的人并不多。我猜，多半是信农银行的人向小贷公司走漏了风声。"

"是的，我们和蒋家祥都不会干这种自毁长城的事。幸亏你经验丰富，躲过一劫啊！"

"还是挺危险的。蒋总是个看起来很老实的人，结果隐瞒了拖欠小贷公司钱的事情，真想不到。”

“是呀，我也觉得很郁闷！不过往下怎么办？”

“闹出这么大的事，你还指望我们再做下去吗？”

“可是……老杜，你可得想想办法，要不这个项目就死定了！看在老朋友的分儿上，帮帮忙！”

杜先明叹道：“亦山，你在这个项目上可是越陷越深啊！这次差点儿把我们也卷进去。趁着还没造成更大的损失，赶紧收手吧！”

岳亦山缓缓地摇摇头：“老杜，我们已经募集了两个亿进去，现在没有退路，只能一条道走到黑。你也知道，我做项目从来没有半途而废过。这次也是一样。”

“你要知道，今天的事就是个警告：搞不好未来还会遇到这种突发情况。你不是说蒋总是城中村出身吗，我看他既有农民淳朴的一面，也有狡猾的一面，不好对付。”

“这个我清楚。但是你想过没有，他最失败的地方就是不懂金融，不会合理组织资金。这正是我能帮上他的地方。能帮助客户解决各种问题，这样的私募基金才有价值！如果成明资本撤退，就是判他死刑。事已至此，无论有什么困难，我都不会放弃！”

杜先明盯着岳亦山的眼睛看了半天，又叹了口气，望向窗外。

“好！我这里要做的也就是一锤子买卖，不复杂。后面还不知道有多少关，你都得自己扛了！”

“这么说你还有办法？”岳亦山欣喜地问道。

“办法有，也是最后一招了：关门操作。”

杜先明解释说，既然法院高抬贵手没有实施查封，就给了大家一丝操作余地：浙江国菡将与信农银行协商，下午5点下班后，把8000万打给蒋家祥西安公司，信农银行会即刻把这笔钱转到还款资金专用账户。这样一来，没人能够在已经下班的这段时间里查封账户或挪用资金，可谓万无一失。

岳亦山大喜过望："老杜，这就有救了！"

这时，手机铃声再次响起，这次是蒋家祥打给岳亦山的。岳亦山接通电话，按下免提键。电话里的声音既疲惫又沉重："岳总，你说现在咋办？"

"咋办，你说咋办？都是你搞出这么多事，以后别找我了！"岳亦山故意发火道。

蒋家祥怯懦地说："今天必须得给信农还上钱。要不我再借笔钱去吧！"

"你还敢找高利贷！而且这都下午4点了，你上哪儿找钱去？"

"哦，那看来没希望了。我跟胡科长说一声吧。"

听到蒋家祥的语气像斗败的公鸡，岳亦山觉得稍稍解了气。时间紧迫，他不再修理蒋家祥，把杜先明的解决方案对他转述一遍。

蒋家祥顿时活了过来："那行！我看秦总还没走，我去叫他！"

"等一等！"杜先明凑近一些，"蒋总，咱们要重新谈条件。"

"没问题，你说！"蒋家祥很干脆。

杜先明略一思忖："现在我们帮你关门操作的费用是100万。"

岳亦山惊讶地看着杜先明说不出话来。

蒋家祥也大吃一惊："杜总，这……这个太高了吧！"

杜先明的声音坚决似铁："小贷公司每日至少要千分之三，且一般不能少于五天，算下来最少也要120万。你还说我收得高吗？"

"之前说好的才16万呀！关门操作又没啥风险，你行行好，少收一些吧！我这儿确实揭不开锅了。"

"蒋总，16万是12月28日的价格。100万，是12月31日下午4点的价格。你必须马上签署协议并打款到我们公司账上。"

“杜总，已经这么晚了，我来不及凑100万呀！”

“那等你有钱再说吧。”

说罢，杜先明竟然挂断电话。

岳亦山从来没见过他这副模样，一脸茫然：“老杜，你既不会在乎多收几十万，也不是那种趁火打劫的人，现在这到底唱的是哪出戏啊？”

杜先明拉下脸来：“亦山，你我是兄弟，但生意是生意。你可以继续帮他，但是在这一关，我必须惩罚他。我要让他明白：凡事有因就有果。他自己做的事，必须要自己承担后果！”

岳亦山听罢不再作声。

时间一分一秒地过去，他的心情也越来越沉重：换作我，能在12月31日下午4点到5点之间、新年放假前夕筹措到100万现金吗？不，我做不到。除了3万多现金，其他资金都在理财账户上，无法即刻取出。身边有钱的朋友很多，可是他们和自己一样，谁也不会放那么多钱在活期账户上啊！

想到这里，他为蒋家祥捏了把汗。

墙上时钟指向4：30。

4：40。

4：50。

岳亦山坐不住了。他站起来，走到一直埋头处理文件的杜先明面前：“老杜，这个钱我给他担保行不行？”

杜先明抬头看看他，没有吭声。

岳亦山以拳击掌：“成明资本先垫付总行了吧！我马上安排给你打款。无论如何先把关门操作完成，千万不能对信农银行违约！”

杜先明微微一笑：“亦山，沉住气。我已经告诉秦总打印出新协议在现场等着。他也和银行打了招呼，做好操作准备。到5点再说，好吗？”

接下来的几分钟让岳亦山觉得如坐针毡。他几乎数着秒针的每一次跳动，直到分针不可避免地指向12——5点整！

完蛋了。蒋家祥这家伙没能创造奇迹。

杜先明放下文件，摇摇头。

岳亦山仰面朝天，闭上眼睛。

就在这时，杜先明的手机响起来。他刚一接听，秦总的声音就迫不及待地冲出来，瞬间充满整间屋子："杜总，100万到账！"

【四】

辛莹第一次走进成明资本的办公室时，受到了意想不到的热情接待。

小雪早就得到指示，马上把她带到岳亦山的办公室。

岳亦山放下手头工作，亲自带着她参观一圈，并把她介绍给每个员工。随后，他又把老兰和赵琦从一个会议上叫出来，四个人一起聊天。

老兰和赵琦一直认为辛莹是曹明华的人（老兰还利用这一点造成过岳亦山和辛莹之间的误会），对她的到来自然举双手欢迎。

岳亦山告诉大家：他与曹明华沟通过，辛莹正式加盟后，将担任公司的首席投资官（CIO），协助自己统领前台投资部门的工作。辛莹表示将在春节后正式辞职，在此之前，将会腾出部分时间过来熟悉工作。

"这样好得很，以后3C变成4C！"赵琦笑道。

"什么4C呀，以后咱们就是F4了！"老兰的玩笑把大家都逗乐了。

又聊了几句，老兰和赵琦回去继续开会，程霞推门进来："对不起，我刚从客户那里回来。"

辛莹淡淡一笑："没关系，咱们也是老相识了。岳总，以后我和程总是搭档。你不介意的话，我们单独聊聊？”

岳亦山二话不说起身离开，把房间留给两位女士。

程霞亲切地说：“辛总，上次金牛家园客户来闹的事，我还没来得及谢谢您。多亏您的帮助才没惹出更大的麻烦。”

“嗯，不客气。”辛莹的声音没有对方那么热情，“程总，我找你单独聊聊是想了解一下：平时你和岳总之间的工作机制是什么样的呢？”

“公司比较小，人手也少，所以很多时候没分那么清楚。岳总虽然是CEO，仍然经常亲自带着我们做项目，就像个项目经理。我主要在帮他统筹每个项目的进度，并协调中后台团队配合。您来了以后……”

“我来了以后，每个人分工要更明确，定位更清晰。你们应该把岳总从具体项目上解放出来，让他多考虑公司战略、资源整合、团队组建等宏观的问题。具体投资项目上的事，我带着你们去研究就行了。”

“哦……好的，没问题，辛总。”

“程总，我再进一步明确一下：未来你将直接向我汇报工作，而不是向岳总。另外，我看过你的简历，你的客户资源集中于北京。我建议你以后可以适当减少外地出差，多盯一下北京的客户，可能更容易出业绩。好吗？”

程霞刚开始有些惊诧：辛莹不像是一个作风专断的领导啊！突然之间，她从对方的眼神中似乎看出了些什么，答了声“好”，一转身走出门去。

3C坐在烟雾缭绕的会议室里，一个个面红耳赤，青筋暴起。看来这次的业务例会开得不太顺利。

过了许久，老兰再次开口：“这样讨论下去不会有结果。我提个折中方案吧：这1000万既不打给孙强，也不留在咱们公司。孙强不是欠了鑫城财富的客户700多万吗，直接拿这笔钱还给客户，剩下的再给他。”

“这……”赵琦还有些犹豫。

老兰一挥手：“就当做善事了！”

岳亦山“哼”了一声：“兰总，你别忘了，那是咱们和孙强的共管账户。你们刚才说想全部转给咱们，肯定做不到；想划给之前的客户，也需要孙强点头。唯独按照约定打给他才可行！”

赵琦的火气又上来了：“你非要帮这个恶棍，到底是何居心！”

“你这个CRO不懂法律法规吗？”岳亦山讽刺道，“大家签过合同，咱们收回募集资金的本息之后，剩余这些钱就应该打给他！”

赵琦扯着嗓子喊道：“谁不懂法？我早就知道你跟他有猫腻，你敢说没收过他好处？”

岳亦山大怒，拍案而起。

老兰怕闹得太凶，连忙拦在二人之间：“好了好了，不要谈不相关的事！这个钱反正收不到成明资本的账上，就给孙强打过去算了。”

赵琦还是气不过，不过看到老兰使的眼色，便一屁股坐下，双臂交叉放在胸前，扭头生起闷气来。

岳亦山也重新坐下，调整了一下情绪。

“二位，孙强这小子再浑蛋、再无赖，到目前为止也还没有损害成明资本的利益，并且配合我们完成了整个交易。所以于情于理这笔钱都得给他。无论他是什么人，我们不能因此违约，这是我们的底线！至于他曾经答应过我了结鑫城财富的事，那是我和他的问题，与成明资本无关。”

老兰当即表示支持：“这样也好！赶紧完成廊台项目，彻底结束和这个家伙的一切生意关系，可别跟他再纠缠。成明资本还有更重要的事去做。”

赵琦见事已至此，也只好同意。不过，他带着幸灾乐祸的口气说道：“岳总，兰总都这样说了，我也没啥意见了。但是你可别怪我没提醒你，你和孙强，就像农夫和蛇！”

孙强刚走出朝阳门外大街的丰联广场没多远，突然看到岳亦山迎面走过来。他想转身回避，又发现杨晓波就在自己身后。他眼珠一转，哈哈大笑起来。

“你们是怎么找到我的？”

“你签的合同都不记得吗？上面有你的单位和家庭地址。”岳亦山黑着脸答道。

孙强竖起大拇指：“你们牛！放心吧，钱我昨天就收到了。没什么事我先走了！”

岳亦山低声道：“孙总，我不是来问你收到钱没有，我是问你打算什么时候遵守承诺，还上鑫城财富的钱。”

“等我有钱一定还啊！咳，这么大个项目，你们才给我搞来这么点钱，我还有不少别的债务，哪儿够呀！”孙强嬉皮笑脸地说。

杨晓波愤愤不平地说：“那是因为你见了辛总像丢了魂似的全盘托出，才没谈下更高的股权转让价格。这也能怪到我们头上？”

岳亦山也冷笑道：“我们一开始就替你补交了土地出让金，还给了你1500万还外债，现在又给你打了小1000万，你还说不够，那就不是我们的问题了，是你的诚信出了问题！”

孙强脸色一变，伸手指向岳亦山：“你说谁呢！我和成明资本的合作已经结束，鑫城财富早就不复存在，你们不要再逼我！”

岳亦山向前走了两步：“我答应你的事，都已经做到了。你答应我的事，必须也给我一个交代！”

孙强见岳亦山和杨晓波逼近自己，慌忙喊道：“你们再靠近我就要报警了！”

岳亦山和杨晓波才不管那么多，继续往前走。就在两个人距离孙强都不足一米的时候，孙强突然大声喊叫起来：

“来人啊！抢劫了！快来人啊！”

这一喊不要紧，周围的路人都望过来。

岳亦山和杨晓波没想到他会来这么一出，愣在原地。

随着孙强喊声越来越大，远处的保安朝他们跑过来。

岳亦山咬牙切齿地向孙强挥了挥拳头，向杨晓波一招手，快步离开现场。

【五】

“这个王八蛋，真不要脸！”杨晓波一边发动汽车一边骂道，“咱们一定不能让他得逞！”

岳亦山也是脸色铁青：“是呀！程霞他们那段苦日子，和他这种老赖也分不开。”

“如果当初您是鑫城财富的CEO，绝对不会给他融资！”

“唉，也不能这么说，咱们不是也做了廊台项目？对咱们这种私募基金来说，风控很重要，后续的运作能力也很重要。”

“嗯，事在人为。对了，亦山哥，巴新担保那边有消息吗？”

被杨晓波这么一提醒，岳亦山马上掏出手机，没多久就接通了洪彬彬。

“洪总，你好！最近在忙什么呢？”

洪彬彬哈哈大笑：“岳总，被你逮到了——我在北京呢！你在哪儿，过来喝酒！”

岳亦山可没有心情吃饭喝酒，不过转念一想，还是答应下来。

两个人赶到四川驻京办事处的时候，洪彬彬和一群人正热火朝天地猜拳斗酒，好不热闹。洪彬彬连输几轮，叫道："龟儿子的，你们今天晚上谁都不许走！我先跟他们俩说几句话，等我回来咱们换个地方，'血战到底'！"

杨晓波被一桌人的叫好声震得耳朵发麻，跟着岳亦山溜出包间。他一边捂耳朵一边直咂舌："还什么'血战到底'，这帮人简直疯了！"

岳亦山笑道："笨蛋，那是四川麻将的打法！"

"哦……不过哥呀，您怎么知道的？不会是辛总教的吧！"

"你别说，还真是。陪她和她闺密打过两次。"

"哎呀，那我就明白了：您换人了！"

"换你个头！你的相亲怎么样？"

"哥，别提了……"

两个人正说着，洪彬彬摇头晃脑地走出来，把他们俩带到隔壁空闲包间。他丝毫没有点菜的意思，只是给自己和岳亦山点上烟，吸了几口，自己呵呵地笑起来。

"二位，我知道你们又想问什么。要我说，给蒋家祥那种人操什么心嘛，贷款就别搞了吧！"

刚刚还在互相开玩笑的两个人顿时呆若木鸡：糟糕，眼前这个家伙也要耍无赖了！

洪彬彬见状笑道："我是让你们把眼光放长远嘛！咱们一起收了'西南第一城'怎么样？"

岳亦山和杨晓波吓了一跳，互相看了看，简直不敢相信自己的耳朵。

"洪总，你这是什么意思？"岳亦山大声问道。

洪彬彬猛吸一口烟，收起笑容："这还不明白吗！我们联手卡住蒋家祥的资金来源，他就得把项目乖乖交出来！"

真相大白！

岳亦山和杨晓波一瞬间全想通了：巴新担保从一开始就想吃掉“西南第一城”！洪彬彬原计划慢慢从项目身上抽血，先挪用一部分银行贷款，没想到蒋家祥坚决不配合。他干脆联手光民银行压下第二笔贷款，直接切断项目最重要的现金来源。

等到成明资本出现，洪彬彬看到机会，先拿走1.8亿，然后四处捣乱，意图很明确：给原本就在资金方面捉襟见肘的蒋家祥继续挖坑，让他早日断掉资金链，向自己俯首称臣。到时候巴新担保完全可以拿个跳楼价收掉这块“肥肉”！

“洪总，是你对陕西信农银行说蒋家祥拿到两个亿的吧？”岳亦山忍着怒火问道。

“正是！”

“你对我说蒋家祥抵押资产不实，其实也是假的吧？”

“没错！”

“光民银行发放第二笔贷款的事，你根本就没对刘行长提吧？”

“对！”

岳亦山的脸憋成紫色，紧紧握住双拳。杨晓波从没见过他这个样子，真害怕他可能控制不住自己，随时一拳挥向对方！

洪彬彬是个浑身匪气的人，对岳亦山的表现不仅毫不在意，甚至还哈哈大笑起来。

“岳总，你还是年轻啊！到我这个岁数，感情因素早就抛开不顾了，唯一在乎的，就是项目本身！你还看不明白吗，我在教你下更大一盘棋！”

“什么意思？”岳亦山从嘴里艰难地挤出四个字。

洪彬彬把烟掐灭，把脸凑近怒火中烧的岳亦山。

“你想啊，你只想挣个融资费——对了，我听说还有财务顾问费——不过几个点罢了。这个项目搞下来，就算后面他还请你融资，你总共能赚多少，3000万？5000万？芝麻绿豆而已！你自己给我算过，说啥子这个项目利润最少有12个亿。咱们两家把它吃下来不就完了！”

岳亦山极力让自己平静下来，努力保持清醒来思考问题。洪彬彬可信吗？他的推理正确吗？这样操作可行吗？如何与各方沟通？……

这时，杨晓波抛出一个问题：“洪总，那你为什么要和我们联手？”

洪彬彬笑道：“这段时间我发现你们和我一样——不达目的誓不罢休！只不过你们是非要把蒋家祥帮到底。还别说，你们真他妈有点儿手段：募集两个亿，搞定陕西信农，找人做转贷……我以为你们金融街出身的一帮家伙都只会高大上，没想到高接低挡的，滴水不漏！这么玩下去我也没耐心了，干脆摊牌吧！”

杨晓波看看岳亦山，也陷入沉默。

洪彬彬见他们二人都在沉思，又补充道：“如果这次合作顺利，我可以帮成明资本在重都搞个子公司，以后一起开展业务。只要有巴新担保出面，重都金融圈没有搞不定的事！你们回去好好想想吧！可别忘了：你们的任务是给成明资本挣钱，不是救济蒋家祥！”

岳亦山抬起头，一字一顿地说：“但是我不能背弃客户。”

洪彬彬“啪”地一拍桌子站起来，凶狠地盯着岳亦山。

“方脑壳！咱们在商言商，商场就是弱肉强食，没有其他道理好讲！别给我扯那些仁义道德！”

岳亦山也站起来，迎着对方的目光毫不退让。

“那么，这就是你和我的区别！”

洪彬彬大怒：“岳亦山，你别给脸不要脸！我看你有点儿本事才讲这些道理。我就把话放在这里：今天你走出这个包间的时候，要么多了个大哥，要么多了个仇家，你自己选！你再执迷不悟，我就不客气了！”

杨晓波的心怦怦直跳，为岳亦山捏了把汗。此时此刻，他觉得自己也有些摇摆不定：为了那个呆头呆脑又遮遮掩掩的蒋家祥，而得罪眼前这个凶神恶煞又占尽先机的洪彬彬，真的值得吗？

岳亦山把即将烧尽的烟头掐灭，突然笑起来。

“洪总，你暗中与我们做了这么久对手，终于浮出水面了。你欺骗了我们这么久，我永远都不会再相信你了！现在我已经知道你的底牌，一定会找到办法阻止你得逞！”

“浑蛋！”洪彬彬随手抓起桌上的碟子扔向岳亦山。

岳亦山用胳膊一挡，碟子飞到墙上碰个粉碎。洪彬彬就势想绕过桌子，却被杨晓波挺身挡住：“有话好好说，不要动手！”

“你给我滚开！”洪彬彬面目狰狞地吼道。

“晓波，你闪开！”岳亦山也大喊一声准备冲过去。

正在这时，包间门被撞开，隔壁刚才划拳的一伙人闯了进来！

杨晓波暗叫不妙：糟糕，要吃亏！

没想到的是，洪彬彬却一边拽住冲在最前的那个家伙，一边大声喝住众人。他推开身前的两个人，又把杨晓波拨到旁边，缓缓走到岳亦山面前。

“岳亦山，我这人最讲公平。今天我们人多，不会欺负你们。但是，如果你们再敢去重都，哼，别怪我不客气！”

他一声令下，全部徒众退出包间。

临走，他又回过头来：“我看错了：你这个人，根本不适合做生意。在商场上，你小子只是只羊。羊，就只有被狼吃的份儿！”

【六】

一辆出租车停在北京西南六环外一个破旧的小饭店门口。

岳亦山冒雨下车，心事重重地走进饭店。屋里一个人都没有。

冬雨冲刷着门外的垃圾堆，传来一阵阵恶臭。而室内年久失修的窗框发出铁锈的气味，闻起来似乎带有一丝丝血腥。

过了许久，才有一辆奔驰商务车缓缓驶来，慢悠悠地停在饭店门口。司机跑下来，打着伞护送一名乘客进入饭店。

岳亦山看看手表，迎上去。

“老大。”

“嗯。”魏老大瞅了他一眼，又迅速打量一圈室内环境，眼皮耷拉下来，迈着稳健的步子走到距离窗户最远的一张长条桌前，靠着墙坐了下去。

岳亦山也陪坐到旁边。

又过了几分钟，一辆破旧的小轿车呼啸而来，在商务车旁边一个急停，车门大开，雨中马上多了三个人影，一左一右两个瘦高个儿紧紧贴在一个胖子身后，一起走进饭店。

也许是因为雨天太过湿冷，也许是因为惊魂未定，胖子进门后一直在哆嗦。若没有身后两个人搀扶了一把，他几乎就要扑倒在地。

不过，往前又走了几步，他却突然挺直腰板，冷笑起来：“哎哟喂，岳总，原来是你！就为了那几百万，至于吗？我还以为被绑票了呢，荒郊野外的，吓死人了！”

说着，这家伙径直走到那张长条桌前，一屁股坐下来，抓起领带一个劲儿地抹着额头，不知是在擦拭雨水还是汗水。

“说吧，你们想怎么样？”

岳亦山并未搭话。他对他已无话可说。

魏老大两眼盯着手里的翻盖手机，好像在查阅信息。

胖子见状收起笑容：“得了，别装了！你们是搞私募基金的，不是黑社会！知道吗，你们现在这样做属于非法拘禁，是可以判刑的！如果再不让我走，哼，你瞧好吧！”

可是桌子对面两个人仍然无动于衷：岳亦山又低头看表，魏老大还在摆弄手机。

胖子坐不住了：“岳总，我知道你是个讲道理、有分寸的人，事情没必要闹到这个地步，对吧！鑫城财富都倒闭了，你还来找我干什么！”

岳亦山闻言眨了眨眼睛，望向魏老大。魏老大放下手机，缓缓抬起头，有点儿漫不经心地解释道：“孙总，我们可没有绑架或者拘禁你的意思，我特意交代他们一定要‘请’你过来。你要不高兴，随时可以走。不过——”他指指孙强身后那两个人，“他俩明早可还得上你家请你啊。对了，咱俩是第一次见面。我叫魏远视，做基金销售的，以前和岳总是同事，都在鑫城财富。当时我们募集的资金，给你用了一点儿，到今天连本带利应该有735万了。你看这事咋整？”

“原来是魏老大呀，失敬失敬！”孙强听了魏老大的一席话，马上换了一副崇敬的表情，接着又大倒苦水，“不过小弟也有苦衷：您也知道，现在实体经济不好做，我那个小厂子这两年生意不景气，几个月前又被环保局给关了，欠了一屁股债，真没钱还啊！”

听他这么一说，魏老大眯缝起眼睛瞅着他，说道：“孙总啊，我怎么听说TAI刚一确定买你的厂子搞养老，你就卖出旁边一小块地给别人，收了3000万？”

孙强的脸“唰”地红了：“谁说的！没有的事儿！”

“孙总啊，咱们都是明白人儿。你再这么整，可就是瞧不起我们的智商了。”魏老大第一次睁大眼睛，认真盯着他看了几秒钟，目光就像X光穿透对方的身体。

孙强在椅子上不自然地扭了扭，又抓起领带抹抹脸颊：“两位兄弟行行好，高抬贵手放我一马吧！连那帮维权的投资者都没找我碴儿，你们为什么要蹚这浑水呢？这样吧，我马上给你们俩各打100万，咱们从此相安无事，怎么样？”

屋里一阵沉默，回答他的只有窗外噼噼啪啪的雨水声。

“你们非要这样，我也没有办法。”孙强眼珠一转，两手一摊，“没错，是有笔钱到账了，但是我还得还别的欠款呢！也就今明天的事儿——没准会计现在已经把钱打出去了，你们逼我也没用啊！”

魏老大叹了口气，目光不再停留在他身上，转而向岳亦山轻轻地点点头。

岳亦山掏出手机，正要拨打电话，有人推门而入。

“对不起我来晚了，嘿嘿嘿。”来者瘦得皮包骨头，一双眼睛却灵活得很，不断地左顾右盼观察着整个局面。

他走到长条桌前，和岳亦山打了个招呼。魏老大则别过脸去，视其为空气。而他并不气恼，笑嘻嘻地转向孙强：“孙总，我叫王仁豪，以前和老大、岳总都是同事。听说你敢欠他们钱不还，侬脑子坏了？”

孙强一听就火了，一跃而起：“你是哪根葱啊，怎么说话呢！”

王仁豪听了表情没有变化，还是那副嬉皮笑脸的样子，却不声不响地从兜里掏出一把小刀。

孙强不由得大惊失色，连忙退了两步。

还来不及说话，只见王仁豪又掏出一张红色、身份证大小的证件，扔到他怀里。

孙强拿起来定睛一看，发现证件上方写的是“艾滋病人就诊证”！再仔细瞧瞧，下方是名字和性别，右边则是照片，都与这个自称王仁豪的家伙对得上！

孙强慌忙丢掉证件，一边不停地在裤子上蹭那只手，一边往后退。

“你别过来啊！咱们有话好好说！”

王仁豪偏偏上前一步，伸出小刀向前一划。在二人之间的水泥地上，落下几滴血。

王仁豪割破了自己的手指。

他拉下脸来，龇着牙厉声道：“孙总，你现在要是不还上这笔钱，这血就要洒到你脸上的啰！”

孙强大叫一声向后退去，却被椅子绊倒在地。他惶恐地望向桌子的另一端，只见魏老大闭目养神，完全事不关己的样子；而岳亦山坐得笔直，双臂交叉放在胸前，一脸严肃地望着他，却丝毫没有施以援手的意思。

绝望和恐惧瞬间压垮了这个体重170斤的男人。在步步紧逼的王仁豪面前，他有气无力地喊道：“别……别！我……我还！”

在那把带血的尖刀面前，孙强战战兢兢地指挥财务把欠款打到鑫城财富的账户上，随后被魏老大的人架了出去。

又过了几分钟，魏老大起身离开。

岳亦山陪他走到门口。

临别，魏老大对他说：“老弟，别把自己整这么累。你要是干得不顺，赶紧上我这儿来吧。我这些年的客户资源，都交给你。”

“谢谢老大赏识。”岳亦山露出微笑，“等我把手头的项目做完再说吧！前两天有人说我在商场上是只羊。哼哼，孙强也好，蒋家祥也罢，还有什么巴新担保、光民银行，我倒要看看谁是羊、谁是狼！”

魏老大也笑了笑：“老弟呀，咱们搞私募的，不是羊，也不是狼，是雄鹰啊！”

说罢，他拍拍岳亦山的肩膀，一转身，健步离开。

岳亦山靠在门框上，点上烟，目光移向门外。

窗外雨势减小，灰蒙蒙的天空中透出些许光亮，也许太阳就快从乌云后面钻出来了吧！

这时，王仁豪凑了上来。他刚把脸贴近，岳亦山就从包里掏出两沓钱推到他怀里。他心满意足地摸摸钞票，几张票子立刻染上血色。

“岳总，说实话我以前小看你了，没想到你还有这种手段！”他正在兴头上，“其实我比谁都清楚，金融可不都是你们以前在金融街上那么高大上，有时候也有这般灰与黑嘛！”

岳亦山朝他怀里望了一眼，对着他说却又像是自言自语：

“面对这种老赖，他不仁我只好不义了。唉，不管是灰与黑还是红与黑，都是不得已而为之啊！”

／ 第七章 ／

【一】

马楠楠已经有好多天没出现在直播间了。

她不再做直播了吗，还是出了什么事？联系不上，放心不下，杨晓波决定再去她的住处看看，没想到就在楼下与她撞个正着。

杨晓波被她的样子吓了一大跳。只见她披肩的长发散乱不堪，脸色苍白毫无血色，鼻头红肿咳嗽不断，一看就是病得不轻。

杨晓波觉得心尖发颤。

“楠楠，你怎么了？”

马楠楠一见到他脸就沉下来：“我死活关你屁事！”

“你别这样说。我很想你！”

“想我？还是想你那个相亲对象去吧！”

马楠楠一边说一边想走开，却被杨晓波拦住。

“楠楠，对不起，是我妈非叫我去不可……”

“谁让你是妈宝呢！我怎么找过你这种男朋友，真让人恶心！”

说罢，马楠楠强行闯到楼门口。正要刷卡上楼，杨晓波又拉住她的胳膊。

“楠楠，你给我个机会解释！只许你找Alan，不许我相亲吗！”

这句话彻底激怒了马楠楠。她举起手包砸在杨晓波头上，顿时飞起一片粉色烟雾，一个小盒子掉在地上。

两个人同时一愣。马楠楠捡起小盒子查看一下，又把它掷向杨晓波。

“我最好用的粉饼，全碎了！你给我滚，永远不要回来！”

这一下正砸在杨晓波左眼上，顿时让他眼冒金星。

马楠楠迟疑了一下，狠下心转身开门走进楼里。

那天晚上，杨晓波也病了，高烧持续了四五天。身体刚刚恢复没两天，他接到一个陌生的电话。

“杨先生，你好。”

杨晓波一听就知道是谁，顿时火冒三丈。

“你找我有什么事！”

“杨先生，我找不到楠楠。你知道她在哪里吗？”

“我怎么知道！你不是去过她家吗，还我问干什么！”

“是这样，昨晚我过去，发现她已经搬走了。”

杨晓波感觉头一下大了。

“今天晚上8点在她楼下见，怎么样？”

“OK！”

杨晓波早到了一些，尾随一位住户进门上楼来到16层。他敲了半天1607的门无人应答，倒是1606的门开了，一位老太太探出头，认出他来。

“年轻人，又是你！你们真能折腾啊，昨晚来一个敲门的，今天又来一个！我再说一遍：姑娘已经搬走了！”

“什么时候搬的呢，搬去哪儿了您知道吗？”杨晓波还不甘心。

“三天前的事。搬哪儿去我可不知道，人家又没告诉我。你看你，后悔了吧！我早就说过，这么好的一个姑娘，要追就赶紧追，一犹豫，就错过一辈子呀！”

杨晓波的脑袋嗡嗡直响。回到楼下，Alan已经到了。

再次见面，两个男人都有些尴尬。

“你上去看过了？”Alan问道。

杨晓波点点头：“你也不知道她要搬家的事吗？”

Alan显得很惆怅：“去年有一次你来这里闹，让她心情很不好。你一走我们就吵架了。好不容易平安夜又在一起吃饭，她看到你和思思在一起，情绪又失控了。从那天开始，她就不再联络我了。”

杨晓波感到很意外：“怎么会这样？我以为你们……”

Alan耸耸肩：“杨先生，我现在都想通了，其实楠楠从来没有喜欢过我。她只是利用我，让你jealous（嫉妒）而已。”

杨晓波一愣，随即恍然大悟，接着一阵悲哀涌上心头：楠楠，你这是何苦!

Alan继续说道：“可能平安夜的事刺激到她，让她真的伤透心，所以才会不声不响地搬走。不过，我认为她是爱你的，也许以后还会联络你。如果有那么一天，请你帮我一个忙，可以吗？”

“什么忙？”

“告诉她，我爱她。”

杨晓波摇摇头苦笑起来。这种西式思维下的人有时真的好幼稚，竟然会让情敌替自己传达爱意!

Alan却认真地说：“我不指望她回心转意，只是想弥补一下遗憾，把没来得及说出口的话告诉她。杨先生，你可以帮我吗？”

杨晓波看着他真诚的眼神，突然动起怜悯之心，郑重其事地点了点头——也许他说得对，楠楠从来没有喜欢过他，他也没有示爱的机会了。那么我呢？也许，我也从此永远失去了她。

岳亦山已经明白，现在最大的对手是洪彬彬。不过，他思来想去，却决定先调查蒋家祥一番：项目融资已经变得异常艰难，如果他那里再出意外，可能难有挽回余地。

他委托陈律师悄悄去西安和重都，通过律师界和政法界的关系私下打听蒋家祥的一切信息。他又发动金融圈的朋友，调查蒋家祥在金融系统里的信用记录。最后，他决定亲自出马，找曹明华做个深入沟通。

这次出差他决定带上程霞，一是还想给她创造机会出去走走，二是曹明华一向喜欢女员工，带上程霞会获得她的好感。

可是出人意料的是，程霞拒绝了他。

"岳总，我这几天不太舒服。能不能换个人去？"

"嗯，那我自己去好了，下次再说。你没事吧？"

"我没事。不过……我想申请以后减少出差，可以吗？"

"啊，为什么？"

"没什么，最近有些疲惫吧。另外，我手头也发掘了两个北京的项目，有些忙不过来。"

"没问题。那就等你忙完这一段吧。你工作起来总是太拼命，注意休息！"

话虽这样说，岳亦山却觉得有些不对劲：程霞是个吃苦耐劳的姑娘，从第一天认识到现在从来没请过病假，怎么会因为不舒服或者工作忙而不想出差呢？

这个念头一闪而过。

第二天，岳亦山飞到西安拜会老板。他把"西南第一城"项目的进展向她做了详细介绍，并着重分析了巴新担保的问题。最后，他提出此行最核心的问题：蒋家祥到底是个什么样的人？为什么一定要帮他呢？

曹明华笑容可掬地说：“亦山，你也知道我的风格，生意是生意，不会掺杂个人感情。蒋家祥为人有些沉闷，没啥大本事，这几年在陕西做地产赚了点儿小钱。他是我的邻居，我们两家人相处得也不错，但这都不打紧。当初我觉得他的项目有可能适合你们，就推荐过去，也没多想。”

听她这么一说，岳亦山觉得很诧异。

“曹总，当初老兰和赵总找了我几次，后来您也亲自给我打电话，我才决定研究他的项目。我想，您一定很了解他的为人或者项目才会如此吧！”

曹明华眨了眨眼睛：“你们不是也有独立的风控部吗？每个项目不都会做独立判断吗？”

想到自己力主由陈律师架空赵琦的人事安排，岳亦山的脑门开始冒汗。

“曹总，这个……”

“你呀，咋前怕狼后怕虎的！项目已经做了一半，就继续做下去呗！你不要担心蒋家祥，他这人没啥大本事，翻不起风浪！”

“可是他已经搞出很多事来了啊！”

“听我的没错！往下你要把握两个原则：不要再投钱进去，尽快想办法解决巴新担保的事。对了，以后再任命高管，提前报我一下好吧。行了，这个项目做好了，公司给你们提成翻倍！”

【二】

从各方面的反馈来看，蒋家祥并没有什么不良记录。他貌似只与陕西信农银行一家持牌金融机构打过交道，在接手“西南第一城”之前也鲜有诉讼记录。

为了彻底搞清情况，岳亦山带着杨晓波再赴重都。

在车上，杨晓波发现司机小黄情绪不对，问他出了什么事。

小黄愁容满面地说："唉，我要失业了——蒋总说最近要卖掉这辆车。"

"他这么缺钱吗？"

"是呀，我也有一个月没发工资了。还不知道能不能结清工资和报销费用再走。"

杨晓波也没有别的话好说，只好安慰他一番。

见到蒋家祥，岳亦山劈头盖脸地问道："蒋总，你现在资金周转情况怎么样？"

蒋家祥愣了一下，答道："还行。"

"到底怎么样！如实告诉我！"

"哦，勉强撑着，看能不能过年关吧。"

"除了我们已经知道的，你在外面还欠了多少钱？"

"没……没欠啥钱。"

岳亦山轻叹一声，语重心长地说："蒋总，你没欠钱，上次怎么会有人叫法院去查封你的银行账户呢？幸亏遇到老杜，还肯帮我一个忙。可是你不把事情说清楚，给我们埋一堆雷，说不定下次再爆炸的时候，咱们一起完蛋！你要明白，咱们现在是一条绳上的蚂蚱，必须坦诚相见啊！"

蒋家祥憋了半天，不情愿地说："当初凑钱接手'西南第一城'，我在西安借过一家小贷公司5000多万。转贷的事一闹，我找了个私人朋友拿出2000万先还他们。现在就欠他们两家的。"

果然不出所料！岳亦山和杨晓波早有这个心理准备。

"那这两家现在什么态度？"岳亦山追问道。

“小贷公司拿回2000万，答应其余的过了春节再说。朋友那里倒是不急，目前不用考虑。”蒋家祥回答说。

“说白了这不就是拖一天算一天吗！”杨晓波听了很着急。

蒋家祥面无表情地望着杨晓波：“杨总，我们做企业就是这样，活一天算一天。”

杨晓波顿时哑口无言。

岳亦山分析道：“不管怎么说，情况可不乐观啊！距离春节也就十几天的事，加上假期也就二十天。你朋友那头也不是什么‘不用考虑’，人家随时都可能要钱。”

蒋家祥一脸认真地说：“岳总，你放心，我保证我这个朋友不会要钱。”

岳亦山和杨晓波互相看看，将信将疑：有这样的土豪把2000万随便甩出去不管的吗？岳亦山感觉从蒋家祥嘴里也只听打听到这些信息，决定先把欠款问题放一放。

“你和刘行长、洪彬彬最近见面了吗？”

“刘行长春节前很忙，前天见了一面，没说几句话。洪彬彬现在不见我，说是给钱再说。”

“什么！他又要钱？”

“嗯。之前他想要2.5个亿，你们给他募了1.8亿，他非让我再给他补上7000万，才肯协调刘行长放贷款。”

“这个狗娘养的，根本不遵守诺言！”杨晓波忍不住破口大骂，“什么‘说一不二’，全是放屁！”

岳亦山对另外一个问题感到很纳闷：“刘行长和洪彬彬关系再好，也不至于胆子这么大，损害贷款客户的利益吧！”

蒋家祥无可奈何地说：“从道理上讲，担保公司对银行讲要撤回担保，银行肯定没法放贷款。所以刘行长到目前为止没有违规。”

“实在不行咱们去告他吧！”杨晓波焦急地说。

岳亦山想了想说：“那是最后一招，鱼死网破。毕竟那1.8亿给巴新担保就不太合规，捅出去，大家都倒霉。”

“那怎么办，跟洪彬彬谈判，让他少要一点儿，或者等第二笔贷款发下来再要钱？”杨晓波问道。

岳亦山瞪了他一眼：“你想什么呢！他们双方之间哪还有什么信任，谁肯让步啊！”

“而且我一点儿钱也拿不出了。那啥，上次付给浙江国菡的100万，是我家的‘过河钱’，我还没敢告诉老婆。”蒋家祥低声说道。

岳亦山和杨晓波看他那副可怜兮兮的样子，不禁心生同情：这个男人走到这一步实属不易。他承担的压力，外人真是难以想象！如果放在自己身上，恐怕都无法坚持这么久吧！

从蒋家祥的办公室出来，小黄送他们二人去酒店。

开到一半，小黄突然嗫嚅着问道：“老板，你们是不是想了解公司债务情况呐？”

杨晓波警觉起来：“你怎么知道的？”

小黄的脸红得像熟透的西红柿：“那个……我刚才在门外听了一会儿。不要告诉蒋总！我……我可以帮你们的。”

“怎么帮？”岳亦山和杨晓波异口同声地问道。

小黄见他们感兴趣，也来了精神：“蒋总在重都见了哪些人、去了哪些地方，我都知道啊！你们想知道的，我都可以告诉你们！不过……”

“你想要什么？”岳亦山很敏感，直白地问道。

小黄嘿嘿一笑：“也没啥，怎么也得让我把工资补上吧！”

岳亦山毫不犹豫地从包里翻出一沓钱，晃了晃："这是一万，补你上个月和这个月的够了吧！说说看，你都知道些什么！"

小黄通过中央后视镜一看，顿时兴奋起来："老板，蒋总在万豪酒店后面的小区养了个二奶，大学刚毕业的姑娘！"

岳亦山可没心情听这些花边新闻，让小黄赶紧说重点。

小黄吐吐舌头："你们可能不知道，蒋总还欠巴新担保的钱！"

岳亦山和杨晓波大惊失色！

只听小黄继续说下去："蒋总刚到重都发展那一阵子，还不认识几个人。别人介绍他接盘'西南第一城'，可是钱不够嘛！又有人给他介绍巴新担保的洪总。洪总就说了，几千万不成问题呀！蒋总一看利率又不高，就借了。那两个月，我陪他们把重都夜总会都去遍了！谁知道后来洪总把他害那么惨！"

"蒋家祥到底向洪彬彬借了多少钱！"杨晓波有些着急。

小黄挠了挠头："这个我就不知道了。不过巴新担保在重都这么厉害，往外借怎么也不会低于几千万吧！"

岳亦山把钱递给小黄，不再说话。杨晓波也默默思考着，车里安静下来。

一下车，杨晓波迫不及待地征求岳亦山的意见："您相信小黄的话吗，蒋家祥和洪彬彬早就有过资金往来？"

岳亦山深沉地说："我相信小黄的话，但是无论如何也不会再相信蒋家祥了。我现在明白了：洪彬彬把蒋家祥'一鱼多吃'，从头到现在赚了几道钱，还觉得不过瘾，想把他一口吃掉。"

"唉，我真恨蒋家祥，就是他把咱们拖进这个泥潭！可是走到这一步，咱们还不得不帮他，烦死人了！"杨晓波咬牙道。

"恨他有什么用，是咱们自己跳进这个火坑的。我更担心的是，接下来如果没有外力，恐怕很难制服洪彬彬这条饿狼啊！"

“嗯。亦山哥，我觉得当初真不该管他的事。咱们以前哪做过这么烂的项目啊！难道咱们这种地产私募只能接触到这个档次的项目方吗？”

岳亦山陷入沉默。

如果曹明华没有施加过压力，自己是无论如何不会看上这个项目的。可是事已至此，该如何是好呢？为什么公司接连碰到的都是孙强和蒋家祥这样的项目方呢？难道自己为公司选择地产私募的方向，从一开始就是错的吗？

这时，蒋家祥突然打来电话。

岳亦山不耐烦地接通，只听蒋家祥慌慌张张地喊道：“岳总不好了，光民银行打电话，也让我提前还款！”

【三】

刘行长手握保温杯，正襟危坐：“我们已经注意到‘西南第一城’项目出现重大潜在风险，比如存在资金挪用现象，导致拖欠巨额工程款、广告费和税费；项目尚未产生正现金流，很有可能无法按时偿还贷款利息等。因此，我们向蒋总口头传达了行里的意见：我们要求在1月15日下午5点收回3.8亿元项目贷款及半年利息1425万元，总计3.9425亿元。”

蒋家祥有气无力地说：“刘行长，拖欠费用主要是因为你们没发放第二笔贷款啊！需要两笔贷款完成的事，一笔不够呀！”

刘行长冷笑道：“看看，这就赖到我们头上了？蒋总，你敢说你没挪用资金？”

这样一来，蒋家祥无话可说。

对于小地产开发商来说，从几个亿的银行贷款里挪走几千万放到其他项目上、还别人的钱、拆借给别人甚至挥霍都是常有的事。如果深究下来，哪个没有问题！刘行长非要抓住这条潜规则做文章，那就是摆明了不给蒋家祥余地！

岳亦山和杨晓波看到蒋家祥被刘行长“一句封喉”，心急如焚。

岳亦山决定据理力争：“刘行长，咱们可以推演一下：这个项目还欠施工单位1.55亿元，所以他们一直磨洋工，不把工程收尾。把这部分钱结了，就能马上推动他们在一个月内完成安装，进而使工程通过验收，拿到房产证。到时候，对你们行来说，就可以从在建工程抵押变为房产证质押，安全性大大增加。只要再往前走一步，这个项目就救活了啊！”

“哼哼，再往前走一步，我可就要犯错误咯！刚才说的几个问题，我不可能视而不见，否则就是渎职！”刘行长的语气很坚决。

不知不觉中，岳亦山的语气有些着急：“刘行长，你我都知道，项目的成败就在于第二笔贷款的发放。现在你要把第一笔钱也收回，那这个项目就死定了！这个结果对大家都不好吧！”

刘行长一拍桌子：“去年底你们就是这样吓唬陕西信农银行的吧！我告诉你们，在我这儿没用！我们早就测算过，这个项目未来收益很大。如果出现烂尾，很多人排着队想收呢！我们行是不会有一分钱损失的！”

岳亦山知道不能与对方撕破脸皮，只好控制住自己的情绪。

“刘行长，民营实体企业，哪一个能经得起银行抽贷呢？这个项目做到这个份儿上，真的不容易。现在正是需要银行雪中送炭的时候，千万不能釜底抽薪啊！蒋总在操作中也许存在一些不规范的地方，但是咱们差一点儿就能全盘解决问题，不能眼睁睁地看着项目失败吧！”

刘行长却一点儿都不认同：“岳总，你认为解决问题的方法是继续输血。可是你想想，这个项目前前后后多少人往里砸过钱？你们公司也投了不少，可是救活了吗？每次投进一笔钱以为万事大吉的时候，偏偏就有新问题冒出来！巴新担保早就提醒过我们这个现象，他们最近也一直要求撤保。我也要听听他们的意见吧！”

提到巴新担保，杨晓波实在气不过，嘟囔道：“他们也在排队等着接盘吧！”

刘行长的表情很奇怪，先是气呼呼地瞪了杨晓波一眼，接着却又哈哈大笑起来。

“谢谢你的提醒！巴新担保实力雄厚，作为担保人又熟悉项目情况，也可以是潜在的项目接盘方嘛。”

“可是他们是担保公司，不是地产商啊！”杨晓波不顾岳亦山使的眼色，和刘行长较上劲。

刘行长一摆手：“担保公司只是他们巴新集团的一个业务板块罢了。他们的地产板块做得很大的哦！”

杨晓波也变得哑口无言。岳亦山则开始仔细思考刘行长这番话透露的信息。

刘行长喝了口水，一抹嘴，对蒋家祥说道：“‘西南第一城’项目可是你自己和巴新担保接洽好了报到我这里的。现在你们两家闹别扭，能怪谁呢？我只能秉公处理！我劝你去找洪总，尽早解决问题，也许还有一线机会！”

说罢，刘行长起身送客。

走出光民银行大厦，蒋家祥靠在墙角，双手插在兜里发起呆来，样子颇为落寞：项目又到了生死关头，怎么办？

岳亦山看着他，一半觉得可怜，一半觉得憎恨。如果这个家伙不遮遮掩掩，从一开始就全力配合，局面一定会有所不同吧！不过，如果他一开始就交了实底，我们还会介入吗？

“只剩一周时间了，咱们得赶紧想办法。”杨晓波轻声说道，显得底气有些不足。

“刘行长最后把话点得很明白，症结在洪彬彬那儿。蒋总，你再去找找他怎么样？”岳亦山问道。

蒋家祥摇摇头：“没用，他现在根本不接我电话。看这架势，他就是要和刘海亮两头使劲儿逼我破产，他们再把项目收走。”

“这个刘海亮就这么胆大妄为吗？咱们对他没什么办法吗？”杨晓波提起刘行长就义愤填膺。

岳亦山皱了皱眉：“这个问题探讨过了：他没有明显违规的行为，拿他好像没什么办法。蒋总，你自己觉得光民银行这头还有做工作的余地吗？”

蒋家祥想了想说：“按理说，银行放贷怎么也得一年后再收回。没多久就收贷，会显得审贷工作没做好，刚放出去就出事。这回刘行长不讲规矩半年就收贷，一看就是豁出去了，没啥余地。不知道洪彬彬给了他啥好处！”

岳亦山和杨晓波一听更着急了。

“还能再融来钱不？”蒋家祥试探性地问道。

杨晓波直接否定：“不可能，你手里没有任何抵押物。就是高利贷，也没人能在7天内给你搞来3.8个亿。”

岳亦山突然想起一件事：“晓波，你还记得在鑫城财富的时候，咱们是怎么解决南京项目危机的吗？”

“当然记得。南京那个项目方欠款跑路，我们找了詹斌，他在最后一刻出钱接手……”杨晓波回忆着，突然眼前一亮，“亦山哥，您的意思是再找个这样的‘白衣骑士’，出钱接盘这个项目！”

岳亦山露出狡黠的笑容：“我可不是随便找个人接盘。”

杨晓波一拍巴掌：“就找詹斌！”

岳亦山对他竖起大拇指，两个人会心地笑起来。

蒋家祥看到二人的表现愣了一会儿才回过神来：“你们说的，就是‘詹公子’吗？”

“对啊，就是他！”杨晓波兴奋地说道，“去年他又有一家公司上市，现在已经进入财富榜前100名了！他爸排名更靠前呢！”

“你们和他还熟悉呢？”蒋家祥简直不敢相信。

“准确地说，不算熟悉，但是做过一个项目。”岳亦山答道。

“可是这样的关系也足够了啊！他那么聪明的一个人，看到好项目不会不动心的！”杨晓波信誓旦旦地说。

“没错！”岳亦山附和道，“他这种人可不像我这么婆婆妈妈地讲感情、发善心。只要咱们手里的资产能引起他的兴趣，剩下的就是价格问题了。蒋总，还好你的资产质量不错，对人家来说一定会有交换价值的！”

蒋家祥听他们这么一说，眼里终于闪动起一丝希望。

“那好呀！咱们赶紧找他去。只要能救活项目，价格啥的都不是问题！”

岳亦山笑道：“这种人物，我们也不是随时想见就能见。不过，他身边倒是有个人可以约一下。过了他这关，就成功了一半！”

【四】

就在岳亦山、陈律师和杨晓波接连分头出差的那几天，辛莹造访了两次成明资本。

第一次是专程与老兰和赵琦深谈。

一个下午下来，辛莹惊讶地发现这两位高管对私募基金和金融投资只懂个皮毛，根本不能称为专业人士。两个人在话里话外还流露出一层意思：成明资本只是曹明华的试验田，他们就是来看摊儿的，力求公司不出事，并且能够按照老板的意图做项目即可。

他们俩还认为，公司最好优先做成明集团的项目，希望她能对岳亦山施加些影响力，争取让他回心转意。当初岳亦山一度不同意搞P2P，但是还不到两个月的时间不也筹备得七七八八，随时准备上线了吗？就像P2P嫁接了金牛家园的资源一样，如果成明资本也能把集团的资源整合过来该多好，总比开业以来做的两个项目强吧！

和他们俩谈完，辛莹开始真正明白为什么岳亦山最初反对自己加盟。这两个人也许适合在实业公司任职，但是绝对无法胜任私募基金高管的职位。如果在TAI，他们早被分流到三产公司去了。可是自己未来还要与他们搭班子……

至于公司业务发展方向，她没有轻易表态。成明集团的项目适合做吗？公司是否会因此失去独立性？利益还能否最大化？风控又如何保持公正？这都是未知数。可是另一方面，岳亦山设定的地产私募方向就一定正确吗？至少走到现在，也是一路荆棘，磕磕绊绊。

但是无论如何，有一点是她坚决反对的：绝对不能把成明资本当作集团的自融工具开展业务。否则，公司一定会出大问题！

第二次是与程霞和刚出差回来的陈律师会谈。

这两个人在私募基金领域都具有丰富的从业经验和深刻的行业理解，辛莹觉得与他们的沟通效率很高且收获很大：她详细了解了廊台项目和重都项目的种种细节，公司正在拓展的业务情况，以及同业整体发展现状。

与他们聊完，她稍稍松了口气：公司还是有可用之人的。不过，有块心病却让她深感不安——程霞。这个姑娘勤奋敬业、能力超强，在工作上绝对是把好手，可能这也是岳亦山会欣赏她，甚至喜欢她的原因吧！

上次见面之后，两个人之间的关系就变得有些微妙。程霞是个直肠子，不希望被误解，于是在会谈结束后对辛莹说：“辛总，我可以单独再向您汇报一下业务部门的工作吗？”

辛莹欣然允许。

陈律师出门后，程霞说道："辛总，我已经向岳总提出以后尽量不和他出差，专心开拓北京的几个项目。请放心！"

辛莹微微一笑："好的，谢谢。你非常出色，咱们将来可要好好配合哦！"

"那是一定的！"程霞认真地答道。

辛莹突然想起一件事来："对了，程总，咱俩年纪差不多，听说你还单身，我给你介绍个对象怎么样？"

"啊？这个……行吧！"程霞有些尴尬，却又不好驳了人家面子，只好应了一句。

辛莹马上在手机上翻出一张照片，递给她："你看看吧，他是我现在一个领导的同学，公务员，正处级，在北京有车有房。"

程霞仔细端详了一会儿："他有40岁了吧？鬓角都发白了。"

"嗯，今年好像43岁，前年离的婚，有个女儿，判给前妻了。"辛莹回忆道。

程霞脸皮很薄，听她这么一说，觉得自己受了侮辱，脸色一下阴沉下来。

"辛总，我可不想找个这么大年纪的离婚男人。"

真不识抬举！辛莹不太高兴："程总，人家条件可是相当不错。别人奋斗一辈子都不一定得到的，他都有了。再说离婚怎么了？我就离过婚，现在没觉得比未婚女性差在哪儿！"

程霞事先并不清楚她的婚姻状况，连忙道歉，不过马上察觉出不对劲。

"辛总，这不会是您的领导介绍给您的吧？"

这回轮到辛莹尴尬了。她整理一下头发，又换了个坐姿，再开口时声音中多了一点点优越感。

"我现在有喜欢的对象，不需要别人介绍。"

"其实我现在不太想谈恋爱，也不需要别人介绍。"程霞不卑不亢地回敬道。

正说着，她俩的目光对到一起。那一刻，两个人同时明白一件事：在她们之间有根刺，扎得更深了。

在中国人寿广场B座20层的一间办公室里，岳亦山和杨晓波紧紧盯着眼前这个身穿海军蓝西装三件套的男人，似乎希望从他的一举一动中得到一些信息。

出乎他们意料的是，这一次，他一改以往的神秘作风，把资料“啪”的一声扔到桌上，直白地说：“这个项目做不了！”

岳亦山和杨晓波心里一沉，赶忙问原因何在。

西装男跷着二郎腿，一手托腮，一手转笔，语气轻快地说：“项目股权都押在担保公司手里，我们还投钱进去干什么！”

岳亦山感觉对方完全是在找碴儿：“这个交易不复杂啊！银行现在想收回贷款本息共计3.9425亿元，你们替开发商还掉这笔钱，银行和担保公司都会解除抵质押的资产，咱们谈定一个固定利息或者入股比例不就行了吗！”

“这个交易不复杂？哈哈！”西装男笑了笑，“银行要提前收回贷款，肯定是看到开发商出了什么问题。你们为了让我们入局，又不肯说透，你说这种交易怎么参与呢？”

岳亦山和杨晓波确实有难言之隐：如果把蒋家祥的表现和巴新担保的所作所为和盘托出，谁还敢来救火！

岳亦山只能试着辩解：“没有那么严重。开发商是个老实巴交的西安人，在重都人生地不熟，被银行欺负。人家现在就要通过这种方式切断他的现金流，让他把项目吐出来。如果你们出手，不仅能粉碎银行的阴谋，还算给项目提供了信用背书：到时候人人都会说，‘詹总参与的项目，肯定没问题’！”

西装男饶有兴趣地听完，顺着他的思路说道：“既然人生地不熟，就难免被别人欺负呀！即便我们去了，也会面临同样的问题。一看这个蒋总就没有本事操盘这么大的项目，被别人吃掉是早晚的事。”

“正因为如此，你们参与进去才有意义，并且拿到比较好的条件啊！所以蒋总说了：利益的事，好谈！”杨晓波提醒道。

西装男的目光在他们二人身上来回巡视了一分钟，缓缓伸出修长的手指指向文件：“咱们就直说吧，这份东西真实性存疑，参考价值不大。我不会建议詹总贸然投资进去。”

说到这里他停顿了一下，看到对面两个人泄气的表情，突然话锋一转：“不过，按照你们的说法，现在急须解决的问题是银行要求提前还款。我印象里詹总家族和光民银行关系很好，合作过几个项目，还有几十亿的授信额度。我可以建议他帮你们协调银行关系，避免抽贷，怎么样？”

岳亦山和杨晓波大喜，连忙表示同意。

西装男拍了拍实木座椅的扶手，站起身来，整理了一下外套和领带：“二位，我正好要去詹总那里开会。如果你们接受我的条件，我马上就去和他讲。”

“什么条件？”

“咨询费，2000万。”

杨晓波不由自主地张大了嘴巴。更令他惊讶的是，岳亦山的声音迅速在耳边响起：“事成之后一个月内支付，如何？”

西装男略一思忖：“成交！”

岳亦山起身向他伸出右手：“王律师，谢谢你！”

【五】

从办公室出来走进电梯，门刚刚关好，杨晓波便迫不及待地向岳亦山发问：“哥啊，您和蒋家祥都没商量，怎么敢答应下来呢！”

岳亦山苦笑一声："晓波，事到如今还有的选吗？只剩下五天就到银行的截止日期了，只能如此。"

"那钱从哪里来呢？"

"反正得到一个月的缓冲，再想办法吧。说不定这段时间里会有其他转机。"

"那王律师怎么会答应延迟一个月付款呢？"

"你想，如果真沟通成了，他们几乎没有什么成本，白拿2000万。一般的开发商会为了2000万而违约，得罪詹总这样的人吗？更何况银行资源掌握在人家手里。如果逾期不付，搞不好他们在银行那里说几句坏话，事情结果可能更糟！说白了，人家就是通过资源做杠杆，白赚这笔钱。"

"明白了，亦山哥。对于我们来说生死攸关的事，对于人家来说只是资源变现的一个载体。唉，看来，咱们不答应也得答应了。"

果然，蒋家祥一得到这个消息，二话不说就同意了。

隔了一天，王律师起草的《咨询顾问协议》就发送到岳亦山和蒋家祥的电子邮箱里。

蒋家祥打印出来，签字盖章之后亲自送到北京。

又过了一天，也就是光民银行截止日期前的倒数第二天，3C正陪着蒋家祥在公司吃盒饭，刘行长的电话打了过来。

蒋家祥慌忙把刚咬进嘴里的馒头吐出来，接通电话。只听刘行长阴阳怪气地说道："你挺厉害的啊，找总行压我。好，这次就不收贷了。但是利息春节前必须给我还上，逾期太久我可不干！"

蒋家祥还来不及反应，对方已经挂断电话。

詹斌起作用了！没想到在一向义正词严的刘行长面前，规则也是有弹性的。谁让他遇到了更强大的对手和势力呢！

岳亦山兴奋地向王律师通报，王律师却异常冷静："请你们遵守协议，从今天开始计算，30天内付清款项。另外，詹总对这个项目也比较有兴趣。我会给你们一个清单，也会让人去现场看看，请配合我们做尽职调查，以便我们决定下一步是否投资，好吗？”

“好啊，热烈欢迎！”岳亦山心情大好，“期待与你们的进一步合作！”

就这样，重都项目又渡过一个难关。

在这个项目上经历了这么多险境，成明资本上上下下都疲惫不堪。虽然压力仍在，但是所有人都松了一口气：看来蒋家祥的公司至少能够活过春节。

第二天，公司又迎来一个好消息：程霞找来的一个项目通过公司投决会，而且她已经找好资金方，只等春节假期回来即可放款。这单业务又将为公司贡献近300万的利润。

公司上下一片欢腾，就连最近一段时间情绪不佳的岳亦山也被感染了。是呀，何必为眼前的困难而影响心情。退一万步讲，就算蒋家祥将来真的失掉“西南第一城”项目，成明资本仍然握有项目公司18.75%的股权，仍然足够覆盖本息，保证资金安全。

碰巧曹明华即将来京拜访领导，岳亦山向全体员工宣布：考虑到有的同事准备提前请假回老家，公司将于三天后举行晚宴，一是庆祝春节，二是庆贺新业务落地！这正是：今朝有酒今朝醉，明日愁来明日愁！

老兰知道曹明华和岳亦山都喜欢吃日料，就让小雪把宴会地点定在西二旗的东田之村·和风料理。

这一天，成明资本全员出席，辛莹等三四个春节后才加盟的同事也被邀请过来。曹明华得知岳亦山等人在重都项目上付出的艰苦努力，程霞又几乎独立完成一单业务，高兴地说：“今天大家放开享受美食，我曹明华个人买单！”

大家齐声叫好，晚宴气氛一下被推向高潮！

曹明华不断给坐在左右两边的岳亦山和辛莹夹菜，眼神中满是长辈的关怀之意。大家没想到的是，她自己吃得不多，酒量却很大。她不仅与每个员工一一互相敬酒，还额外与F4多喝了几轮。岳亦山、老兰和辛莹还能撑住，赵琦却不胜酒力，早早趴下。

曹明华又举起酒杯，单独与岳亦山碰杯。

“亦山，这段时间辛苦你了！重都项目有啥困难随时跟我说，我会尽力帮你们。”

岳亦山只当是句客套话，表示感谢之后，把杯中酒一饮而尽。

这时，老兰端着酒杯凑过来，站到两人身后，笑呵呵地对曹明华说：“曹总，再报告您一个好消息：咱们的P2P已经在前天内部试运行，当天就成交了550万，昨天又有400万！当初岳总限制投资者范围只能是咱们集团员工或者小区住户，要不成交量还不知道翻几倍呢！”

这话既是说给曹明华听，也是说给岳亦山的。岳亦山不想在这个时候与老兰这只“笑面虎”起争执，只是淡淡一笑。

“这块业务是老兰分管的，确实很有成效。网站上挂的投资标的都是成明地产的住户和员工的借款需求，大家都认为风险很小。”

老兰拍了一下他的肩膀：“那是当然！另外我早就说过嘛，咱们应该多做成明集团的项目。我听说曹总刚在曲江又拿了块地，不行春节后就启动这个项目的融资呗？”

老兰这个坑挖得妙啊！他倒要看看岳亦山敢不敢在曹明华面前大谈特谈保持公司独立性云云。

岳亦山笑了笑，从容地放下酒杯。

“成明集团的地产项目安全性当然很高，我求之不得。不过据我所知，目前成明集团从银行贷款的利率在7.5%左右，信托公司的成本不超过14%，可是我们这里就算不收一分钱管理费至少也要15%。这样看来成明集团不划算呀！

再说你们可能不太清楚：P2P的监管政策明确要求不允许做大额贷款。真那么做，可就是违规咯！”

“这……”老兰的笑容僵在脸上。

曹明华却掩口笑起来：“还是岳总想得周到！老兰，你得多学学！来，咱们仨喝酒！”

在曹明华的另一侧，辛莹刚和杨晓波喝完一杯，程霞又过来敬酒。程霞很不适应酒场，已经喝得满脸通红，有点儿笨拙地站在辛莹面前，举杯喝完酒才想起祝酒词。

“辛总，祝您春节快乐！”

“春节快乐！这一单做得漂亮，恭喜你！”辛莹喝完酒，轻轻拉住正要转身离开的程霞，“程总，节后有个我的老部下要加盟。我觉得你们俩能力都很强，春节后让你们分别做投资一部和二部的负责人怎么样？”

“投资部要分成两个部门？”程霞有些诧异。

“对！你在公司已经比较熟悉，我看晓波他们就归到一部好了，帮助新人尽快进入角色。你再招两个人充实二部，好吗？”

“可是招人需要个过程，怎么也得提前给我两个月时间吧！”

“没问题，慢慢来。其实这个项目你就是单枪匹马做成的，足以看出你的个人能力，这点困难应该不在话下。我对你有信心！”

程霞不再作声，默默地点了点头。

【六】

“这个项目看上去不错。数字没弄错吧？”

“不会的。拓展部的人不仅看了开发商的账本，还实地调研了三天，数字我也亲自核实过一遍。”

“我账上现金够用吗？”

“差不多，大不了您向老爷子拆借三四千万就够了。”

“最好别惊动他，要不又问一大堆问题，烦！”

“好的，也没这么快动钱。也许开发商笨到宁愿破产也不妥协，那就可以通过不良资产处置收下来。那就便宜多了。”

“嗯。王律师，就按照你的方案办吧。”

“好的，詹总！”

在中国人寿广场B座楼下碰面的时候，岳亦山和杨晓波吓了一跳：蒋家祥脑门上和脸颊上有几道血痕，头发乱蓬蓬的，面如土色，看起来像是一夜没睡。

蒋家祥声音沙哑地解释道：“昨晚上车前，老婆发现我把家里的‘过河钱’给用了，就跟我打起来。女人嘛，发起疯来真没办法。我又不能打她，就给我抓成这样。”

“昨晚你坐火车来的？”杨晓波问道。

蒋家祥的眼皮都快抬不起来了：“嗯。坐的硬座。老婆把我钱包夺去了。现在我只剩点儿零钱在手里。”

岳亦山看在眼里，急在心头。

“蒋总，王律师说詹总很有兴趣跟咱们合作开发这个项目，所以今天的谈判非常重要，你可要振作点儿！”

“哦。”蒋家祥没有多余的话，只是把包往地上一放，不顾疼痛，把喝了一半的瓶装矿泉水倒在头上和脸上，又从兜里掏出手绢，迅速擦去水滴，用手压平头发，扔掉空瓶，拎起包，走向正门。

三个人来到20层的一间小会议室，期待着詹斌的到来。

他们足足等了半个小时，蒋家祥趁机打了个盹儿，终于听到门口传来清脆的皮鞋声。三个人马上坐直身体，热切的目光射向厚重的木门。

谁知皮鞋声在门口戛然而止——来者在门外接起电话，这一接又是五分钟。这是多么难熬的五分钟啊！三个人尽量保持着饱满的精神状态，准备迎接随时可能推门而入的詹公子。

好不容易等到电话挂断，木门打开，一个身高臂长、西装革履的男人走了进来。

三位访客一齐起身，只有蒋家祥殷切地向对方伸出右手："詹总您好，我是蒋家祥。"

来者不禁哈哈一笑："蒋总，你好。我姓王，是詹总的律师。今天咱们四个先谈谈吧。"

"王律师，詹总呢？"岳亦山显得很失望。

王律师自顾自地坐下来，不慌不忙地说："我可以告诉你们，此时此刻他正在附近开会，与一家央企老总谈混改——混合所有制改革你们懂吧？我们作为民营企业，将参股这家央企15%左右，成为第二大股东，通过资本运作特别是并购重组等方式，加上员工激励等手段，帮助他们提升效率和业绩。你们这种小项目，根本不需要他出面。"

访客们咂咂舌，肃然起敬。

岳亦山继续问道："那你们想怎么参与这个项目呢？"

"很简单，"王律师从公文包里抽出一张A4纸递给蒋家祥，"我们将出钱帮蒋总还掉3.9425亿元的贷款和利息，蒋总转让给我们一部分股权作为对价。"

岳亦山和杨晓波闻言大喜：这不正是最佳解决方案吗！可是他们却发现蒋家祥的表情如丧考妣，于是从两边凑过去，定睛一看，顿时惊呆了：

方案要求蒋家祥交出60%的股权！

“太过分了！凭什么让他交出控股权？”岳亦山质问道。

王律师微笑着答道：“去年12月中旬，你们成明资本曾经为蒋总发行过一只私募基金，其中以1.8亿的对价，拿到18.75%的股权，占了个大便宜啊！现在一个月过去了，这个项目情况更糟了，急需詹总这样的投资者入局。所以让出控股权是个合理的选择。”

“不对！我们当时做的是股权质押。你们现在做的是3.9425亿元的股权投资，以项目盈利12个亿计算，股权占比应该不到三分之一。就算再给你们折让20%，也就占40%的股权。否则就太不公平了！”岳亦山反驳道。

王律师冷笑起来：“公平？生意场上有‘公平’二字可言吗？如果有的话，你们也不会坐在这里了。这样吧，为了照顾你们的情绪，那2000万的咨询费就免掉好了。”

不过，与王律师索要的股权相比，这2000万已经不值一提。

杨晓波小心翼翼地插嘴问道：“王律师，你们也做股权质押，只拿固定利率行不行？”

“不好意思，我们不是做放贷生意的。”王律师一口回绝，“几个亿的资金做债权投资多可惜啊，只有做股权投资才能发挥杠杆作用，撬动更多资金，做更大的生意。”

“你们这不是强取豪夺吗！”岳亦山气呼呼地说道。

王律师把脸一沉：“岳总，没有詹总帮忙，这个项目已经被银行查封了吧！可别忘了，是你们自己把项目双手奉上的。碰巧我们有兴趣，这也是在帮你们解套。没有能力操盘，还不如拱手相让，以后大家说不定还能合作。否则，就别怪我们不客气了！”

岳亦山和杨晓波想起他在上次见面时说的话：“蒋总就没有本事操盘这么

大的项目，被别人吃掉是早晚的事。”没想到，现在想来吃掉项目的，竟然就是詹斌和王律师！

多说无益，三位访客起身告辞。

来到楼下，走出大门，三个人茫然若失。

蒋家祥在疲劳、饥饿和沮丧的作用下一屁股坐到台阶上，面如死灰：谁能想到好不容易刚出狼群，又入虎口！

杨晓波也双臂交叉抱在胸前，垂头丧气地望着路面一言不发：千辛万苦走到今天，也许脚下的路真的到了尽头？

就这样结束了吗？岳亦山也在问自己。绝对不可以放弃啊！但是究竟还有没有办法能够战胜詹公子这样的资本大鳄呢……

就在电光石火之间，他突然想起一个人，瞬间激活了身体的每一个细胞！他一把将杨晓波拽过来。

“晓波，咱们走！”

“老哥，事情的经过就是这样。我们也是万不得已才请您介入，给您添麻烦了！”

“岳总你得明白，这个钱我是不会出的：这种项目遍地都是，我不会卷进这么复杂的一个局。”

“嗯，那我们退而求其次：您能不能劝说詹斌住手呢？”

“哼。你说得简单。我干吗要去得罪他？”

“不会得罪他的！您是商界大哥，他肯定给您面子。再说，他在10天前都没听说过这个项目，只是一时兴起才想……”

“别忽悠我！到他这个层次，做生意绝对不会一时兴起。”

“那……您能不能看在过去与我和晓波同事一场的分儿上……”

“这是生意，别扯感情！再说，我当时还不是被你们鑫城财富的老板忽悠过去挂名的，别提了。说吧，我这么做有什么好处？”

“那好说，只要您肯帮忙，我们愿意出2000万咨询费！”

“哎哟老天，你是在恶心我吗？不用谈了。”

“对不起，那您说个数吧！我们……”

“岳总，你根本没明白，我会为了一笔钱帮你们摆平事吗？你当我是什么人？”

“真的很抱歉，老哥，您别生气！我们真的是走投无路了。”

“那也不是钱的事儿，知道吗？我还有事，再说吧！”

“老哥，您看这样行不行：我听说您想卖掉旗下的信托公司，而詹斌这两年一直在收金融牌照。我们以重都项目为契机，安排你们见见面，顺便谈谈信托公司的事，怎么样？”

“嗯，有点儿意思！”

“如果你们能谈成这桩并购，我们的项目也就一句话的事。”

“别都想那么美！要是并购谈不成呢？”

“谁会不想与一代风云人物彭总合作呀！哪怕失败，至少我们尽到努力，也认了！”

“呵呵，那行，我只有明后天有空，你安排好让晓波告诉我。”

“太好了，谢谢您！”

“岳总，我可不能打包票。谈成什么样，看你们的造化了！”

／ 第八章 ／

【一】

杨晓波怎么也没想到自己还会接到马楠楠的电话。

他手忙脚乱地接通，那个熟悉的声音显得无比虚弱："晓波，我受伤了……"

"楠楠你怎么了？你在哪儿？"

"我在杭州……"

"好，我马上去！"

杨晓波到达杭州萧山国际机场的时候已经是晚上8点。他跳进一辆出租车，按照马楠楠提供的地址径直而去，来到钱江新城的盛世钱塘小区。

他心急如焚地敲开房门，马楠楠从门里只探出半个头，身体藏在门后，轻声说："对不起，晓波，我不该找你。你……还是走吧！"

"楠楠，我都已经来了，怎么可能走！你到底出了什么事？"

"没什么，我自己骑车不小心，被撞倒了。"

"啊？撞哪里了？让我看看！"

马楠楠咬着嘴唇，似乎有些犹豫。

杨晓波上前一步，一手撑到门上：“你不开门，我绝不会走！”

马楠楠只好轻轻把门打开，一瘸一拐地向后退了几步。

借着屋里的灯光，杨晓波才发现她额头有些瘀青，左手上满是碘酒的颜色，透过白色镂空毛衣还能隐约看到左肩应该也缠着纱布，而她脸上则露出一副难为情的样子——没想到，这个一向独立自强、风风火火的女孩竟然还有如此娇弱的一面。

杨晓波觉得自己从来没有如此心疼过！

“楠楠，你撞得不轻啊！怎么会搞成这样呢？”

马楠楠把他引到客厅，在沙发上坐好，自怨自艾地说：“其实都怪我自己：早上我骑自行车过十字路口，完全忽略了右转的汽车，被车头撞个正着。唉，当时一个人在医院挺难过的，忍不住就给你打了电话……没耽误你的工作吧！”

“没有没有，放心吧！”杨晓波安慰她道，“公司刚经历了一次‘大考’：詹斌想吃掉重都的项目，我和亦山哥把彭总请出来和他斗法，结果詹公子退缩了。你要是在场就好了，那场面才叫紧张呢！”

马楠楠见他提起工作就两眼放光，不禁淡淡一笑。

“晓波，成明资本是个小私募，做个项目竟然把彭总和詹公子都引出来，听起来很有料，可是我挺替你担心的。”

“这有什么可担心的！我们都是合理合法地做事，谁能把我们怎么样！再说，能接触到这些大人物，我也开了眼界啊！”

“你没听说过吗：‘神仙打架，小鬼遭殃。’你们就老老实实做点儿力所能及的事好了，不要招惹这些人。他们翻云覆雨的，变化无常，既然能成就你们，也能随时毁掉你们！”

杨晓波沉默了。马楠楠的这些思想都是从哪里来的呢？为什么好像她总是比自己看得远呢？也许因为她比自己的社会经验丰富，也许因为这是她与生俱来的“宿慧”吧！

马楠楠见他不吭声，以为自己的话说重了，缓缓站起身来。

“光顾说话了，你还没吃晚饭吧？我去给你弄点吃的。”

杨晓波连忙也站起来：“不用了，你刚受过伤，好好休息！”

“没关系，我已经好多了。今天也没买菜，只能给你切个火腿肠泡碗面了。”马楠楠微笑着走向厨房。

杨晓波这时才感觉到肚子确实有点儿咕咕叫，也就不再坚持。他踱到厨房门口，斜倚在门框上，看到马楠楠左手轻轻按住香肠，右手持刀笨拙而认真地切着，顿时从心底涌现出一股浓浓的爱意和暖流。他第一次认认真真地想和这个女孩有个家！

他走到她身后，慢慢搂住她的腰。她的秀发还是那么柔软，身体散发出的熟悉气味让他陶醉。

马楠楠放下刀，闭上眼睛。

杨晓波把头靠向她的肩膀……

“啊！”马楠楠疼得叫了一声，捂着肩膀闪到一边。

杨晓波为自己无意间做了傻事而愧疚不已，连忙一边道歉一边扶着她到沙发坐下，自己到厨房完成了香肠泡面。

看到他吃得狼吞虎咽，马楠楠开心地笑了：为什么他在我面前，永远都像个孩子呢?

杨晓波心满意足地吃完，抹抹嘴：“楠楠，这是我几年以来吃得最香的一碗面。”

“傻样！那是因为你饿了。”

“也许吧……楠楠，你接下来有什么打算呢？”

“我啊，可能会在杭州重新开始生活吧！北京雾霾太严重，城市也太大了，不像这里山清水秀，很宜居。”

“可是你一个人在这里太孤单了吧？北京的客户也都不要了？”

“我当初高中毕业后还不是自己跑到北京闯荡，习惯了。以后我想再进修一下，学点东西。北京的客户一个月回去统一见一次，也够了。”

“可是这样一来，咱俩怎么办呢？”

杨晓波的问题让双方都陷入沉默。

如果没有几个月前西单的偶遇，两个人可能早已陌路。如果不是马楠楠的意外受伤，今天杨晓波绝对不会坐在她面前。至于两个人的未来，谁曾仔细思考过呢？

还是马楠楠先开口道：“晓波，谢谢你专程来看我。今天也不早了，要不……”

杨晓波不想离开，却又不想让她为难，只好接道：“好的，那我就在附近找个地方住吧！”

马楠楠点点头。

于是两个人一起起身，走向门口。

杨晓波突然想起还带了礼物，连忙从旅行箱里翻出一个包裹：“楠楠，上次都怪我不好，你的粉饼才碎了。我看了你用的牌子，这次特意买给你。”

马楠楠接过来一看，居然是十盒珂莱欧粉饼！她骂了他一句“真傻”，心里却是甜滋滋的：这个晓波，什么时候变得这么有心。

杨晓波看到她的表情，心跳加速起来。他鼓起勇气拉起她的右手：“楠楠，要不……今晚我就不走了吧！”

马楠楠没有把手缩回去，却摇摇头：“不行，我没有心理准备。你走吧！”

杨晓波很犹豫，不知道该不该听她的话。看到她低下头不再说话，他心里柔弱的那一面占了上风：她刚受了伤，需要好好休息。今天不要强人所难了吧！

可是，他刚迈出门就后悔了。

他转过身，给自己又找了一个话题："对了楠楠，Alan让我带句话给你。"

"什么？"

"他说，他爱你。"

"嗯，知道了。"

杨晓波顿了顿："我也有话想对你说。"

马楠楠抬起头，全神贯注地望着他的脸："你说吧！"

"楠楠，其实……"杨晓波挠挠后脑勺，"我跟何芳笑那天只是吃了个饭，聊聊天，没发生什么。我向你发誓！"

也许是走廊里灯光太昏暗的原因吧，杨晓波觉得马楠楠的脸色灰暗了下去。她挤出一丝笑容：

"那都不重要了。晓波，再见！"

【二】

岳亦山和辛莹走出重都机场，没有看到小黄和蒋家祥的奔驰座驾，而是项目公司的冯会计开着一辆破破烂烂的本田雅阁来接他们。

不过这并没有影响两位客人的心情。

在彭总出面劝退詹斌之后，压力暂时缓解下来。岳亦山想在节前与蒋家祥最后商谈一次问题的解决之道，以及节后如何支付西安小贷公司的欠款和詹斌的咨询费事宜。

辛莹则是趁着春节前工作比较轻松，请了两天假又连上周末陪岳亦山出来一趟，实地看看让成明资本从上到下都格外头痛的项目到底是怎么回事。能单独和岳亦山出差让她心里美美的，有一种莫名的专属感。

岳亦山看到辛莹一路上都好奇地望向窗外的景物，笑着问道：“你不会是第一次来重都吧？”

“当然不是！你忘了吧，我大学就在这里读的呀！”辛莹嗔怪了一句，接着又感慨起来，“只不过好多年没回来了，没想到变化这么大。”

“是呀！你看，前面就是‘西南第一城’了。我听说这片土地之前是大片的农田和一个私搭乱建的菜市场，典型的城乡接合部。现在的变化真可谓沧海桑田啊！”岳亦山也感叹道。

辛莹若有所思地说：“几年后，当这里的高楼大厦住满了人，他们当中没有人会知道在这片土地上曾经发生过什么。”

“还是不知道为妙吧！生活已经够累了，何必再背上那么多过去的包袱。脑袋里多留点空间给美好的、未来的事物吧！”

“贼！你这人，就知道一心向前，一点儿都没有历史感，将来会遗憾的！这就叫‘此情可待成追忆，只是当时已惘然’。”

“哈哈，遗憾又怎样？生而有憾，死而无怨，就行啦！什么叫历史感？其实在历史的长河里，你我已经死了，意识停留在身体里只是白驹过隙的一瞬。在这么宝贵的时间里，与其怀念过去，还不如一心向前呢！”

“你这大道理还挺多。那我也套一个好了：成明资本现在做的事，就是一个小私募在城镇化进程中贡献自己的微薄之力！”

“这个我爱听，还是大机构出身的领导会总结升华！其实我们无非是帮着地产商融资罢了。”

“哎，你发现没有，社会舆论都认为地产商赚了大钱；我看只是那些地产巨头在吃肥肉而已。像蒋总这样的小开发商，日子还是挺难过的。在这个行业里，一样是强者恒强、弱肉强食啊！”

正说到这里，车子突然猛地一刹，后排两位乘客差点儿把头磕到前排座椅上。

冯会计惶恐不安地回过头：“实在对不起！可是我们公司被人围了，咱们进不去！”

岳亦山和辛莹连忙望向前方，只见二三十号人把项目公司所在的二层小楼围了个严严实实，看他们的穿着打扮就能把他们的身份猜个八九不离十。

“一定是农民工来讨薪。”岳亦山眉头紧皱，“还有7天就过春节了，按理说他们都该放假回家了，怎么还在闹呢！”

会计说起话来有些打战：“可能是因为年前一直没找到蒋总吧！听说施工单位也去他西安家里闹过，可是没拿回一分钱。这次欠的钱比较多，有些农民工半年都没拿到工资，肯定不干了。”

岳亦山连忙指挥道：“那咱们慢慢往后退吧！我马上报警。”

可是就在这时，人群中有人认出了他们的车，马上跑过来七八个人把车团团围住。

领头的家伙满脸胡茬儿，目光却是炯炯有神，在车头指着驾驶员喊道：“冯会计，你在这儿呢！赶紧出来，我们有话问你！”

冯会计是个没见过什么世面的中年妇女，吓得哆嗦起来，手忙脚乱地锁上车门，不知该如何是好。

胡茬男拉了几下她那一侧的车门把手：“赶紧出来，要不我们不客气了！”

冯会计大叫一声，差点儿哭出来。

岳亦山利用这两分钟的时间报了警，对辛莹和冯会计说：“你们别怕，有我呢！就说咱们是来看房的，他们不会为难咱们的！”

“他们认出了冯会计，不会善罢甘休的。”辛莹焦急地说。

话音未落，胡茬男又开始拍打车窗，吓得冯会计抱着脑袋缩成一团。

岳亦山的手伸向车门：“我出去和他们交涉一下！”

“不行，太危险了！”辛莹喊了一句，担心极了，“他们在气头上，会出事的！”

“那怎么办？他们这个样子会把车砸坏的！”

“我去！”

“你？绝对不行！”

“没关系，放心吧！”

“你别想了，我不答应！我去，没事的！”

岳亦山说着就要下车，被辛莹一把拉住：“亦山，你不要冲动！你是男人，跟他们一言不合就会出事！他们这么多人呢，不会把我一个女人家怎么样。你相信我，我能处理好！”

岳亦山回过头，和辛莹四目相对。在这个危急时刻，他从这个川妹子的眼睛里看到了从来没有见到过的镇定和坚毅。也就在那几秒钟里，他感觉自己的心脏剧烈地颤动了一下。

他深深地点了一下头。

辛莹拍拍他的手背，微笑了一下，随即转身走下汽车，随手又关上车门。

岳亦山挪到她刚刚坐过的位置，一只手搭在车门上，密切注视着车外的动静，随时准备冲出去支援。

胡茬男马上冲到辛莹面前：“你是谁？你们来干什么？”

辛莹看看他，又环视四周，高声说道：“各位，我们只是来看项目的，不知道你们这里出了什么事，请不要误会！”

“看项目的？那也轮不到冯会计带你们看啊！我们听说蒋家祥今天要过

来，是不是跟你们见面？”胡茬男质问道。

辛莹盯着对方的眼睛，一眨不眨地说：“我们是北京的一家私募基金，专门投资房地产项目。这次通过别人介绍来看‘西南第一城’项目，以前没见过蒋总，也不知道他为什么让会计来接我们。”

这两句话半真半假，辛莹说得理直气壮，完全没有心虚的感觉。

胡茬男见她这副气势，有点儿出乎意料。他愣了一下，又说：“那你让冯会计出来说话！”

“你们找她干什么？”辛莹平静地问道。

“找她干什么？”胡茬男一听又发起火来，“她老板欠了我们工资。马上过年了，必须给我们一个说法！”

“对，必须给我们一个说法！”他的话引起众人呼应，气氛一下又紧张起来。岳亦山紧紧握住车门把手，手心全是汗。

辛莹捋了一下头发：“你们这个样子，她是不会出来的。”

“你说什么呢你？跟你有什么关系啊？”旁边一个男子高喊。

“你赶紧滚！让冯会计出来！”另一个男子叫道。

辛莹往后退了一步，靠在车门上。

岳亦山刚想推门出去，只听辛莹洪亮的声音再度响起：“你们现在这样气势汹汹的，她敢出来吗？别激动！这大过年的，老婆孩子都在家等着你们呢吧？”

听她这么一说，人群突然安静下来，显然都在回味她的话。

辛莹深吸一口气，继续说下去：“‘冤有头，债有主’。蒋总欠你们的钱，那就找蒋总还。冯会计能做得了他的主吗？你们找她也没用啊！”

“那也得让她说清楚公司现在什么情况、到底有没有钱啊！”胡茬男叫道。

辛莹看他们不肯放过冯会计，灵机一动，说道："刚才我们在车上聊过了，她说本来银行早就应该再发一笔贷款，可是被一家叫'巴蜀新联'的担保公司给搅黄了。只要他们不捣乱，贷款发下来就全解决了！"

这招果然见效：众人一听，立即交头接耳起来。

有人在胡茬男耳边说了些什么，他又遮着嘴和另外两个人交流了几句，随后重新面向辛莹："你说的好像是这么回事儿。跟你们耗下去也没有意义，不过等你们见到蒋家祥就告诉他：不管谁在这里头搅和，我们只找他要钱！如果三天之内还解决不了，我们跟他拼了！"

辛莹安然无恙地回到车里。

冯会计浑身颤抖着重新发动汽车，从闪到两边的人群中穿过。

而在后排的座椅上，岳亦山和辛莹虽然都正襟危坐、不露声色，心里却是"轻舟已过万重山"。不知从什么时候开始，他们的手早已十指相扣，紧紧连在一起。

【三】

蒋家祥一步三回头地走进茶馆。也就四五天时间不见，他却像老了四五年。此刻，这个男人身上可谓"压力山大"啊！他神情紧张地问道："岳总，没人跟着你们吧？"

"民工们连车都没有，怎么跟啊？"岳亦山感到很可笑，他又指指辛莹，"这是我们即将上任的CIO——首席投资官——辛总。"

蒋家祥坐下来，只是点点头，没有任何寒暄，劈头盖脸地说："岳总，刘行长刚才打电话了，又要提前收回贷款。"

"什么！这家伙疯了吗？"

“是呀，这还让不让人过年了！”

“他怎么说的？”

“还是老一套，说我的项目有风险，春节前必须还清贷款。”

岳亦山与辛莹交换了一个眼神，陷入沉思。

从常理来说，这种情况绝对不可能发生。

从刘行长上次给蒋家祥打电话的表现来看，光民银行总行领导肯定与他沟通过，他不可能不听招呼。而那天詹斌在丽思卡尔顿酒店当着彭总的面说过放弃这个项目，也不太可能反悔。

到底是哪个环节出了差错呢？

岳亦山左思右想正在纳闷，突然想到一个人——这家伙可好久没有动静了。

“蒋总，你最近和巴新担保有联系吗？”

蒋家祥机械地摇了摇头：“没。”

“你现在给洪彬彬打个电话试试。”

“没用的，他不肯跟我谈，一直不接。”

“听我的，你再试试。”

蒋家祥有点不情愿地掏出手机，慢吞吞地拨出号码。

铃声持续不断地响着，足足有半分钟，仍然没有接通。

蒋家祥索性把手机往桌上一放，按下免提键，好像在对岳亦山说：你听，我说得没错吧！

这通电话就在即将自动挂断时突然接通了，手机里传出一阵狞笑：“蒋家祥，你和岳亦山在一起吧？要不要一起见个面？”

三个人吓了一大跳：这个家伙是怎么知道他们的行踪的？难道他真用了什么特殊手段？

蒋家祥张口结舌了半天，不知该说什么才好。

还是岳亦山首先凑近手机："洪总，真是冤家路窄，那咱们就见一面吧！"

"好，有种！明天上午9点到我们公司，不见不散！"洪彬彬又是一阵大笑，接着挂断电话。

辛莹听老兰和赵琦添油加醋地讲过：刚过新年不久，岳亦山和杨晓波与洪彬彬在四川驻京办事处曾经发生过剧烈冲突。

因此，当岳亦山强烈反对她参加与洪彬彬的会面时，她选择了坚持：无论遇到什么险境，都要两个人共同面对！岳亦山不想再让她冒险，为此第一次与她红了脸，却怎么也说服不了她，最后只得答应下来。

倒是蒋家祥面露难色，说自己已经约好人在那个时间谈融资。

岳亦山拍了桌子："有什么融资比这个事更重要！我们这都是在给你卖命呢，你倒打起退堂鼓来了！不行，你死活都得去！"

蒋家祥唯唯诺诺地答应下来。

第二天，岳亦山、辛莹和蒋家祥准时来到巴新担保的四合院。坐在会客厢房里，岳亦山有些心绪不宁：面对洪彬彬难免会有一场恶斗，可是蒋家祥和自己手里几乎已经没有什么牌，拿什么从对方嘴里撬开缺口呢？另外，这只"乌鸦"可不是个省油的灯，不知这次会耍什么手段。在他的地盘上如何保护辛莹的安全呢？

门"吱"的一声打开了。

门外的阳光有点儿耀眼，正对着门的岳亦山一边起身，一边伸手遮挡避光。

而坐在侧面的蒋家祥突然拔地而起，面如土色，张了张嘴，却没有出声。

辛莹则好奇地打量着来者：这是一位鹤发童颜、仪表堂堂的老者，年龄应该接近60岁。他脱掉大衣露出一身唐装，举手投足之间的气质颇像个艺术家。

老者径直走到岳亦山面前："您就是岳总吧？久仰！我是何思远。请坐！"

他的随从退出去重新关上门。

大家分别落座，没有见到洪彬彬的半点儿影子。

岳亦山好奇地望着何思远："请问您是……"

"何总是巴新担保的董事长！"蒋家祥抢先答道，语气里满是敬意。

岳亦山和辛莹闻言一愣，何思远则哈哈一笑："我哪里是什么董事长，公司的事早就交给彬彬了。我现在是半职业画家和半职业外公，一半时间在画室，一半时间陪外孙，都很久没来过这里了。"

岳亦山见他相貌慈祥，语言和善，戒心收起了一大半。

"何总，您怎么来了？我们还以为要与洪总见面。"

"呵呵，昨天你们通话的时候，我和彬彬正在聊天，顺便就过问了一下。没想到事情搞成这样！彬彬有的时候性格比较急，你们可要多担待。"何思远叹息着说道，那口气像长辈在批评一个不争气的孩子。

老人家这么有风度，岳亦山自然不能托大。他连忙摆手："哪里哪里，我们和洪总也是不打不相识。希望往下咱们能顺利解决问题，合作共赢嘛！"

"嗯，好啊！"何思远喝了一口茶，笑盈盈地看了看三位访客，"那你们有什么建议呢？"

岳亦山完全放松下来："何总，昨天光民银行又提出让蒋总提前还贷，恐怕这与洪总有很大关系吧？"

何思远笑而不语。

岳亦山见状心里明白了七八分，继续说下去："我们的想法很简单：只要巴新担保同意继续履行担保合同，协调光民银行继续完成后续贷款的发放，大家的套就全解开了：蒋总拿到钱偿还所有欠款，施工单位完成工程、通过验收，蒋总拿到房产证并开始销售。我们做过测算，在这么火爆的市场条件下，又有前期积蓄的一批客户，即便赶上销售淡季，一个月的时间回款六七个亿不成问题！”

何思远朝他点点头，又望向蒋家祥：“蒋总，你说呢？”

“我……”不知为何，蒋家祥的样子很窘迫，“我听您吩咐。”

看到他这副德行，岳亦山在心里暗暗骂了一句“废物”，又对何思远说道：“我也知道蒋总对巴新担保有过一些承诺。我想，只要完成刚才我说的那几步，现金源源不断地回来，你们之间的问题也就迎刃而解了吧！”

“岳总，您知道蒋总的什么承诺？”何思远饶有兴趣地问道。

岳亦山并不想当众道出他们两家之间桌面下的交易，只是笼统地说：“就是一些资金方面的事吧！”

“哈哈哈哈……”何思远突然仰天大笑起来，吓了岳亦山和辛莹一跳。而蒋家祥脸色惨白，低下了头。

“岳总啊，你们完全不了解情况。”何思远还是一副笑容可掬的样子，语气里却多了一分强硬，“我来告诉你们吧：蒋总只是我们拿‘西南第一城’的马甲！”

【四】

何思远又喝了一口茶，不徐不疾地说道：“最初拿地的开发商做不下去的时候，我就想接手这个项目。可是区政府怕本地开发商再做砸了，非要找个外来的和尚来念经。正好彬彬遇到蒋总，被他的老实和诚恳打动，就同意让他出面拿地，我们背后支持，然后慢慢再转到我们手里。我当时就拍板借钱给他。”

“借了多少？”岳亦山插嘴问道。

“一个亿！”何思远声如洪钟，震得岳亦山和辛莹的脑袋嗡嗡作响：原来在蒋家祥最初投入的2.9亿元里，有8000万来自于陕西信农银行的贷款，5000万元是西安一家小贷公司的借款，还有1亿元是巴新担保的借款。也就是说，他撬动这个总投资9.7亿元的项目，只用了6000万元自有资金！

何思远看到两个人的表情，笑道：“没想到蒋总把项目一拿到手就反悔了，要求连本带利给我们2.5个亿，让我们退出。当时我恰巧刚当上外公心情不错，不想在这种事上纠缠，就没让彬彬深究。要不然以他的性格，哼哼……所以我们不仅出了钱，后来还为他担保，让他拿到一笔银行贷款。可是贷款一下来他又不肯信守承诺了，还要把金额往下砍。你们来评评理吧，这件事到底怎么办才好？”

岳亦山和辛莹完全说不出话来。

蒋家祥一直低着头，一声不吭，仿佛犯人在接受法官审判。

何思远收起笑容：“各位，我和你们一起见面，就是为了把话说透：这种背信弃义的做法，我深恶痛绝！我不可能再相信蒋总，也不可能在这件事上妥协。这个项目，我收定了！”

岳亦山和辛莹身心疲惫地回到北京。第二天一早，他们又不约而同地来到中关村SOHO大厦：老兰叫岳亦山开会，程霞也约辛莹春节前再见一面。

一进门，岳亦山就被等候多时的老兰和赵琦拉到会议室。

“岳总，重都的事不太顺吧？”老兰从他脸上也看得出来，“你别着急，反正咱们有项目股权在手里，顶多拿不到财务顾问费罢了！”

赵琦双臂交叉抱在胸前，直愣愣地说：“我们这段时间可没闲着，集中精力在搞P2P的事。上线这才几天，已经募集了2000万，你说惊人不！”

老兰不给岳亦山说话的机会，接过话题：“就是！这说明啥？说明大家认可成明集团的品牌呀！我意思是这样的：你这头最近也没精力管，我和赵总想把投资者范围扩大，面对社会投资者开放。你说咋样？”

岳亦山马上抗议：“这才上线几天，步子不能迈得太大，否则控制不住风险。咱们还得在内部再测试一段时间，至少3个月以后再正式对外推出吧！”

“这不挺顺利的吗，还测试啥！3个月的时间也太长了，简直是蜗牛速度！”赵琦不耐烦地说。

岳亦山来了火气：“你们这么快就放开试点，后台的系统能匹配上吗？而且P2P要想生存发展，一定要走小额分散的路子，也就是有千千万万个零碎的投资标的，比如你我之间的个人借贷。你们现在贸然放开，连足够的投资标的都没有。客户天天在平台上买不到产品，以后谁还会上？这不是自己打自己脸吗？”

“岳总，你别着急嘛！”老兰笑呵呵地说，“我上次跟金牛家园谈了，他们正在转型做智能投顾，纯个人P2P这块业务正在逐渐压缩，以后完全可以导流给咱们，甚至把这块业务转让出来！这样一来，咱们不就可以很快推出一大批投资标的？而且那都是经过人家风控审核过的，事半功倍呀！”

岳亦山听起来觉得很不靠谱：“P2P怎么能靠外部风控或者导流生存呢？这等于把公司命脉放到别人手里。”

“专业化的公司，各做一段，有啥不行的？”赵琦毫不客气地打断他，“你的思维太僵化了！”

老兰拍拍岳亦山的肩膀：“成明资本成立以来，钱是赚了一点点，可是募集规模还不大。趁现在有了P2P这个抓手，得赶紧把交易量做起来。你不是一直想让国企入股咱们公司吗？那还得靠曹总想办法呀！她看不到咱们的价值，凭啥让她不断拿资源给咱呢？”

岳亦山用双手搓了搓脸，感觉疲惫极了。这两个家伙趁自己最有压力、最疲惫不堪的时候来谈这么重大的事，真是居心叵测！可是自己完全不在状态，怎么对付他们呢？

他冥想了几分钟，突然有了主意。

“你们说的也有道理，这样好不好：现在马上春节了，你们先按这个方案筹备，等春节假期结束，咱们就正式往前推进，好吗？”

老兰和赵琦欣喜异常，认为在与岳亦山的斗争中又取得了重大胜利，欢天喜地出门而去。

岳亦山望着他们的身影，苦笑了一声：没想到从孙强和蒋家祥身上学来的这一招还挺管用——“拖”字诀！

而与此同时，程霞却正想来一场速战速决的谈话。

她把一摞文件放到辛莹面前：“辛总，这是我最近一段时间收集的项目资料，请您过目。节后，我想实地走访一圈，然后筛选一两个往前推进。”

辛莹随手翻了翻，发现这几个项目方的实力还都比较强，项目资料也充分有序，不禁暗暗佩服。

“好，我支持！有什么需要我配合的吗？”

程霞顿了顿，严肃地说：“有的，辛总：上次您说要把投资部一分为二，我负责一部没问题，不过能不能像信托公司那样实行包干制？也就是说，我统筹安排部门的工作。将来取得业务收入，扣除部门产生的费用，剩下部分由我们部门与公司分成。”

辛莹有些吃惊，想了想，答道：“这是个重大变革，我需要和岳总商量，可能还得经过管理层集体同意，甚至曹总也……”

“我觉得不用那么麻烦。”程霞打断了她，“您是CIO，投资部门的事务应该由您全权负责。”

“没那么简单。这毕竟涉及业务收入的再分配，我恐怕没有这个权限。”

辛莹把她顶了回去。

“辛总，既然您要求我直接向您汇报工作，那就请全力支持我的想法吧！”程霞依然坚持。

辛莹有些生气，也有些不解：她为什么要如此坚决地打造公司里的独立王国呢？这姑娘在公司也有段时间了，心里应该有数：先不说岳亦山，老兰和赵琦是绝对不会答应的啊！

程霞性子急，把对方的沉默理解为犹豫，进一步说道：“辛总，我想干脆挑明了吧：我与岳总只是同事而已，没有其他关系。我这人也不太会与人相处，今后我只管好自己的部门就行，公司里别的人和事都与我无关！”辛莹恍然大悟，却又无比尴尬：“程总，你别误会……”

“我也怕您误会：请放心，我是不会和自己公司的领导谈恋爱的。”程霞补了一句。

这句话却激怒了辛莹：难道你是在指责我！

“那就好。你这样做是明智的，你们也并不合适。”

程霞也是个心高气傲的人，自尊心极强。她认为对方是在含沙射影地说自己不配岳亦山，心中瞬间燃起怒火，脸都涨红了。

“难道带着拖油瓶的女人反而更适合他？”

辛莹大怒，情绪也有些失控。她噌地一下站起来，狠狠地瞪了瞪程霞，过了几秒钟却又咯咯地笑起来：“程总，我能明白一个男人想要的一切，你呢？”

程霞一听脸更红了，这次却是因为难为情。

只听辛莹继续说道：“其实你知道吗，男人永远都长不大，永远都不会成熟，就像岳总。如果你还没有认识到这一点，那你真的不适合他。”

程霞依旧没有开口。

辛莹做了个深呼吸，警告自己没必要人还没正式进来就与下属搞僵：“好了，我们还是回到正题上吧！如果你真有包干制的想法，我会先与管理层沟通，有什么结果再给你反馈。”

程霞沉默了一阵。她知道这个要求是不会得到同意了。在逐渐恢复平静的同时，她也暗暗做出了一个决定。

“辛总，我看已经没必要了。不过还是谢谢您的指点。”

辛莹也缓和下来：“请你也谅解，今天说这么多也是因为以后大家还要共事，我担心……”

“您什么都不用担心。”程霞一边说一边站起身来，“我都明白了。”

说罢，她重新抱起桌上的文件，头也不回地走了出去。

望着她的背影，辛莹深深地叹了口气。

经过这次重都之行，她觉得自己与岳亦山走得更近了，完全可以成为同风雨、共患难的伴侣。而前夫出轨的经历留给她一个教训：在两颗心之间，无论如何也不能有一丝缝隙留给他人。现在既然与程霞已经说开，这个问题应该不用再担心了吧？

【五】

岳亦山正准备去吃晚饭，手机铃声突然响了起来。看到“蒋家祥”三个字，他皱起眉头，却又不得不赶紧接通。

“蒋总，又怎么了？”

蒋家祥的声音有些颤抖：“岳总，项目被……被封了。”

岳亦山觉得心被狠狠地揪了一下：“怎么回事？”

“刚才农民工把区政府给围了。”

“然后呢？别吞吞吐吐的，快把话说完！”

“然后区领导出面让他们先回去，但是把我叫去骂了一顿，说是年前不解决工资的事，以后别想再开工！”

“可是你哪有钱啊！”

“嗯。还没来得及跟你说：前两天广告公司去法院申请了诉前保全，我自己的账户被封了，连信用卡都被停掉了。现在我一分钱都拿不出来。”

“那你怎么不向区政府领导诉诉苦，就说都是担保公司和光民银行的事，让他去协调一下？”

“没用的，这两家都不归区里管。”

“那现在怎么办？”

“那啥，岳总，你看你们公司现在能不能先借点儿周转资金？”

岳亦山在心里冷笑了一声，没吭气：你连何思远都敢背叛，谁还敢跟你玩！

蒋家祥却误以为他在权衡利弊：“岳总，又到了紧要关头，你一定得帮我！只要3000万——不，我先给他们一半，1500万——就能应付过去。过了年关，后面都好说，你要啥条件尽管提！”

岳亦山无奈地说：“蒋总，成明资本注册资本才3000万，你指望我拿出一半借给你？你拿什么担保？”

“1500万不算多，最近重都房价又涨得厉害，押给你们的股权都快值3个亿了，足够覆盖了呀！”

“一码是一码，你不要再打那笔股权的主意！而且你缺的就这一笔吗？光民银行的贷款怎么办？节后你还要向小贷公司和詹斌一共支付5000多万，这个钱又从哪里来？”

“哦……那我知道了。”蒋家祥的声音里充满了失望。他又沉默一会儿，挂断了电话。

岳亦山突然觉得自己有些残忍。难道自己应该拼尽全力，再拿公司的资本金去博一下？显然并非明智之举。去找其他资金方帮蒋家祥融资？可是魏老大和袁宁连上次的融资都没肯出手，这回就更别提了。那么还有别的选择吗？

他正在思索，没过几分钟，蒋家祥的电话又来了。

“岳总，这样吧，你给找找人，我把别墅抵押掉吧。”

岳亦山轻叹了一声：“你确定要这么做吗？”

“嗯。”

“可是就算能拿到8000万，也不够那么多欠钱的地方分啊！”

“每个地方都还上一些，应该能往后再拖拖。”

“好吧。”

放下手机，岳亦山有种无能为力的惆怅：到了这个阶段，蒋家祥可谓山穷水尽。这处别墅是他和老婆名下仅有的资产。就算这次来得及抵押拿出一笔钱，也只能解决部分欠款而已，光民银行和巴新担保那里还是个死结呢！何思远和洪彬彬不肯妥协的话，这笔钱只是白白填入一个无底洞。只等蒋家祥资金链一断，对方就会像饿狼一般扑上来夺走项目……

费尽千辛万苦，仍然看不到这个项目的出头之日，反而眼睁睁看着蒋家祥一步步陷入泥潭。也许自己当初就应该顶住压力，无论如何都不蹚这浑水！

岳亦山正在伤神，手机铃声再次响起。这次他长出一口气，慢吞吞地拿起手机一看——没想到这回是杨晓波。杨晓波的语气很平静，可说出的话却在岳亦山的心里一石激起千层浪。

“亦山哥，我从杭州回来了，刚才也已经和程总交接完工作了。您在公司吗？我过去向您汇报一下吧！”

“交接工作？”

“是啊，她不是向您提出辞职了吗？”

“没有的事！她人在哪里？”

“啊？她刚刚收拾好东西离开公司了……”

岳亦山夺门而出。

下班高峰期的电梯很难坐，他索性从楼梯跑下去。

她不在楼下。

他继续往她常坐的地铁4号线中关村站跑去。

他没来得及穿外套，也忘记戴帽子和手套，北京冬天凛冽的寒风在他的头上、脸上和手上肆意地割着，可他却毫无知觉，一门心思地向前跑着。

站外仍然没有她的踪影。

他买了张票，冲进地铁站，一直来到站台边。

还是没能发现她。

这时，他才想起给她打电话。

可是她已关机。

他气喘吁吁地停下脚步。

这时，他才感觉到手冻得发麻，几乎快要拿不住手机。耳朵也在发烫，满耳都是不知从哪里传来的呼呼声，似乎产生了幻听——不对，那是列车进站的声音。

此时此刻，他的头脑里几乎一片空白，只是仿佛有句歌词闪现出来：

“我听见风，来自地铁和人海。”

“岳亦山答应了？”

“是呀！我们费了九牛二虎之力才说服他。”

“那就开始筹备吧，年后尽快推出去。你们有把握没？可别给我捅出娄子！”

“您放心，我们跟金牛家园的技术团队一直在沟通，十天半个月足够了！”

“那就好。务必盯紧这个事。”

“好的，您放心吧。岳亦山一直不让我们搞大，说不定是不想让P2P这边的规模和利润超过他那头！”

“嗯……对了，重都的事咋样了？”

“不太好。担保公司卡住银行不给放第二笔贷款，农民工又闹到区政府，区里就把项目给封了。听说蒋总要把别墅拿出来做抵押借款。”

“他连别墅都不要了？”

“他也没招了呗！我看这个项目很快就要被担保公司吃掉了。”

“那可不行。你说他要抵押房子，他老婆还不知道吧？”

“这个我就不清楚了。我觉得吧……”

“我让你打听的那件事怎么样？”

“哎呀，曹总，您真是料事如神！我和赵琦搜集了不少资料，足以证明……”

“行了，电话里不多说了。老兰，你有啥消息都及时告诉我！”

屋子的主人坐在客厅沙发里，双脚搭在茶几上，一罐接一罐地喝着啤酒。

窗外的光线逐渐暗下来。

保姆走过来小心翼翼地问道：“叔叔，晚上想吃点啥？”

“还吃个屁！”男人一声怒吼，吓得保姆慌慌张张地逃走了。

他把手里的啤酒喝完，撇开罐子，又捡起桌上的文件看了看，嘿嘿地傻笑起来。笑着笑着，这个西北汉子的眼眶里却又出现泪滴。他暗自笑话自己没出息：再大的风浪都过来了，恐怕有十年没掉过眼泪，今天却没忍住。

又过了几分钟，他抹抹眼睛，给两个人发出同样一条微信：

“我想好了。谈谈吧。”

【六】

岳亦山和蒋家祥在重都机场会合，一起坐进冯会计的车，向市区驶去。

岳亦山点上一根烟：“蒋总，你怎么突然决定妥协了？”

“老婆不想跟我过了。家都没了，还搞啥项目？”蒋家祥的口气有点儿心酸。

“怎么会这样？”

“不知道谁把要抵押房子的事提前告诉她的。我和她从小就认识，结婚都十七八年了，我……”

“我明白，你不想失去她！不过，今天就是向巴新担保投降吧，非要我来有什么用？”

“不是投降，你得帮我跟他们谈判呢！”

“还有什么可谈的啊？那天何思远说得很清楚，你把本应该是人家的项目还给人家不就完了！”

蒋家祥把头转向岳亦山，认真地盯着他：“不是那样的。岳总，你一直不肯听我解释——‘西南第一城’一直都是我的项目！”

“得了吧，都到这个时候了你还嘴硬！”岳亦山嗤之以鼻。

“不是嘴硬，是事实呀！”蒋家祥仍然一动不动地盯着他，“何思远虽然文绉绉的，他可是重都手眼通天的人物！那天他非要那样讲故事，我哪敢还嘴！”

岳亦山一脸狐疑地望着他：“那到底怎么回事呢？”

蒋家祥也点上一根烟：“当初我看上这个项目，就是没钱呀！何总他们也想接手，可是区政府为了避嫌只想给外地开发商，他们就决定帮我拿下来，多收点儿回报。但是项目到我手里之后，赶上地产行情好，升值比较厉害，他们就不干了，想通过银行卡死我，把项目吃掉。背信弃义的，是他们啊！”

岳亦山觉得脑子里乱极了，猛抽几口烟。还剩下3天就到春节了。在这最后关头，到底该相信谁？

“岳总，你一定要相信我！到了这步田地，我是不会说假话的：毕竟他们只是想多占便宜，我可是要保住家业呀！”蒋家祥又劝道。

听到这句话，岳亦山联想起自己给洪彬彬讲的《伊索寓言》故事“猎狗与兔子”，不由点了点头。

蒋家祥见状连忙补充道：“再说，如果项目被何思远和洪彬彬抢走，你们的股权哪还有啥安全保障呢！”

岳亦山并不想盲从于别人的逻辑，但是他明白至少眼前必须与蒋家祥继续在一条壕沟里并肩战斗。

“好，你说吧，今天想怎么谈？”

岳亦山和蒋家祥走进洪彬彬办公室的时候，意外地发现刘行长也在场，正脸色铁青地与洪彬彬小声嘟囔着什么。他看到他们二人，皱了皱眉，立即闭上嘴，坐到茶几前的椅子上。洪彬彬示意岳亦山和蒋家祥也坐到他旁边，自己则在办公桌后的太师椅上抽起烟来。

“蒋总，你终于回心转意了啊！说说吧，往下你想怎么搞？”

蒋家祥木讷地瞅着他：“只要你不拦着刘行长把贷款放下来，我再送你30%的股权。”

“哈哈哈哈……”洪彬彬仰天大笑，接着狠狠地拍了一下桌子，“蒋家祥，你小子有种，死到临头还敢提这种方案！还有3天就过年了，还不上贷款你的项目就完蛋了。到时候除了押给成明资本那18.75%的股权，剩下的都是我的！”

蒋家祥不为所动：“洪总，根据合同，我还不上贷款，你就要代偿，连本带利掏3.9425亿给光民银行，这才能把项目作为不良资产处置，拿到你手里。接下来，你还得偿还项目各种欠款。占用这么多资金，成本不小吧！”

“那跟你有什么关系？我不需要你给我算账！”洪彬彬吼道。

蒋家祥只当没听见，继续说下去：“我现在是白送你30%，这是啥概念——你一分不出，白拿走4.5亿的利润。还不够吗？”

“蒋家祥，我这么跟你说吧：你现在把控股股权交出来，我给你留个10%、20%的，也算你这一年没白忙活，挣个辛苦费。你个龟儿子要是再还价，我保证让你一无所有！”洪彬彬叫道。

蒋家祥低下头沉思片刻，又瞅了瞅一言不发的岳亦山和刘行长：“那巴新担保违规向我要钱的事，就得有个说法吧！”

“你他妈的敢威胁老子！”洪彬彬再次拍了桌子，一跃而起，“你敢去告发，我发誓扒了你的皮！”

蒋家祥不动声色地瞅着他，不再吭声。刘行长则紧张得双手紧紧攥在一起，大气都不敢出。

这时，岳亦山却呵呵地笑起来：“洪总，谁说他要告发你了？”

洪彬彬缓缓地把气得发烫的脸转向他：“难道是你？小子，你可别忘了，那1.8亿的基金是你们公司发的，你脱得了干系吗？”

岳亦山扬扬眉，一副轻松的样子：“成明资本当时只是正常发行私募基金而已。如果我们发现资金有可能无法到期收回，当然不能坐视不管！”

“岳亦山，在北京那天我是不是不该放过你啊？现在这是在我的地盘上，你还敢这么嚣张！”洪彬彬指着他的鼻子喊叫着。

“洪总，你们巴新担保在重都绝对是条龙，可是拿到外地会怎么样？在北京又算得上什么呢？”岳亦山迎着他站起来，“我的私募基金客户中有一部分是北京的，所以我可以向北京警方报案。到时候，你要么把钱吐回来，要么认罪服法！”

“浑蛋！”洪彬彬冲上去就要打人，刘行长和蒋家祥赶紧一左一右把他拉住。他喘了半天粗气，终于冷静下来。想了想，又扭头看向蒋家祥。

“喂，当初那个基金可是给你发行的，1.8亿也是你打给我的，到时候你也逃不掉责任！”

岳亦山冷笑一声接过话头：“你说对了，我举报的，就是他！”

洪彬彬和刘行长一下子愣住了，呆若木鸡似的听着他说下去：“到时候蒋总会承认他受到你胁迫，迫不得已配合你们进行融资诈骗。这么大的金额，恐怕是要进监狱的吧！”

洪彬彬眼珠一转：“胡说八道，谁胁迫他了！没有证据根本立不了案！你们不是想做伪证吧？别想诈我！”

“谁说没证据了？”岳亦山笑道，“你这么大大咧咧的一个人，可留下不少把柄啊！蒋总手里的证据，足够送你进去了！”

其实岳亦山对这句话的效果完全没底。蒋家祥也是个粗人，所谓的证据，只不过是些短信和自己下属员工的证词而已，恐怕谈不上有多大的法律效力。但是他们俩大胆赌了一把：在这个节点上，洪彬彬可能来不及思考那么周全，肯定忌惮被他们抓住把柄的可能性。

洪彬彬果然沉默起来。他思来想去，仓促之间无法做出一个清晰明确的判断，只是愤怒地指向蒋家祥。

“钱是你打给我的，你的责任比我大多了！真搞出事来，你就不害怕吗？”

蒋家祥从外衣口袋里掏出一份皱皱巴巴的文件：“昨天我回到西安家里的

时候，老婆已经回娘家了，把她的东西都带走了，只留下离婚协议书。我现在啥都没了，还怕啥！”

洪彬彬也是老江湖了，仔细盯着蒋家祥的眼睛看起来：眼前这个男人没有一丝闪躲，平静地看着自己，双眼中只有一种一无所有后的轻松和坦然。

洪彬彬心头一惊：这小子玩儿真的了！

刘行长赶紧出来打圆场：“事情都好说，没有必要非弄成这个样子。蒋总，你可不要太过分！”

蒋家祥转头瞅瞅他，眼神凌厉起来，慢慢地站起身。

刘行长在椅子上仰视着他，第一次发现他个子这么高大，也第一次见到他用这种眼神看自己，不禁咽了口唾沫。

蒋家祥一字一顿地说：“刘海亮，我要是进去了，也不会放过你，一定要把你的事都抖出来，让你身败名裂！”

“我有什么事！你可不要乱讲话！”刘行长连忙抗议，声音却没有什么底气，身体在椅子上局促不安地扭动着。

洪彬彬见状鄙夷地白了他一眼，冷笑一声没有说话。

岳亦山把这一切都看在眼里。他清了清嗓子：

“各位，咱们是来谈判解决问题的，确实没有必要搞成这样。洪总、刘行长，你们只要点个头，把第二笔贷款发下来，马上就能解决所有矛盾：洪总立即拿走30%的股份，刘行长把不良贷款客户变成优质客户，蒋总盘活了项目，对我们的还款也有了保障。

“我知道过去这几个月大家积累了不少怨气，但是‘冤家宜解不宜结’。再这样下去，搞得你死我活有什么意义呢？跟你们相比，我岳亦山其实只是个外人，但我可是‘旁观者清’啊！

“洪总、刘行长，你们二位都是重都数得上的人物，我恳请你们大人有大量，放蒋家祥这一马。咱们各退一步，海阔天空！”

“对！”蒋家祥接着说道，“你们这次要是高抬贵手，就是我蒋家祥的恩人，我永远认你们两位大哥！”

洪彬彬与刘行长交换了一个眼神，摇了摇头。

岳亦山和蒋家祥顿时心里一沉，感觉不妙。

就在这时，洪彬彬又凶狠地瞪了二人一眼，接着却长叹一声。

“那就这么办吧！”

／ 第九章 ／

【一】

杨晓波手持一束鲜花，站在首都国际机场T3航站楼的到达大厅。说起来，这还是他第一次到机场接女孩子。

他还记得有个女孩曾经来机场接过他：她开着新买的小车，歪歪斜斜地开过来，鼓捣半天才打开后备厢。一坐进汽车，她就开开心心地伸出手臂投向他的怀抱，甜蜜地亲吻着。

他叹了口气——可惜那个女孩已经嫁作他人妇……

“喂，想什么呢？”

一个熟悉的声音打断了他的遐想。一闪念之间仿佛那个眼睛大大、身材修长的女孩就在眼前！

下一秒钟，他回过神来，连忙递上鲜花：“哎呀，不好意思，走神了，没看到你。”

女孩美滋滋地接过花，嘴上却不留情：“哼，你真是老土，就知道送花。”

“那送什么？”

“直接来上一支玻尿酸才是王道！”

“啊？你真是三句不离本行。”

“行了，逗你呢！走吧。”

杨晓波带着她去打车。

“你这次回来准备待几天？”

“就住一晚。给四五个老客户打美容针，再去拜访一个直播网站的副总，谈谈合作。”

“安排得还挺满。看来你以后就要在这两个行业干下去了。”

“嗯，其实就是围绕‘美女经济’做点儿事，这个市场很大。现在美女可是稀缺资源，利用好这种资源就能创造价值，要不怎么在社会上立足？”

“那以后你会常回北京了？”

“不，这几个客户我会慢慢交给别的北京姐妹做，以后专注于江浙的市场了。这次回来，就是把有些人和事做个了断吧！北京可是我的伤心地，总回来干吗！”

“楠楠，你千万别这么说……”

“行了晓波，今天我很忙，一会儿就直接去客户家了，晚上10点一起消夜！”

到了约定的时间，杨晓波来到金融街洲际酒店。马楠楠把他接到房间，桌上已经摆了一瓶红酒和几碟零食。

“怎么，就吃这个？去簋街多好，这个点儿也就20分钟的路。”杨晓波笑道。

马楠楠白了他一眼，把倒好红酒的杯子塞到他手里。

“老子今天累得脚都要断了，不想跑了。来，喝！”

杨晓波拗不过她，只好把小半杯红酒一口咽下，胃里顿时燃烧起来，赶紧找水喝。

马楠楠抿嘴一笑，继续给他添酒。她不停地劝酒，没吃几口菜就要干上一杯，杨晓波没过多久就不胜酒力，晕头转向起来，最后不得不摆了摆手。

“楠楠，我真的不行了，你放过我吧……”

“这就不行了？你还是不是男人？”马楠楠也有些上头，面红耳赤地挑衅道。

杨晓波想都没想，脱口而出：“我是不是男人，你还不知道！”

马楠楠放下酒杯和筷子，咬着嘴唇低下头。

杨晓波发觉自己失言，连忙道歉：“不好意思，我……我喝多了。我不是那个意思，你别……”

就在这时，马楠楠猛地一抬头看着他，眼神迷离、嘴唇微颤，似有千言万语，却一个字也没有说出来。正可谓“别有幽愁暗恨生，此时无声胜有声”！

杨晓波心头一动，舌头打结，也说不出话来。

在一片安静中，马楠楠突然一伸手抓住他的衣领，把他拉向自己。在下一秒里，两个人的嘴唇已经对在一起。

一个人在探寻、在索要。

一个人在回避、在挣扎。

渐渐地，两股相反的能量开始转化。探寻的，找到了想要的；回避的，转变为进取的。

再接下来，两个身体紧紧贴在了一起。先是在桌前，一个倚住另一个；后是在床上，一个压倒另一个。

曾有那么一段时间，两股能量不分你我，似乎在一团烈焰中熔化并融合在一起，失去了独立的生命。

最后，似乎经历了无数个世纪的征服与被征服、低吟与狂啸，他们终于分开，重新找回属于自己的灵魂……

洗完澡出来，杨晓波发现马楠楠已经穿好睡衣，坐在床边正望着窗外发呆。他凑过去。

“楠楠，你不要去杭州发展了，回到北京、回到我身边好不好？”

“不可能了。”马楠楠幽幽地说道。

杨晓波伸手去拉她的肩膀：“有什么不可能的！你在北京有这么好的基础，比单枪匹马在那边好多了！”

马楠楠转过身，把他搭在自己肩头的手挪开：“晓波，我是说咱俩不可能了！”

“你这是什么意思？”杨晓波大吃一惊。

“我的意思是，这是咱俩最后一次见面。这一次，我说到做到，不再回头。”

“啊？你为什么要这样？我做错了什么吗？”

“你知道吗，从去年平安夜我看到你和一个女孩约会的时候开始，我爱过的那个杨晓波在我心里就已经死了。我把你叫到杭州，今晚和你在一起，都只是想找回一些过去的影子而已。可是这样真的很痛苦。我不想再活在回忆里，咱们到此为止吧。”

杨晓波呆住了。在刚刚经历了有生以来最完美的一次性爱之后，等待他的竟然是诀别。

“楠楠，我不答应！你知道我对你的感情是认真的。那天晚上是我妈安排的一个相亲，我和那个女孩再没联系过！”

“那你对我是什么感情？”

“在一起这么久，我的心你还不明白吗？还需要我说吗？”

马楠楠轻轻一笑，摇了摇头：“晓波，在一起这段时间，你真的成长了不少，但是你从来都没真正懂我。”

“那你到底想怎么样呢？”杨晓波急切地问道。

马楠楠挥挥手：“算了，我已经做了决定，你走吧！”

杨晓波并不甘心，还想再去抱她，没想到被她一巴掌扇在脸上！

马楠楠站起来，厉声道：“杨晓波，我是认真的！从现在开始，你我之间一切都已了断。你给我走！”

杨晓波捂着发烫的脸，赤条条地站在房子中间，有种强烈的耻辱感。他完全不敢相信这个晚上发生的一切。可是就在对面那个女孩的脸上，他清晰地看到一种表情：恩断义绝，形同陌路。

他彻底明白了：楠楠，我终于失去了你！

岳亦山和辛莹从五棵松耀莱成龙国际影城出来，牵着手往紫金长安小区走去。

一路上岳亦山都在讲笑话，逗得辛莹前仰后合。她擦了擦眼睛。

“哎呀，大冬天的，我笑得眼泪都出来了。”

岳亦山递上纸巾：“工作那么累，不正需要开心一下吗！”

“刚放下一个大包袱，我看你是‘人无压力轻飘飘’呀！”

“哈哈，就算是吧。你可不知道那天蒋家祥的表现，完全像换了一个人，从羊变成狼，还是头西北的野狼！”

“你不是说他老婆想离婚？”

“是啊，看来那件事对他刺激不小。人还是有潜力的，就看怎么激发吧。”

“唉！弄到那种田地也不是什么好事，还是平平稳稳好！”

“你说得对。虽然我时不时会恨蒋家祥，觉得是他把我们拖入这么大一个乱局，但是到最后还是不得不佩服他：他白手起家，先在西安赚了些钱，又跑到重都搞了一个大项目，把这么多方力量都牵扯进来，几次走到死胡同，最终竟然化险为夷。你说厉不厉害！”

“亦山，他这种人和你我不一样：他一无所有，所以无所顾忌。你要是当老板，一定比他强！”

“你还真别说，我和晓波都觉得自己没有他这种抗压能力。而且我这人也散漫惯了，真不愿意当什么老板。我最近在看美剧《权力的游戏》，这个剧拍得好啊！一个王国里面有好多个家族，还有叛乱分子，他们钩心斗角、打打杀杀，就是为了那个王位。其实他们很多人都不知道，当老大没什么好的啊！你不也说了吗，安安稳稳就好。”

“你呀，确实更喜欢自由。不过，作为一个有事业心的男人，你也别把自己的发展轨迹限定死，人都是在成长的，也许有一天你会突然发现自己就适合当老板了呢！”

“好啦好啦，你说得对！不管怎么说，这下可以过一个消停的春节了！”

话音未落，岳亦山的手机铃声响起来，是一个陌生号码。

接通之后，只听一个男子大声吼道：“岳亦山你这个两面三刀的卑鄙小人，竟然来这么一手报复我！你这个王八蛋不得好死！”

岳亦山皱起眉头：“你是谁呀？打错电话了吧？”

“我是刘海亮！你不是让人威胁举报我吗？我和你没完！”

【二】

在大年二十八这天，成明资本已经处于半放假状态，除了两个值班的，其他员工大多提前回家过年，老兰和赵琦也都乘前一晚航班回到了西安。

而这天岳亦山却来得出奇地早，不到9点就已经等在会议室：昨晚刘行长发怒，是因为有人给他打电话，要求他不得向蒋家祥发放第二笔贷款，否则将举报他与洪彬彬有利益输送关系。刘行长查了一下来电号码，竟然发现那是成明资本北京办公室的座机！

岳亦山告诉他这根本不可能：成明资本一直力促各方和解，以便将来安全收回对“西南第一城”项目的融资。在这个时候捣乱，完全不符合公司的利益。一定是有人用电信诈骗的手段，假借成明资本的名义联系他的。

而刘行长接下来告诉他的话更让人震惊：那个人还要求刘行长今天早上9点到成明资本办公室面谈！

岳亦山觉得非常纳闷：这个人是谁？他的动机是什么？他能说出那番话，一定是个很熟悉项目进展的人。可是思来想去，感觉没有任何一个利益相关者会做出这样莫名其妙的事。

他只好对刘行长说：你不用来了，我取消明天回老家的航班，亲自去会会这个家伙。我倒要看看是谁在演这出闹剧！

9点整，整个办公室的平静被前台小雪的声音打破。显然她在为客人开门，还与对方说了几句话。

紧接着，高跟鞋的声音从走廊地面上传来：有人正迈着稳稳当当的步子向会议室走来。

是个女的？岳亦山更加觉得奇怪。他坐在长条桌前下意识地用手指弹了弹桌子，紧张地望着会议室的门，几乎不敢眨眼。

门开了。

看到进来的人，岳亦山不觉讶然，一下子蹿起来。

“怎么是您？”

来者关上门，坐在他对面，露出微笑：“昨晚老兰说起刘行长的事，我刚好在北京，就过来了。”

“原来是这样！”岳亦山长出一口气，把心重新放回肚子里，本来嘛，给刘行长打电话的是个男人，怎么也不会是她啊！“马上要过年了，您怎么又来北京了？”

“我来办几个事，打算明早就回呀！你呢，你不是今天就要回老家的吗？怎么样，这次没准备带辛莹回去见父母？”

“哈哈，什么都瞒不过您！不过今年就算了，时机还不成熟。”

岳亦山一边说一边看看表，9点已经过了10分，却还不见那个神秘人的踪影。他耸了耸肩。

“唉，搞不好是场恶作剧，咱们白跑一趟。”

他对面的女士掩口笑起来：“亦山，你还没明白吗？”

“明白什么？”

“明白为什么咱俩现在会坐在这里。”

对方话音未落，岳亦山突然感觉一个晴天霹雳击中了自己，浑身都颤抖起来，心脏更是“怦怦”地剧烈跳动着！他舔了舔嘴唇。

“曹总，难道说……”

曹明华在他对面跷起二郎腿，双手交叉放在桌上，仍旧保持着一贯的笑容。

“是的，亦山，昨天是我让赵琦给刘行长打的电话。因为——我想拿下这个项目！”

岳亦山看到自己放在桌面上的双手抖动起来。

老天啊，你怎么会这样安排！最后跳出来的拦路虎，竟然是自己的老板！他极力让自己平静下来。

“曹总，我没听错吧？您想要‘西南第一城’项目？”

“对！”

“可是我们做了这么多努力，就是想帮蒋总保住项目……”

“老兰都跟我说了，每一步都很不易，你们做得很好。现在巴新担保的威胁解决了，蒋总等着银行的钱‘下锅’，刚好给了咱们最佳介入时机。接下来，我打算通过刘行长施压，让蒋总交出大部分股权。”

“可是这样一来，我们的努力不就白费了！”

“一点儿都没白费。亦山，通过你们的努力，项目的一部分股权已经押在咱们手里，在这个时候，只需更进一步，蒋总没有任何讨价还价的余地。”

“可是这样对他太不公平了！”

“公平？”曹明华冷笑一声，脸色阴沉下来，“你知道吗，小贷公司要收拾他的时候，是谁拿出2000万帮他过关的？”

岳亦山目瞪口呆：蒋家祥当初所谓的“私人朋友”，原来是她！

曹明华看到他的表情，感到很得意。

“明白了吧？没有我，他早被债务压垮了。还有个事你可能不知道：他要抵押别墅的消息，是我让司机偷偷告诉他家保姆的。所以他老婆才会一气之下离家出走，还闹离婚。你想想，不这么逼他，他能在你们上次谈判时爆发吗？他这人本质上并不坏，但是没啥大本事。‘西南第一城’这种项目，就不该落在他手里。”

岳亦山做了个深呼吸：“可是他毕竟是咱们的项目方……”

“行了！”曹明华不耐烦地挥挥手，“你跟我在一起这么久，得有点儿长进呀！啥项目方、资金方的，那是你们搞金融的说辞，别跟我讲！”

看到岳亦山沉默不语，她缓和了一下口气。

“亦山，你换个角度想想：我是他的邻居和朋友，最了解他了。他这种水平的老板操盘这个项目，一定会被吃掉。你放心，我不会来硬的：让刘行长压一下放款的事，我出面去协调，顺便以帮忙的角度买蒋总的控股权，一定会成，他还心甘情愿。你说呢？”

“可是刘行长为什么会听您的呢？”岳亦山问道。

曹明华又露出招牌式的微笑：“我过去听你们介绍项目情况，就觉得他和巴新担保之间一定有事，让老兰一搜集材料，果然发现他收了人家不少好处。铁证如山啊！现在这货就攥在咱们手里，指哪儿打哪儿！”

岳亦山又沉默了一会儿，似乎在消化所有的信息。他又回想起与曹明华的交往，似乎每次她都在下一盘大棋，而自己再怎么努力，都只是陷入其中，不可避免地成为一颗棋子。

“这么说来，您从一开始就想拿下这个项目？我们所有的工作都是为了这一刻的到来？”

曹明华沉吟了一下：“亦山，我不是有意把你蒙在鼓里。不过现在这个结果不是很好吗？咱们分头行动，把事情推到现在这个境地，就差临门一脚了。听说你原本今天要回老家，我安排赵琦打那个电话，想和刘行长谈好，再回去见蒋总。等你春节回来的时候，事情都已定局。没想到你没走！也好，我当面跟你把事情说清楚。”

岳亦山痛苦地攥了攥拳头：“可是曹总，为什么您费了这么多心思一定要拿下这个项目呢？”

“很简单：到重都发展是成明集团的战略需要。”曹明华娓娓道来，“集团这么大了，在陕西继续做下去已经没啥意思。要想成为行业龙头，必须跨区域发展。重都距离西安很近，经济又比西安发展得好，是最理想的跳板。

“‘西南第一城’体量大、利润高，是个难得的好项目。现在还只是一期，后面还有二期开发，里面住宅比例更高，利润也就更高。做完这个项目，集团在重都也算立住脚了。

“我眼瞅着蒋总一步步陷进去，当然也担心过他被人家吃掉，没想到你们这么有本事，把他救活了。现在项目的命运掌握在咱们手里，这不是天赐良机吗？”

岳亦山又叹了口气：“曹总，这些我都理解。可是这样做，我们与巴新担保那些人有什么区别呢？”

曹明华摇了摇头，没想到他这么固执。一转念，她又轻轻一笑。

“你可能还不知道，老兰告诉我巴新担保的控制人何总也到北京了，说是一家人晚上从北京转机出国玩，约我一会儿见面。”

“啊？他约您见面？他想谈什么？”岳亦山大惊失色。

“那我就不知道了。亦山，从本质上讲，我和他没有区别：我们都是生意人！”

【三】

岳亦山坐在办公室里，点上一支烟。

蒋家祥一连打来几个电话，岳亦山都没接。他很清楚对方要告诉自己什么：刘行长改变主意，不肯发放第二笔贷款。

贷款下不来，会造成非常可怕的连锁反应：农民工与蒋家祥已经达成一致，将会在今天拿到工资。他们等到这么晚还没回老家，如果发现最终还拿不到钱，不知道会闹出什么事来。其他的几个债权方也是一样，大家都等着拿钱过年，不达目的谁都不会善罢甘休。

刘行长一定按照赵琦的要求，没有向蒋家祥透露暂缓放款的真实原因。可怜的蒋家祥啊，他现在甚至都不知道谁要收拾他！

岳亦山同样没有回复刘行长的电话和短信。在自己思考清楚之前，他没法做出任何表态。

可是时间不等人。

曹明华肯定很快就会告诉蒋家祥自己可以帮他解决放款问题。就在对方千恩万谢的时候，她会顺水推舟提出收购股权。蒋家祥正感到如释重负、感恩戴德，一定会把项目控制权拱手相让……

岳亦山重重地一拳砸在桌上，内心有种撕裂的感觉。到了这个关头，到底该不该再帮蒋家祥？

一方面，他是成明资本的项目方，理应得到自己的支持和保护。他勤勤恳恳地经营着“西南第一城”项目，经历了千辛万苦终于熬过陕西信农银行、光民银行、小贷公司、转贷基金以及詹斌和巴新担保的轮番攻击，马上就将迎来瓜熟蒂落的收获季节，现在被横刀夺爱会是一件异常残忍的事。

另一方面，他又是一个有些可恨的家伙。他从一开始就没有透露有关项目的全部实情，只是想尽办法把各个资金方拖下水，然后挪一步算一步、拖一天算一天。他是个小开发商，缺乏处理复杂局面的能力和实力，继续经营下去，一定还会遇到虎视眈眈的敌人。

如果帮他，必然要得罪曹明华，而且目前也没有什么方法能够替他解围；如果不帮，曹明华当然会如愿以偿，但是那又不符合自己做人做事的原则。到底该怎么办呢？

正在这时，一阵敲门声打断了他的沉思。

是杨晓波。

岳亦山一愣：“你怎么来了？”

“我今天值班呀！您忘了，是您特意把我和小雪安排在同一天的。”杨晓波笑着坐到他面前，这才发现他愁眉不展，“亦山哥，出了什么事？我看曹总刚走，她怎么也来了？”

岳亦山把昨晚到今晨发生的事告诉了他。

杨晓波一脸错愕："原来潜伏在最后的鲸鱼是她啊！"

"呵呵，想不到吧！咱们忙活了一场，竟然是这种结局。晓波，我倒是想听听你的意见：假设咱们有办法继续帮蒋家祥的话，要不要出手？"岳亦山问道。

"必须的啊！"没想到杨晓波不假思索，回答非常干脆，"这家伙毛病再多也还是咱们公司的项目方。顺利做下来的话，咱们一定能赚一大笔钱，何必再去抢夺不义之财！"

"曹总可不这么看。她觉得蒋家祥没能力，还不如把项目交给她好了。"

"这是什么逻辑，简直和詹斌、王律师一样嘛！既然曹总和他还是朋友，看到他不行就该去帮忙，而不是想着怎么算计他。"

"但是我自己也担心蒋家祥搞不定后面的事啊！"

"可是如果都这么干，弱者在这个世界上就永远都没有机会了。更重要的是，咱们可不能放弃原则，在曹总的压力下损害项目方利益。这不是您一直教导我的吗？"

岳亦山点点头，没有说话。他暗想：没想到杨晓波这孩子把是非曲直看得这么重，不愧是我的兵。但是他毕竟只是个初出茅庐的高级投资经理，这件事牵扯到方方面面，他未必能够把这种复杂关系考虑周全。

杨晓波见他沉默不语，又提了个建议："亦山哥，这件事您怎么不找辛总商量商量？她见多识广、分析能力强，又与曹总和您都熟悉，还知道事情来龙去脉，应该是最合适的参谋。"

岳亦山眼前一亮："对呀，我怎么把她给忘了！"

杨晓波一出门，他马上给辛莹打电话。

辛莹听完他的介绍，久久没有说话。

岳亦山着急地问道："怎么，你也拿不定主意？"

"当然不是。你还没说完我就想好了，只是在考虑到底应该怎么跟你说。"辛莹答道。

"这还有什么可考虑的啊！"岳亦山急得直拍桌子，"咱俩之间还有什么可吞吞吐吐的？怎么想的就怎么说！"

辛莹笑了笑："你不懂。我的本意很简单：你当然应该听曹总的。但是我太了解你了，根据你的个性，你还是会想办法帮助蒋家祥的——如果还有什么办法的话。"

岳亦山觉得有点儿晕："亲，你就不能把话说直白点儿？我都听糊涂了。"

辛莹又是哈哈一笑："对不起！这么说吧：从大局出发，我认为应该服从曹总的意图。她的布局是战略性的，借着这个机会拿下'西南第一城'，将会显著提升成明集团的盈利能力和抗风险能力。从此以后，它将再也不是偏居于陕西一地的地产公司了。而对于你来说，服从老板的想法更是天经地义，毕竟你在人家那里混饭吃呢！

"不过，你这个人吧，一天到晚看似自由散漫，一遇到事还真挺讲原则的。所以我又担心如果你不想想办法帮蒋家祥，自己心里那关过不去。"

岳亦山仔细想了想，反驳道："谁说服从老板是天经地义了？刚才晓波在我这儿还说呢，曹总的想法是索取'不义之财'！"

辛莹马上嗤之以鼻："这孩子，怎么比你还顽固！在商业世界里，只有能量与规则的较量是永恒的主题，其他都是废话。曹总已经很宽厚了，只是用了点儿计策，我可不觉得有什么不义的。

"再说，你也走过那么多家大型金融机构，为什么总觉得不合群？你不是告诉过我，你总是和公司领导处不好关系吗？那这就是你的职场缺陷啊！哪个领导会喜欢不听话的下属呢？你呀，真应该趁这个机会纠正一下自己。"

“纠正自己？我可没觉得有什么可纠正的！”岳亦山不服气地说，“你想过没有，我们付出那么多努力终于见到曙光，在这个时候放手……”

“那又如何？这么说吧：你们付出那么艰苦卓绝的努力，一点儿也不比蒋家祥省心，最后收掉这个项目也是应该的。你这么心慈手软可不行啊！不过你也不用发愁：今天之内曹总肯定会把事情全部搞定。你就算想和她对着干，也没几个小时可以利用了。”

挂断电话，岳亦山并没有理出一个清晰的思路，反而觉得心更乱了。杨晓波和辛莹都是非常熟悉自己和项目的人，他们的意见却正好相反，到底谁更有道理呢？

他突然又想到一个人。斟酌片刻，他发了一条微信。

“‘今朝此为别，何处还相遇？’”

过了好一阵子对方才回过来：“明日隔山岳，世事两茫茫。”

岳亦山没想到她会回复一句诗——对了，人家当年也是学霸呢！

“那天你怎么突然不辞而别？”

“对不起，有些个人原因让我无法专心工作，所以选择离开。”

“到底发生了什么事？”

“别问了，是我个人的问题。谢谢你的信任和工作机会。你最近还好吧？重都项目怎么样了？”

“不是很好。本来把巴新担保都踢出局了，没想到曹总想要这个项目，并且已经对蒋家祥动手了。我很犹豫该不该继续帮他。”

“啊？曹总竟然会插手！不过也很正常，蒋家祥太弱了。我要是你，不会这么纠结。随心而动好了。”

“随心而动？”

“是的。你很有思想，没有人能左右你的想法。只有随心而动，你才能做出正确选择，也不会后悔。”

“好，我明白了！咱们什么时候再见一面吧？”

“我已经回到武汉，想休息一段时间。”

“可是公司很需要你啊！”

“辛总不是春节后就正式加盟了吗？她很能干，工作上你会得到有力支持的。”

“那我们只是作为朋友聊聊好不好？还有什么我能为你做的吗？”

这次过了很久对方才回复：“岳总，真的谢谢你，不过什么都不用。说句心里话，你不要老觉得对我负有责任。在工作上也是一样：你不是救世主，不可能纠正过去的每个错误，也不可能拯救每一个人。背负这么多东西，你太累了。希望你以后能活得轻松一些！至于咱俩，以后有缘一定还会重逢，好吗？”

岳亦山在心里长叹一声：他明白自己是无法让她回头了。至于她离开的原因，也许永远都会是个谜。

“好吧，我尊重你的决定。程霞，保重！”

【四】

一个白白胖胖的矮个子中年男人放下手机，半天没有动弹。他长吁短叹了半天，摘下眼镜，擦了擦眼睛。

紧接着，他又拿起办公桌上的电话，说了几句话。随即一个年轻职员走进来，递给他一份文件。他签署完毕，把职员打发走，又从抽屉里取出一张纸，字斟句酌地写起来。

又过了一会儿，他搁下笔，起身来到窗前，向下望了望，轻声自言自语道：“再见了，这一切。”

随后，他失魂落魄地走到办公室里间的独立卫生间，脱下手表扔在床上，解下领带搭在了金属晾衣杆上，打了一个结。

在威斯汀酒店大堂吧，曹明华与何思远一同起身，亲切地握了握手。随后，何思远微笑着转身离去。

曹明华目送他离开之后也转过身，向远处挥了挥手。

岳亦山走了过来，两个人一起落座。

曹明华显然心情不错：“刚跟何总谈完。我看他是很直接的一个生意人，哪有你们说的那么糟糕！说吧，有啥事？”

面对她的笑脸，岳亦山突然觉得有点儿压抑，胸口像堵了块大石头：我到底该不该说？会有什么样的效果？现在就此打住是否才是最佳选择？

不，还是坦诚些好了。先不说曹明华那么精明，什么都瞒不过她，光是自己心里这一关也过不了。他下定了决心。

“曹总，很抱歉，向您汇报一件事：就在半小时之前，光民银行已经将第二笔贷款3亿元发放至‘西南第一城’项目公司。”

曹明华的笑容先是凝固住，接着一点一点地消失了。她掏出手机拨通一个号码，掩着嘴低声吩咐了几句，随即迅速挂断。她重新把视线放在岳亦山的脸上时，目光如炬。

“说吧，你都做了什么？”

岳亦山仍然没有抬头的勇气：“我给刘行长打了电话，给他提了一个建议：把贷款发放完成，然后辞职，躲开矛盾旋涡。看来他接受了。”

对面传来了曹明华的冷笑声：“原来如此！真是妙招啊。他一辞职离开那个职位，再拿巴新担保的事威胁他就没啥意义了。亦山，我知道你很能干，却没想到你会这么能干呀！”

岳亦山知道她在讽刺自己，没有接话。

曹明华声色俱厉地继续说下去：“你这一个电话不要紧，让大家的心血都付之东流，集团少赚了好几个亿！你知道你这是什么行径吗？你这是对我和公司的背叛！”

岳亦山缓缓抬起头：“曹总，这次是我对不起您。但是作为一个职业经理人，我从来都没有背叛过成明资本。”

“岳亦山，你分得还真清啊！”曹明华第一次对他发火，样子让人不寒而栗，“成明资本不是成明集团的一部分吗？集团战略规划要进入重都，你把事情搅黄难道对成明资本就是好事吗？”

“曹总，我再次向您诚恳地道歉。不过，成明资本从一开始就是独立运营的，我的一切所作所为，都是为了能让它健康持久地生存和发展。我们的成功，不应该建立在损害别人利益的基础上。如果您认为我的做法不当，我愿意辞职谢罪。”

岳亦山说出这番话，心情舒畅了很多：是啊，道不同不相为谋。最差的结果，无非就是离开而已。反正我也只是她的一颗棋子而已！

曹明华怒容满面，正要再次发作，手机在桌面上振动起来。她接听完这个电话，身体向后靠在沙发背上，表情有些呆滞。

“没错，贷款已经发放。不过，亦山，你肯定不知道吧，刘行长出事了。”

“啊？他出了什么事？”

“他在卫生间晕倒了，头摔伤了，已经被送往医院。”

说着，曹明华的眼神忧郁起来。刚才怒火攻心，无暇多顾。似乎现在她才真正开始评估自己的损失。

岳亦山看在眼里，痛在心里。

曹明华对自己有知遇之恩，给自己提供了施展的平台和丰厚的报酬，可是自己的做法显然已经伤害到她……唉，为什么人生每个重大决定都不那么单纯？为什么不管怎么选择，都会有人受伤呢？

曹明华回过神来，整理了一下头发，表情恢复了以往的威严。

“亦山，你的这个选择真的很幼稚。也许你还在帮助蒋家祥做成项目的那股惯性里，没把事情想清楚。早上我真不该跟你见面！不过到了这一步，我不想再多说，也不会要你辞职，只是希望你好好记住：你在成明资本一天，就要站在我这边一天。永远不要再让我失望！”

说罢，她不等岳亦山回应，起身而去。

岳亦山和辛莹并肩坐在Miles Bar的吧台前。这是一家位于三里屯南33号附近的酒吧，高品质的威士忌和出色的女调酒师是最大的亮点。

在大年二十八的晚上，酒吧里人不太多，却很适合这对想小小庆祝一番的客人：经历数月的艰苦历程，成明资本初步建立起一支过硬的业务团队（辛莹很快也将加盟），成功地完成了几单业务，算是闯出了自己的一片天地。特别是重都项目，克服重重险阻之后终于帮助项目方顺利实现目标，实属不易。

不过，在最后关头，岳亦山为了帮助蒋家祥保住项目而违背了老板的意愿，也给欢庆的气氛带来一丝阴影。

岳亦山又喝一下一口鸡尾酒，辣得吐了吐舌头。不知为什么，他感觉今晚酒量不佳，也许是威士忌上头比较厉害吧！

“总之，曹总最后就是这样说的。看样子我是真的伤害了她。现在我都开始怀疑自己是不是真的做错了。”

辛莹心情很好，刚才喝得比岳亦山还多，脸上已经是红霞一片。

“谁让你这么执着认死理呢？我都给你分析清楚了，没想到你还真不管不顾地去帮蒋家祥。现在连我都怀疑你们之间有什么利益关系咯！”

“你还不了解我的原则吗？我才不会收项目方的钱呢！”

“行了，看把你急的。我这不是开玩笑吗！不过说真的，你帮他真有点儿不值：他都不知道你今天冒了多大的风险，为他做了多么重大的一件事，而且以后也不可能知道。”

“是呀！他要是知道了，肯定会感激我又救了他一命，但是对成明集团、对曹总的感觉就变了。”

“好啦！你从来都是个痛快人，怎么今天患得患失起来？已经做出选择了，就不要多想了。在这件事上，虽然我们的看法有些不同，但是我认为你从自己的良知和职业道德出发，这样做并没有错，我会支持你到底的！”

“哈哈，你不是一直都支持曹总的想法来着吗？”

“她说得并不全对：说实话，我认为你的选择并不幼稚，而是恰恰相反——它反映了一个金融行业高管应有的责任担当。这才是成熟男人的表现！”

岳亦山的心底涌上一股暖流：看惯了辛莹的大胆泼辣，没想到她还这么善解人意。和而不同、彼此理解，这就是我和她之间——甚至是所有两性之间——最简单却又最实用的相处法则了吧！

他把辛莹的手握在自己的手里，顿时两个人都觉得温暖而甜蜜。昏黄闪烁的灯光，耳熟能详的老歌，以及热烈奔放的洋酒，使他们沉浸在温馨浪漫的气氛中，默默相依，久久无语。

酒又喝完了。女调酒师重新奉上两杯，命名为“Sweet November”。

“‘甜蜜11月’？有没有搞错，现在都1月底了啊！”岳亦山挑起毛病来。

辛莹“扑哧”一声笑了：“你呀，真够傻的！这是美国一个经典爱情电影的名字，讲的是一个身患绝症的女人，只和每个男人谈一个月的恋爱就分手，燃烧自己最后的生命，让这些男人认识到什么是爱情和人生。”

岳亦山突然收起笑容："你可不要得上绝症，因为我已经病入膏肓了。"

"你怎么了？可别开玩笑！"辛莹看他一脸严肃，不由得心里一惊：难道他的身体出了什么问题？

岳亦山盯着她的眼睛，一字一顿地说道："我的病症是：辛莹，我爱你。"

【五】

岳亦山醒过来，感觉头痛欲裂。这该死的洋酒，后劲太大了！

过了好半天他才勉强坐起身，正准备下床，突然看到在床的另一边，辛莹还在熟睡。

回忆这才开始涌入他的大脑。

昨晚那杯"甜蜜11月"可并不甜蜜，威士忌基酒的含量太高，他和辛莹连喝两杯，马上就醉倒了。不知道两个人怎么回到他家的，也不知道是谁的手先放在对方肩头的，总之接下来的事情一发不可收拾，两个人积蓄已久的激情再也无法压抑，一次又一次地激烈迸发着，直到耗尽了他们所有的体力，让他们瘫倒在床上，沉沉睡去……

在廊台和重都两个项目的阴影下，岳亦山很久没有如此放松了。昨天，他不仅再次解救了蒋家祥并最终促成了第二笔贷款发放，还在辛莹那里收获了理解、支持与爱情，人生巅峰不过如此吧！

明天就是大年三十了，他开始计划怎么把这些激动人心的消息告诉自己的父母……

就在这时，电话铃声打断了他的遐想。拿起手机，他不禁有些吃惊：曹明华和蒋家祥竟然同时打来电话。见辛莹还没醒，他便悄声退出卧室，关好门来到客厅。

先接听谁的？就在他犹豫不决之际，两个人先后挂断了。他正准备回拨过去，竟然又有一个电话打进来——这次是洪彬彬！

在大年二十九的早上8点到底发生了什么？

这次他马上接通电话：“洪总，春节好啊！”

洪彬彬嘿嘿地笑道：“春节好，岳总。以后咱们就是一家人了，咱俩可就是亲兄弟了啊！以前的事都过去了，咱们可要往前看啊！”

“一家人？什么意思？”岳亦山被说蒙了。

“你还不知道？我还以为你也在场呢！”洪彬彬又是嘿嘿一笑，“是这样的：我们何总和你们曹总谈了一晚上，刚才刚刚达成一致，成明资本将与巴新担保换股20%。你说咱们是不是一家人了？”

“你说什么？”岳亦山大喊一声，头痛更严重，睡意却全无！

“哈哈，没想到吧！何总昨天下午跟我商量的时候，我的第一反应也是很吃惊嘛！不过我越分析越觉得这是个好交易。我跟你说啊，你们曹总真是个谈判大师，昨天晚上……”

岳亦山根本没心思再听他多说，喊了一句“手机没电了”就匆匆挂断电话。他心如火烧，调出曹明华的号码正要拨打，突然转念一想，先打给了蒋家祥。

蒋家祥的声音一如既往地木讷，只是多了些疲倦和沙哑。

“你好，岳总。在北京不？咱俩见一下？”

“你也来了？快说，有什么事？我这儿还有急事！”

“哦。我也没啥事，就想给你说一声：我准备把项目二期的控股权转让给成明地产呀。”

似乎酒劲卷土重来，岳亦山顿时觉得天旋地转起来，赶紧扶着沙发坐下。

“你说什么？到底发生什么事了？你原原本本跟我说说。”

“是这样，昨天下午曹总告诉我搞定了光民银行，接着贷款就下来了。她让我马上到北京谈事，我就把各种还款安排好，连夜赶来了。她和何思远谈了一宿，敲定换股的事，然后才跟我见面，聊了几分钟。”

“她都跟你聊什么了？”

“她给我看了刘行长收受贿赂和嫖娼的一些证据。多亏有这些东西，刘行长不得不乖乖听她的给我放款。她留着最后这手真够绝呀！后来她又说，你一个人的资源吃不下这么大项目，做地产又不专业，二期一起开发吧！”

“那你就答应了？”

“咋能不答应？她能跟何思远互相持股，太厉害了！最后能拿到贷款也是托她的福。我就把51%的股权卖给她了。你在哪儿？快过节了，我正好来看看你吧。”

岳亦山随口说了句“我还有事”就挂断了电话。

他感到后背阵阵发凉：昨天与曹明华第二次见面后，她充分利用信息不对称，把发放贷款的功劳记到她自己头上，再把蒋家祥诓过来，利用与巴新担保换股的震慑力和他的感恩心理，劝诱他交出项目二期控股权。那可是一块比一期开发利润还要高的大肥肉啊！

岳亦山觉得自己在曹明华面前甘拜下风。她昨天唯一的失误是提早与自己见面，把计划透露出来。自己好不容易想到办法帮助蒋家祥突破她的封锁拿到贷款，她却借力打力，顺势叫蒋家祥心甘情愿地交出项目二期，最终效果比自己参与搅局之前还要好！

曹明华的计谋完胜自己。姜还是老的辣呀！

岳亦山咬咬牙，在手机上拨出曹明华的号码。电话半天才接通。

“亦山，我睡着了……蒋家祥找你没？”

“找了，情况都跟我说了。曹总，您方便见个面说话吗？”

“也行。你来丽思卡尔顿酒店吧，陪我一起去机场，路上聊。”

坐上曹明华的车，岳亦山浑身都觉得不自在，赶紧没话找话。

“曹总，您这是回西安吧？”

曹明华刚熬了个通宵，脸色不太好，心情却大好。

“当然是回西安过年。你呢，还没回老家看看爸妈？”

就在一夜之间发生了这么多天翻地覆的变化，岳亦山此刻哪还有心情拉家常！

他随口应付过去，又小心翼翼地问道：“听说您与巴新担保换股了？”

“是我替你做的——成明资本和巴新担保互相参股20%。当然了，这只是我和他达成的共识，回去各自还要开股东大会确认。”

“嗯……成明资本小，巴新担保大，同等比例的股份肯定人家更值钱。换完股份，咱们还得补现金给人家吧？”

“这个你不用担心，我会再注资给成明资本，增加资本金用于支付这部分款项。”

岳亦山语重心长地说：“曹总，我们与他们公司打了不少交道，很清楚这伙人有资源、有实力。可是他们在当地背景有些复杂，做事风格也比较粗放，跟他们股权合作，我有些担心啊！”

曹明华笑道：“这要感谢你呀！是你把我逼到这一步的。我说了，成明集团要以重都为跳板，执行跨区域发展战略。把这么一个强大的对手变成合作伙伴，不是正好吗？”

“可是……”岳亦山被说得有些脸红，“他们毕竟是野路子啊！”

“那只是你的感觉。我看何总做事很稳，很会把握局面。他年纪大了，也知道接班的总经理洪彬彬做事毛躁，所以愿意和我们强强联合。亦山，还有个问题你咋没想通：他们名义上的大股东可是国企。通过这次换股，成明资本也就变相引入了国有血液。这不就实现了我对你最初的承诺？这是一举多得呀！”曹明华解释道。

岳亦山当然记得她的诺言：成明资本成立一年之内引进国企股东。的确，通过换股这种“曲线救国”的方式，成明资本也算多多少少加入“国家队”的行列了。这招太高明了！

不过，这并不能消除岳亦山的全部担心。

“曹总，这当然是个好消息。不过您想想，巴新担保的业务可比我们复杂多了，我听说他们还做小额贷款、典当和股权直接投资。这几年经济下行，企业坏账多，他们的这几块业务都可能出问题。咱们都没认真尽职调查就换股，这个风险可是不小啊！”

曹明华打了个哈欠，用手按起太阳穴。

“我跟何总谈了一晚上，就是在说这事。最后他承诺签署一个对赌协议：如果出现重大不良资产，他会根据损失金额相应转让自己持有的剩余股份。”

“可是如果他们公司很烂，剩余的股权也不值钱啊！”

“亦山，你咋这么糊涂呢！他们的大股东是国企，他们会允许下属企业烂掉吗？你不要总嫌弃人家的业务不够高大上，人家手里毕竟还有融资租赁、融资担保和小贷这种牌照，还参股了信托公司。再说咱们只跟它换20%，相当于用很小的代价就可以拿它的这些牌照用，不是很好吗？这就叫资源整合呀！”

岳亦山沉默了一会儿又说：“曹总，我还有一个担心：他们这些业务和我们是可以形成一些互补，但是两家公司的文化完全不同，将来能不能整合好，我心里没底。”

曹明华意味深长地看了他一眼。

“其实，我把他们拉进来还有一个想法，就是希望成明资本尽快做成一个金融控股公司，使公司实现快速飞跃。你看看大公司的成长历程，哪一个不是在不断收购兼并？只靠你们这几杆枪做地产私募，在这两年的形势下可并不容易迅速打开局面！

“你看，无论是辛莹还是巴新担保，我看到资源就去抓过来给你。至于往下怎么使用，那就要考验你的智慧了。你很有能力，也很讲原则，这在金融行业应该是最重要的两个品质，所以我相信你能把成明资本做好。

“亦山，我希望你经过这个项目也能有所长进，毕竟我对你和成明资本的期望可远远不止现在这点业务。昨天的事，就算是你成长的一个经历吧。过去的都过去了，咱们来日方长！”

【六】

岳亦山饿醒了。

他晕乎乎地爬起来，闻到一股香味。走到厨房一看，辛莹正在炒菜做饭，一个人忙得不亦乐乎。

他突然觉得她忙碌的样子好性感，上前牢牢地抱住她。

辛莹转过头亲了亲他：“好啦！快去收拾东西，15分钟后开饭。别忘了你是17：15的飞机，只剩下3个小时了。”

岳亦山乖乖地从命。

当他收拾好行李坐在桌前开吃的时候，辛莹笑盈盈地坐在旁边，高高兴兴地看着心上人狼吞虎咽，感觉幸福极了。

“怎么样，合你口味吗？”

“当然了！这是我吃过的最棒的回锅肉！”岳亦山只顾夹菜，头也不抬地答道。

“你喜欢就好。我还担心你吃不惯辣的。”

“看来以后我就是吃川菜的命咯！”

“那好啊，我就一直给你做下去。”

两个人对视一笑，心里都热乎乎的。

“你怎么不吃？”岳亦山见辛莹没动筷子，连忙问道。

“你补觉的时候我已经在外面吃过啦！后来回趟家，又去买了菜才回来的。”

“辛苦你了！我就回去五六天，然后就回来找你。”

“别急，你一年到头才回去一次，多陪陪父母。我这里又没什么事。再说等你回来咱们就是同事了，天天都要见面啦！”

“唉，说起公司的事就头疼啊！虽然没搞到离职的份儿上，但是以后还不知道和曹总怎么相处呢！”

“我看完全不需要担心。她这个人胸怀宽广，不会跟你计较。而且你不是说了吗，她临走也还说信任你的。”

“话是这么说，可是毕竟她这次伤了心，觉得我没和她保持一致立场。你看，后来她去谈换股那么重大的事都没让我在场。没想到这个项目最终做成这样，唉！”

辛莹看到他唉声叹气的样子不禁欲言又止，从包里掏出一本书。

“对了，我刚才回家给你取个礼物，想让你这次随身带走。”

岳亦山放下筷子接过来一看，是美国作家霍桑的小说《胎记》。

“这是什么意思啊？”

“这你就不知道了吧！”辛莹像老师一般给他上起课来，“这本书讲的是一个科学家觉得妻子脸上的胎记不美观，非要做实验清除它。结果胎记是除去了，可是妻子也死掉了。”

“好悲伤的一个故事。我可不会干这种傻事。存在即合理，干吗要去强求呢！”岳亦山笑道。

辛莹轻轻推了推他的胳膊：“可是你一直都在干这样的事啊！特别是工作上。”

岳亦山瞅着她愣了一下：“你是说，我过于苛求了？”

辛莹叹道：“是呀，我不希望你把自己弄得那么辛苦。尽到努力，顺势而为就好了。就拿重都这个项目来说吧！

“蒋家祥拿到全部贷款，节后很快可以完工并销售回笼资金，最终将会保住一期的大部分利润，二期也还能坐享其成分到一半利润，对于自身没出什么钱的小开发商来说，已经算超额完成任务；巴新担保从他身上榨了几个亿，又和成明集团强强联合，也是赢家；曹总只是在项目中间承担了2000万借款的风险，没费多大力气就拿下二期的一半股权，并与巴新担保这种‘地头蛇’联姻，也实现了战略意图；成明资本更不用说了：你帮蒋家祥搞定这么多事，不仅发行私募基金收取了正常的费用，还将拿到一笔可观的财务顾问费。现在的局面，就是最好的结果呀！”

岳亦山思考片刻，深深地点了点头：“你说得对。这么说来，最后只有光民银行的刘行长是输家了。”

“其实他也是赢家。”辛莹分析道，“他本来就做了违法乱纪的事，就应该受到惩罚！之前洪彬彬就是抓着他的把柄，要挟他收拾蒋家祥，后来也被曹总发现了。你说他内心多煎熬！现在大家念在他已经辞职又住院的分儿上不想深究罢了，他算捡个大便宜！”

“也是。我真是当局者迷啊！幸亏有你给我指点迷津。”岳亦山握住她的手，深情地望着她。

辛莹害羞起来，轻声说道：“你呀，就是心气太高，凡事都要完美。但是世上哪有完美的事？我以前对工作、对感情也跟你一样，结果付出不小的代价，特别是上一段婚姻。你不是说过吗，‘人生只有一个方向，就是向前’。现在你就该义无反顾地前进！”

“说得好！从今以后，咱们并肩携手，一起向前！不过，现在我要义无反顾地出门了！”岳亦山看了一眼手表，跳起来去拿行李。

辛莹把他送到门口：“去吧，这里我收拾。亲爱的，回来见！”

岳亦山放下手上的东西，把她拥进怀里，对着嘴唇深深地、久久地吻下去。

在小区门口，岳亦山坐上杨晓波的车直奔机场。

听说在过去24小时里发生的一连串事件后，杨晓波惊叹不已。

“亦山哥，咱们还是没斗过曹总啊！她可真是老谋深算，把咱们完全玩弄在股掌之中。”

岳亦山哈哈大笑：“没有这种谋略怎么能当老板呢！不过我也挺佩服你小子的：昨天只有你明确支持我帮助蒋家祥，辛莹和程霞一个反对、一个弃权。”

“那是！我可是一个合格的私募基金经理，必须要坚持原则和操守。对了，亦山哥，等过完春节我们把程总请回来怎么样？她可是一把好手，就这么走了太可惜了啊！”

“唉，她明确跟我讲过不想再回来了。”

“哦，好吧……对了，您说她为什么突然离职呢？我真是百思不得其解啊！”

岳亦山脸上闪过一丝阴云：“这个我也不知道，她一直都不肯说。她那么有主见，一定有特殊的原因吧。她的来去也只能顺其自然了。”

“这么说……你们俩是真的吹了？”杨晓波做了个鬼脸。

“滚！我和她什么时候在一起过啊！”岳亦山作势要打他，却又把拳头放下，自己笑起来，“不过啊，我可以告诉你，我和辛莹在一起了。”

“什么？昨天我都错过了什么啊！”杨晓波大叫一声，“不过果然不出我所料！这回您和她是认真的吗？”

“废话！你看我跟哪个女孩不认真过？”

“啧啧，以后这办公室关系可就复杂了：我应该管她叫辛总呢，还是叫嫂子呢？”

“有本事你叫啊！你敢叫，我就叫小雪‘弟妹’！”

“哎哟，哥，您可别乱说，我对她一点儿感觉都没有……”

“怎么，你心里还有人没放下？是何芳笑还是马楠楠呢？”

这一问很突然，杨晓波收起笑容，叹了一口气。

“以前您问过我，当时我真的不知道。后来我无数次问过自己这个问题。现在来回答的话，我觉得还是马楠楠吧！”

“看来性感网红战胜了邻家女孩，红玫瑰击败了白玫瑰啊！”岳亦山调侃道，“可怜世上的男人们啊！你们被滤镜模糊了双眼，被美颜相机打动了灵魂！”

“哥，不是这样的。这两个女孩我都太熟悉了。说起来，还是马楠楠更敢爱敢恨、更有思想吧！她曾经对我说，世界上有两种人：一种很清楚自己想要什么，另一种不知道。她是第一种，我是第二种。我一直想摆脱这个定位，但是至少在和她的关系上我从来都是被动的。我觉得，我从来没有真正得到过她。”

“错！得到的时候你没有珍惜罢了！晓波，你在感情上差就差在‘敢爱敢恨’这四个字上！我问你，你对她认真地表白过吗？”

“好像没有……”

“咳，以你的性格，我一猜就是这样！我知道你名校毕业、满腹经纶，但是爱一个人就要说出口，有时候就差那么一层窗户纸。”

杨晓波猛地一惊："啊，原来楠楠是因为我不够勇敢，没有说出那三个字而离开的！"

一幕幕的回忆展现在眼前，他终于想明白了一切。悔恨与心痛瞬间爬遍全身，让他感到一阵发颤。

岳亦山看到他失魂落魄的样子心生怜悯："这样吧，我给你支个招：楠楠的手机应该只拉黑了你，我现在给她打个电话，如果接通了，你把该对她说的马上说出来，好吗？"

"好！"杨晓波目视前方，认真地点了点头。

岳亦山拿起手机拨打马楠楠的电话。

杨晓波故作镇静地继续开车，心却狂跳不止：楠楠会给自己最后一个救赎的机会吗？

可是——

"对不起，您所拨打的电话已停机。"

车里的两个人好半天都没有再说话。

岳亦山把车窗打开一个缝，点上一根烟望着窗外想起心事来。

杨晓波感到眼眶有些湿润，却又不想在岳亦山面前表现出脆弱，于是努力使自己平静下来。

车子开到西二环，又路过金融街，冷不防洲际酒店映入眼帘。

杨晓波瞄了一眼这座熟悉的建筑，想起故人故事，不知不觉中突然感到有泪水从脸颊滑落，连忙趁岳亦山不注意时擦掉。他在心底叹了口气：我的真爱，你究竟在哪里——

我们就那么突然地在一起了。没有理由。

我心里只有你，天天想着你，时刻等着你的消息，接到你的电话会放下全世界跑到你的面前，见到你笑了我心里就是晴天，见到你落泪我心里会流成大河。

等我们都老了，我还会给你洗头发、剪指甲，帮你收拾得美美的，直到我们在这个世上相伴的最后一天，我依然会握住你的手说：没错，你和我第一次见到你那天一样美。

所以，请答应我一件事好吗——

让我们早日遇见吧！

这时，岳亦山目光依然游荡在窗外，却伸出一只手轻轻拍了拍杨晓波的肩膀。

杨晓波不好意思地笑了笑，思绪回到眼前。他明白岳亦山要对自己说的话：人生只有一个方向，就是向前！

他的双手握紧了方向盘。

汽车驶过洲际酒店、驶过金融街，飞速奔向前方。

图书在版编目（CIP）数据

金融街：私募风云 / 梁成著. — 北京：中国友谊出版公司，2018.3
ISBN 978-7-5057-4313-7

Ⅰ. ①金… Ⅱ. ①梁… Ⅲ. ①长篇小说—中国—当代 Ⅳ. ①I247.5

中国版本图书馆CIP数据核字（2018）第048060号

书名 金融街：私募风云
作者 梁 成
出版 中国友谊出版公司
发行 中国友谊出版公司
经销 新华书店
印刷 北京嘉业印刷厂
规格 700×980毫米 16开
17.5印张 216千字
版次 2018年6月第1版
印次 2018年6月第1次印刷
书号 ISBN 978-7-5057-4313-7
定价 46.00元
地址 北京市朝阳区西坝河南里17号楼
邮编 100028
电话 （010）64668676